THÉÂTRE

* * *

Paru dans Le Livre de Poche :

L'ÉVANGILE SELON PILATE
suivi du JOURNAL D'UN ROMAN VOLÉ

LORSQUE J'ÉTAIS UNE ŒUVRE D'ART

LA PART DE L'AUTRE

LA SECTE DES ÉGOÏSTES

THÉÂTRE
1. La Nuit de Valognes / Le Visiteur / Le Bâillon / L'École du diable
2. Golden Joe / Variations énigmatiques / Le Libertin

ERIC-EMMANUEL SCHMITT

Théâtre

* * *

Frédérick ou le Boulevard du Crime
Hôtel des Deux Mondes
Petits crimes conjugaux

ALBIN MICHEL

ISBN : 2-253-11753-6 – 1re publication – LGF
ISBN : 978-2-253-11753-7 – 1re publication – LGF

Frédérick ou le Boulevard du Crime

PERSONNAGES

Dans le théâtre des Folies-Dramatiques

FRÉDÉRICK LEMAÎTRE... *comédien vedette du romantisme*
MLLE GEORGE... *comédienne vedette*
PRÉCIEUSE... *seconde comédienne*
HAREL... *directeur des Folies-Dramatiques*
ANTOINE... *le régisseur*
LA CRESSONNIÈRE... *comédien à l'emploi de « père noble »*
DUGY... *jeune premier de comédie*
PARISOT... *jeune premier de drame*
FIRMIN... *valet de comédie*
PIPELET... *concierge*
MAXIMILIEN... *son fils de vingt ans*
ROBESPIERRE... *son fils de dix ans*
CUSSONNET... *auteur dramatique*

Hors du théâtre

BÉRÉNICE
LE BARON DE RÉMUSAT
LE COMTE DE PILLEMENT

LE DUC D'YORK
LE CHEF DE LA SÛRETÉ

Dans le souvenir

FRÉDÉRICK ENFANT (dix ans)
LA MÈRE DE FRÉDÉRICK

Silhouettes

ARTISANS, POLICIERS, GENDARMES, PORTEURS DE TORCHE

Pour Jean-Paul Belmondo,

cette rencontre de nos deux songes autour de Frédérick Lemaître, lui qui rêvait de l'incarner, moi de lui donner la parole, tant il est vrai que ce fantôme de quelques syllabes, Frédérick Lemaître, résume pour nous autres, gens de théâtre, l'amour que nous portons à notre métier.

Première partie

PREMIER TABLEAU

Plateau du théâtre des Folies-Dramatiques

Une femme et un enfant traversent le plateau.

Ils avancent lentement dans l'obscurité, presque avec prudence. La lumière qui les touche est un peu irréelle, lumière des songes ou des souvenirs.

La mère de Frédérick porte un panier de linge repassé sur sa hanche de belle femme du peuple. Frédérick enfant découvre le théâtre avec les yeux émerveillés d'un garçon de dix ans.

FRÉDÉRICK ENFANT. Oh, maman, c'est beau.

LA MÈRE. Qu'est-ce que tu racontes ? On n'y voit pas plus que dans le cul d'une truffe.

FRÉDÉRICK ENFANT *(promenant son regard partout).* Mais si, on devine...

LA MÈRE. Allons, je n'ai pas le temps. J'ai mon linge à livrer. Viens.

Et ils disparaissent.

La lumière envahit le plateau. La vie quotidienne d'un théâtre se met en place. Les techniciens clouent des décors, le régisseur vérifie la place des accessoires, l'éclairagiste verse de l'huile dans les lampes de la rampe, le pianiste réveille son instrument avec quelques accords.

Nous sommes en janvier 1832 sur le plateau des Folies-Dramatiques, un des théâtres du boulevard du Crime romantique.

Le directeur Harel est en conversation avec Cussonnet, aspirant auteur dramatique lorsque entre Firmin, un acteur de deuxième plan au visage long et fin.

Firmin s'approche d'Harel.

FIRMIN. Il dit qu'il ne veut pas être de la première scène.

HAREL. Quoi ?

FIRMIN. Il prétend que le public vient pour le voir et qu'il faut toujours faire attendre une femme.

HAREL. Très bien. Dites à M. Frédérick Lemaître qu'il n'entrera qu'au deuxième acte.

Firmin sort.

Harel se tourne vers l'auteur.

HAREL. Nous disions, cher monsieur... monsieur comment déjà... *(Il jette un coup d'œil à la brochure.)* Barnabé-Guy-Octave de Fleury-Mombreuse du Pantel de Saint-Amant... *(Épuisé.)* Dites-moi, vos parents avaient une sacrée mémoire !

CUSSONNET. En vérité, Barnabé-Guy-Octave de Fleury-Mombreuse du Pantel de Saint-Amant est un pseudonyme.

HAREL *(ironique)*. Non ?

CUSSONNET. Ça ne se sent pas, n'est-ce pas ?

HAREL. Pas une seconde.

CUSSONNET. Dans la vie, je m'appelle... Cussonnet.

HAREL *(compatissant)*. La vie est cruelle. *(Un temps.)* Écoutez, mon cher Barnabé-Guy-Octave, je ne veux pas vous faire perdre votre temps. Quel talent, non mais quel talent ! Où allez-vous chercher tout ça ! Ces mots ! Ces situations ! Cette vérité !

CUSSONNET. Je travaille. J'avoue que mon poste de secrétaire au ministère des Postes me laisse le loisir de consacrer mes journées à mon œuvre.

HAREL. Allons, le labeur n'est rien, vous avez des dons. Je dirai même mieux, vous détenez « le » don, celui que nous autres, pauvres directeurs de théâtre, recherchons vainement dans les monceaux de brochures qui nous arrivent chaque jour : vous avez écrit une-pièce-qui-va-se-jouer ! Les pièces, on les compte par milliers ; les pièces intéressantes par centaines ; les bonnes pièces par dizaines ; mais vous, vous avez fait mieux, vous avez mis au monde la merveille, l'unique, la singulière : la-pièce-qui-va-se-jouer.

CUSSONNET. Vous voulez dire que...

HAREL. Je l'ai dit. Harel n'a qu'une parole. *(Il se retourne vers Firmin qui vient de rentrer.)* Quoi ?

FIRMIN. Frédérick Lemaître demande si l'on parle de lui pendant le premier acte dont il n'est pas.

HAREL. Tout le temps.

FIRMIN. Alors il renonce à la pièce. Si on l'annonce pendant une heure, il prétend n'avoir plus rien à jouer lorsqu'il entrera en scène, sinon donner raison aux autres personnages.

HAREL. Nom de Dieu !

FIRMIN. Il avait prévu que vous répondriez cela et il m'a prié de vous dire que c'est très vilain de jurer.

HAREL. Nom de Dieu de nom de Dieu de nom de Dieu de nom de Dieu !

FIRMIN. Et qu'il est inutile de se répéter. *(Gêné.)* Je transmets.

HAREL. Firmin, vous allez redescendre immédiatement dans ce tripot et rappeler à M. Frédérick Lemaître que le spectacle commence dans trente minutes, que nous avions prévu un raccord, que ses partenaires l'attendent et qu'il doit honorer le contrat qu'il a signé avec moi ! Voleur ! Crapule ! Assassin !

Firmin sort.

HAREL *(brutalement, à Cussonnet)*. Nous disions ?

CUSSONNET. Que vous alliez monter ma pièce.

HAREL. Eh oui, votre pièce ! *(Se reprenant et disant mécaniquement.)* Quel talent, non mais quel talent ! Où allez-vous chercher tout ça ! Ces mots ! Ces situations ! Cette vérité ! Votre pièce, mais on ne parle déjà que de cela, ici, mon cher Cussonnet, si, si, permettez-moi de vous appeler Cussonnet, allons, entre nous, soyons simples, merci. Voyez ce qu'est une vie de théâtre, mon cher, je me prends de béguin pour votre pièce, je la soumets à Frédérick Lemaître, il l'accepte, et voilà déjà qu'il vous demande des changements.

CUSSONNET. Quoi ? Il s'agissait de ma pièce ?

HAREL. Mais oui. Il suffirait donc de transformer les premières scènes.

CUSSONNET. C'est impossible...

HAREL. Mais si... vous décalerez un peu...

CUSSONNET. Cela n'aurait aucun sens.

HAREL. Mais si, vous n'avez qu'à faire d'abord parler les personnages secondaires, la bonne, le valet, la cuisinière...

CUSSONNET. Cela se passe dans une auberge, l'Auberge des Adrets !

HAREL. C'est ce que je voulais dire : vous faites discuter l'aubergiste avec les clients. Oh, à ce propos, j'ai un très beau décor d'auberge. Très sombre, très boisé. On l'a déjà utilisé pour deux ou trois pièces, il fait toujours beaucoup d'effet. *(Il crie aux cintres.)* Pierrot ! On a toujours la taverne écossaise de *La fiancée de Lammermoor* ?

CUSSONNET. Ma pièce ne se passe pas en Écosse !

HAREL *(péremptoire)*. Vous connaissez l'Écosse, monsieur Cussonnet du ministère des Postes ? Moi pas ! Et le public non plus ! Il n'y aurait que la reine d'Écosse qui, un jour, si elle venait voir votre grand chef-d'œuvre dans mon humble théâtre, pourrait trouver quelque chose à y redire ; mais je vous garantis que la reine d'Écosse ni ne siffle ni ne hue, cher monsieur, ni ne siffle ni ne hue, en tout cas pas dans mon théâtre !

CUSSONNET. Enfin, vous parlez de récrire... Vous avez cependant bien noté que toute ma pièce suppose que le personnage principal se trouve en scène dès le début.

Harel se retourne, furieux, vers l'auteur.

HAREL. Comme vous le dites, monsieur, votre pièce *suppose*, elle *suppose* qu'elle est intéressante, elle *suppose* que je vais me ruiner pour la monter, elle *suppose* que Frédérick Lemaître la jouera. Vous faites dans la supposition. Moi, j'agis, je prends des risques. Qui est votre carcassier ?

CUSSONNET. Pardon ?

HAREL. Avec qui écrivez-vous vos pièces ?

CUSSONNET. Mais tout seul, monsieur Harel, tout seul.

HAREL *(angélique)*. Et il s'étonne... Mon petit Cussonnet, il faut qu'on vous trouve un carcassier.

CUSSONNET. Un quoi ?

HAREL. Un carcassier, quelqu'un qui vous refasse le squelette de la pièce.

CUSSONNET *(se rebellant faiblement)*. Monsieur, je suis un écrivain, j'écris sous la dictée de l'inspiration...

HAREL. Dans les buvards du ministère des Postes, je sais.

CUSSONNET. Seule Mme Cussonnet, à qui je lis chaque soir ma prose, a le droit de me suggérer tout au plus un changement d'article.

HAREL *(malgré lui)*. La pauvre femme... *(À Firmin qui vient de rentrer.)* Quoi ?

Firmin semble piteux.

FIRMIN. Frédérick me charge de vous dire qu'il vient de laisser trente livres au piquet.

HAREL. Bien fait. Est-ce que je joue, moi ? J'ai un théâtre, c'est bien suffisant pour perdre de l'argent. Qu'il monte ! Le raccord devrait être commencé.

FIRMIN. Frédérick le souhaiterait de toute son âme, mais...

HAREL. Quoi ?

FIRMIN. ... ses compagnons de jeu ne le laisseront pas partir tant qu'il n'aura pas payé.

HAREL *(hurlant)*. Crapule ! Assassin ! Je ne rentre pas dans ce chantage. Va dire à Lemaître que je le paie pour jouer au théâtre, pas au piquet ! Qu'il monte immédiatement, sinon je déchire son contrat. Il ira faire du mime aux Funambules ! Et ajoute que, pendant qu'il s'amuse, il y a ici un auteur qui sue sang et eau pour satisfaire ses caprices !

Firmin sort.
Harel se tourne vers l'auteur.

HAREL. Nous disions ? *(Se reprenant et disant mécaniquement.)* Quel talent, non mais quel talent ! Où allez-vous chercher tout ça ! Ces mots ! Ces situations ! Cette vérité ! Nous disions ?

On entend de grands bruits de coups sur le sol.
Entre le régisseur qui frappe sur le plancher avec un brigadier. Il précède Mlle George, une femme mûre,

d'une coquetterie baroque et excentrique qui flirte avec le négligé.

ANTOINE LE RÉGISSEUR *(annonçant).* Mademoiselle George ! Mademoiselle George ! Mademoiselle George !

Elle entre majestueusement sur scène, s'approche de la rampe, se plante, regarde le fond de la salle et déclame royalement.

MLLE GEORGE. Mon minet m'a mangé mon mou. Mon minet m'a mangé mon mou. Mon minet m'a mangé mon mou. *(Elle se tourne vers Harel.)* Titus, tâte ton tatouage tout autour de ton tour de tibia ! *(Elle se tourne vers Cussonnet.)* Le petit pénis peine en prenant la peine de pécher. *(Elle regarde en l'air.)* Quoi qu'il en coûte, quatre kilos de cacao claqueront son caquet ! *(Elle regarde en face d'elle.)* Il y a quelqu'un au quatrième étage. *(Elle répète.)* Il y a quelqu'un au quatrième étage. *(Elle répète encore, courroucée.)* Il y a quelqu'un au quatrième étage. *(Hurlant.)* Harel !

HAREL. Oui, belle et grande artiste !

MLLE GEORGE. Cela fait trois fois que je vous dis, sombre crétin, qu'il y a quelqu'un au quatrième étage.

HAREL. Comment le savez-vous ?

MLLE GEORGE. Il y a une présence qui me mange mes *s*. Mes *s* sifflent plus lorsque le théâtre est totalement vide.

HAREL. C'est Pipelet qui nettoie les fauteuils.

MLLE GEORGE. Pas quand je répète. Est-ce que je vais repriser mes corsets dans votre bureau lorsque vous comptez votre or, moi ?

HAREL. Mon or, mon or, vous exagérez.

MLLE GEORGE. Ça, je sais bien que, sur les questions d'argent, ce n'est pas vous qui allez exagérer.

HAREL *(ne souhaitant pas subir une scène devant Cussonnet)*. Que veniez-vous me dire, chère belle et grande artiste ?

MLLE GEORGE. Augmentation !

HAREL. Mais je vous ai augmentée le mois dernier.

MLLE GEORGE *(superbe)*. M'en souviens déjà plus.

HAREL. Mais enfin...

MLLE GEORGE. Mon pauvre Harel, vous me réduisez à un tel état de misère que je ne peux même pas me payer des domestiques. Je fais mon ménage moi-même, je descends moi-même mes eaux usées, j'épluche moi-même mes légumes, je torchonne comme une souillon toute la journée et vous, après, le soir, vous me demandez de venir jouer les Reines ? Vous barbotez dans la contradiction, mon pauvre Harel ! Autant que je sache, Cléopâtre n'épluchait pas elle-même ses légumes ?

HAREL. Oh ! Cléopâtre n'avait pas non plus le même nez que vous.

MLLE GEORGE. Pardon ?

HAREL. On le disait très beau, le nez de Cléopâtre.

MLLE GEORGE. Sait-on à quoi il ressemblait, seulement ? Tout ce qu'on peut affirmer, c'est qu'on en parlait. Alors, pour ce qui est de faire causer, le mien vaut bien le sien. *(Plus fort.)* Augmentation ! Augmentation !

HAREL *(mielleux)*. Laissez-moi un instant et je monte vous rejoindre dans votre loge.

MLLE GEORGE. Soit.

Mlle George repart, précédée du régisseur qui frappe sur le plancher en criant.

ANTOINE LE RÉGISSEUR. Mademoiselle George ! Mademoiselle George !

Ils sont sortis.

HAREL. Nous disions ?

CUSSONNET. Vous parliez d'un carcassier.

HAREL. Ah oui, je vais vous trouver ça dans l'après-midi. Naturellement, il faudra partager vos droits d'auteur, mais je vous devine, mon cher Cussonnet, vous êtes un artiste, vous n'êtes pas un homme qui veut faire du théâtre pour gagner de l'argent !

CUSSONNET. Eh bien, c'est-à-dire...

HAREL. Vous occupez un poste important au ministère des Postes.

CUSSONNET. Certes...

HAREL. Ah, ce grand front de poète ! Si je reviens sur cette terre, j'aimerais être vous ! Si ! Être vous ! Fabriquer de l'idéal, créer le beau, enchanter les femmes ! Bravo ! Permettez que je vous embrasse ? *(Il écrase l'auteur contre lui.)* Bon, je vous envoie le carcassier demain. Et je m'occupe de la distribution. Pour la jeune première, je propose Mlle George, naturellement !

CUSSONNET. Mlle George !

HAREL. Oh, regardez-le, il est ému ! Eh oui ! Mlle George, la grande Mlle George !

CUSSONNET. Mais mon héroïne a vingt ans ! Et Mlle George...

HAREL. Ne soyez pas grossier avec les dames. Mlle George a l'âge qu'elle veut. Surtout de loin. Et je l'ai sous contrat pour deux ans. *(Il hurle à la cantonade.)* Alors, ce raccord ? J'attends ! *(À l'auteur, en s'éloignant.)* À bientôt, cher ami. Quel talent, non mais quel talent !

Tout à coup, Cussonnet, dans un sursaut de courage, s'exclame.

CUSSONNET *(s'arrêtant)*. Monsieur !

HAREL. Oui.

CUSSONNET. Je... je... avez-vous lu ma pièce ?

HAREL. Moi ? *(Il revient vers l'auteur, outré, rouge de colère.)* Moi, si j'ai lu votre pièce ? Me demander cela à moi, Harel ! Ah, nom de Dieu !

CUSSONNET *(reculant, confus)*. Pardonnez-moi !

HAREL *(hurlant, grandiose)*. Je ne lis jamais les pièces, monsieur ! Je les déballe et je les pose sur mon bureau. Si mes secrétaires ou mes filles en feuillettent une lorsqu'elles viennent me voler de l'argent, c'est que le titre est bon. Alors je retire la brochure du tas et je la fais lire à la femme du concierge ! Si elle pleure, je l'envoie aux quatre ou cinq grands comédiens de Paris en leur disant que l'auteur a songé à eux en l'écrivant. Si le comédien, après l'avoir lue, me balance la pièce à la figure, je la fous au panier. S'il me dit qu'il est intéressé, je lui annonce que son rival de l'Odéon ou de la Porte-Saint-Martin vient de me donner son accord verbal pour moitié moins d'argent. Puis nous signons, le comédien et moi, et je compte les décors et les costumes. Pour moi, une pièce, monsieur, c'est une chose concrète, des budgets, des contrats, des affiches, de la publicité, le son des écus dans la caisse ! Ici on monte les pièces, monsieur, on ne les lit pas ! Si vous voulez vous faire lire, allez à la Comédie-Française.

Il sort, furieux.
Cussonnet lui court après.

CUSSONNET. Monsieur Harel, monsieur Harel !

Il disparaît à sa suite.

Entre alors Bérénice, une jeune fille à la beauté aristocratique.
Elle avance avec précaution sur le plateau, regardant avec étonnement et amusement autour d'elle.

ANTOINE LE RÉGISSEUR. Vous cherchez ?

BÉRÉNICE. M. Frédérick Lemaître.

ANTOINE LE RÉGISSEUR. L'est pas là. Dégagez le plateau.

BÉRÉNICE. J'ai rendez-vous avec lui.

ANTOINE LE RÉGISSEUR. Alors, allez peut-être voir par ici.

Bérénice sort dans la direction indiquée.
Harel entre à nouveau, poursuivi par Cussonnet qui bafouille des excuses.

CUSSONNET. Monsieur Harel, je suis désolé, je vous supplie de me pardonner ma remarque.

HAREL. Soit ! *(Il toise Cussonnet.)* Maintenant, parlons argent.

CUSSONNET. Bien sûr, monsieur le directeur.

HAREL. Combien me donnez-vous ?

CUSSONNET. Pardon ?

HAREL. Je dis : combien me donnez-vous ? C'est pourtant clairement prononcé, j'ai encore toutes mes dents.

CUSSONNET. Mais je croyais... que c'était vous... qui alliez me donner de l'argent.

Bérénice rentre.

BÉRÉNICE. Messieurs, s'il vous plaît.

HAREL. Quoi ? Qu'est-ce qui se passe ?

BÉRÉNICE. Je viens voir M. Frédérick Lemaître.

HAREL. Mademoiselle, si vous désirez voir M. Lemaître, vous allez à la caisse et vous achetez un billet pour ce soir.

BÉRÉNICE. Cela, je l'ai déjà fait, monsieur, et plus d'une fois. Non, j'ai rendez-vous avec M. Lemaître.

HAREL. Allez l'attendre dans le foyer.

BÉRÉNICE. Merci, monsieur.

Elle sort.

HAREL. Nous disions ?

CUSSONNET. Vous parliez d'argent.

HAREL. Évidemment, mais qu'est-ce que je disais ?

Frédérick Lemaître apparaît alors en haut du théâtre, descendant, tel un deus ex machina, *par un plateau aérien que l'on appelle une gloire.*

Il tonne, avec une voix terrible.

FRÉDÉRICK. Harel !

Harel et Cussonnet se retournent, effrayés, et lèvent la tête pour découvrir le dieu de théâtre qui fonce sur eux.

CUSSONNET. Frédérick Lemaître !

FRÉDÉRICK. Harel, va payer trente livres à mes adversaires. Ils les ont méritées.

HAREL. Non ! Personne ne vous a demandé de jouer ni de perdre.

FRÉDÉRICK. Harel, il s'agit de mon honneur.

HAREL. Et de mon argent.

FRÉDÉRICK. Quelle épouvantable mesquinerie ! Comment oses-tu comparer mon honneur et ton argent ? Quand je pense que j'ai rejoint ce métier pour baigner dans l'art ; à cause de toi, je clapote dans un jus sordide. *(Il montre Firmin qui vient d'entrer.)* Donne la somme à Firmin.

HAREL. Monsieur Frédérick, je ne paierai pas vos dettes de jeu. Vous m'avez eu une première fois, il y a vingt ans, vous ne m'aurez pas deux. Je vous rappelle d'ailleurs que cela fait vingt ans que vous me devez quatre mille francs.

FRÉDÉRICK. Quatre mille francs ? Depuis vingt ans ? Et on dit que tout augmente... *(Désignant Firmin.)* Trente livres.

HAREL. Non.

FRÉDÉRICK. Très bien

Il saute de sa gloire et rejoint le plateau.

Puis, soudain, il se prend la tête entre les mains, comme s'il était saisi par un violent mal de crâne.

Il fait un signe à Antoine, le régisseur, qui s'approche.

FRÉDÉRICK. Antoine, qu'est-ce que nous jouons, ce soir ? Je ne me souviens plus.

ANTOINE LE RÉGISSEUR. Nous jouons *Vingt ans ou la Vie d'un malheureux.*

FRÉDÉRICK. Ah oui ? Et quelle est ma première réplique ?

ANTOINE LE RÉGISSEUR. « Ma chère femme, je vous souhaite le bonjour. »

FRÉDÉRICK. Comment dis-tu ? « Ma chère femme, je... je... »

ANTOINE LE RÉGISSEUR. « ... je vous souhaite le bonjour. »

FRÉDÉRICK. ... le bonjour. » Et après ?

ANTOINE LE RÉGISSEUR. « Je vous ai entendue pleurer, cette nuit. »

FRÉDÉRICK. Pleurer ? Je parle de ça ? Moi ? *(Il se tourne vers Harel et annonce, péremptoire.)* Harel, j'ai perdu la mémoire.

HAREL. J'ai dit non.

FRÉDÉRICK. Harel, je ne me souviens plus de rien.

HAREL. Non.

FRÉDÉRICK. Harel, on va être obligé de baisser le rideau après mon entrée.

HAREL. Non.

FRÉDÉRICK. Harel, si l'on baisse le rideau, tu vas devoir rembourser les spectateurs.

HAREL. Nom de Dieu !

Harel s'approche de Firmin et sort des billets.

FRÉDÉRICK *(comme si son cerveau revivait)*. Ah... ça y est... ça me revient petit à petit... *(Harel donne un billet.)*... la première phrase... *(Harel donne un autre billet.)*... la deuxième phrase... *(Harel donne un autre billet.)*... la troisième... Oui, tout le rôle. *(Harel range sa bourse. Frédérick fronce les sourcils.)* Et le pourboire, pour ce pauvre Firmin qui fait tes commissions, Harel ? *(Harel, à contrecœur, tend une pièce. Frédérick commente en haussant les épaules.)* L'ingrat ! *(Il tend la main à Cussonnet.)* Monsieur ?

CUSSONNET *(très impressionné)*. Barnabé-Guy-Octave de Fleury-Mombreuse du Pantel de Saint-Amant.

FRÉDÉRICK. C'est gentil d'être venu si nombreux.

CUSSONNET. Je suis auteur dramatique.

FRÉDÉRICK. Dramatique, je n'en doute pas une seconde. *(Il tourne les talons et apostrophe le régisseur.)* Antoine, j'ai eu l'impression que les trappes n'étaient pas stables, hier soir.

ANTOINE LE RÉGISSEUR. Je les ai graissées aujourd'hui, monsieur Frédérick.

FRÉDÉRICK. Vérifions. Si la trappe grince, le public rit. Le drame demande de l'huile.

Désormais, pendant que Cussonnet et Harel continuent leur discussion, Frédérick va tester les trappes du théâtre, disparaissant ici, réapparaissant là, sans évidemment perdre une miette de la conversation qui l'amuse beaucoup.

HAREL. Mais oui, mon cher Cussonnet, comment croyez-vous que je vais mettre en chantier votre pièce ? Avec quoi est-ce que je vais payer les décors, les costumes, les répétitions ? Je suis laminé, mon petit, ratissé, je n'ai même plus de quoi glisser la pièce au facteur, qui d'ailleurs ne m'apporte que des factures et des billets d'échéance. *(Un temps.)* Nous allons fermer.

Derrière eux, la tête de Frédérick sort du plancher. Il sourit.

CUSSONNET. Pardon ?

HAREL. C'est tout ce qu'il nous reste à faire ! fermer.

CUSSONNET *(étonné)*. Mais *Vingt ans ou la Vie d'un malheureux* est un grand succès !

HAREL *(de très mauvaise foi)* et FRÉDÉRICK *(l'imitant en prononçant en même temps les répliques)*. Mmmm... Ça marchote... ça marchote... pas plus...

CUSSONNET. J'ai voulu y aller la semaine dernière et il n'y avait plus de places.

HAREL et FRÉDÉRICK. Ça... la semaine dernière a été excellente.

CUSSONNET. Et ma belle-famille n'a pas trouvé de places pour demain.

HAREL *(péremptoire).* Je ne couvre pas mes frais. Le montage m'a coûté très cher, trop cher. Et puis j'ai trop de dépenses. Les artistes...

FRÉDÉRICK *(finissant la phrase à la même vitesse que lui).* ... se montrent trop gourmands...

HAREL. ... je mets des mois à gagner de l'argent...

FRÉDÉRICK *(en même temps qu'Harel).* ... et seulement trois jours à en perdre.

Harel, exaspéré que Frédérick lui sape son numéro de directeur pleureur, tape du pied pour faire taire le comédien qui disparaît alors dans le plancher. Harel se reprend et devient tendre, presque humide, avec Cussonnet.

HAREL. Non, ce qui m'aurait fait plaisir, avant de me retirer, cela aurait été de créer un jeune auteur, une pièce nouvelle, mon... mon... *(Il fait semblant de chercher l'expression adéquate.)*... mon...

FRÉDÉRICK *(sortant la tête du plancher et soufflant).* ... chant du cygne !

Harel tape du pied, Frédérick redisparaît.

HAREL. Mon chant du cygne, en quelque sorte... Vous n'auriez pas quelques économies ?

CUSSONNET. Si, bien sûr... mais...

HAREL. Il ne s'agit que d'un investissement provisoire. Naturellement, avec le succès que vous allez remporter, vous gagnerez une fortune en droits d'auteur. Ça, je vous le garantis !

CUSSONNET *(en nage).* J'ai dix mille francs à la banque.

HAREL *(réprimant un sourire de satisfaction pour soutirer plus)*. Dix mille, ce n'est pas assez. Avec cela, je couvre les répétitions mais pas les costumes.

CUSSONNET. Bien sûr... il reste une partie de la dot de ma femme... cinq mille francs...

HAREL. Très bien. Mais avec quoi payer les décors ?

CUSSONNET *(cri du cœur)*. Vous me disiez que vous alliez reprendre d'anciennes toiles !

HAREL. Mon cher Cussonnet, on ne va pas vous monter au rabais ! Il faut absolument créer au moins un nouveau décor, sinon le public protestera.

CUSSONNET. Évidemment... Je pourrais peut-être demander à ma tante Mombreuse... Il faudrait ?

HAREL. Trois mille.

CUSSONNET. Je vais essayer.

HAREL. Alors topez là, cher ami, l'affaire est faite. Nous allons monter votre premier chef-d'œuvre ! Ah, mais bravo ! Quel talent ! Non mais quel talent ! Je vous raccompagne.

CUSSONNET *(défait)*. Oui...

Frédérick sort brusquement et magiquement du plancher par une trappe et arrive juste entre eux deux.

FRÉDÉRICK. Harel !

Harel et Cussonnet sursautent.

HAREL. Quoi ?

FRÉDÉRICK. Tu as oublié quelque chose.

HAREL. Moi ?

FRÉDÉRICK. Il lui reste encore sa montre !

Harel, furieux, pousse Cussonnet hors de la scène.

HAREL. Alors à demain, cher ami, à demain.

Puis il revient, furieux, et fonce vers Frédérick.

HAREL. Mais enfin, qu'est-ce qui vous prend ? Je m'occupais pacifiquement de notre prochaine pièce.

FRÉDÉRICK. Je suis ton ange gardien, Harel. Je t'empêche de devenir malhonnête.

HAREL. Malhonnête... tout de suite les grands mots !

FRÉDÉRICK *(changeant de sujet)*. Mon bon Harel, je suis inquiet. Il y a de plus en plus d'émeutes à Paris. Les Français sont déçus par Louis-Philippe. Pourquoi faire la révolution pour se retrouver au pied du trône... *(Voyant qu'Harel ne l'écoute pas.)* Harel, je te parle de la France.

HAREL. Je m'en fous de la France, je dirige un théâtre, moi !

FRÉDÉRICK. Harel, pourrais-tu accéder à la moindre idée générale ?

HAREL. Les idées générales ? C'est une épidémie. N'importe qui ici, en s'appuyant sur un comptoir et en s'envoyant un verre dans le gosier, se lance dans les idées générales et se croit capable de gouverner le pays.

FRÉDÉRICK. Les Français ont la tête citoyenne. C'est de la politique.

HAREL. C'est de la prétention.

FRÉDÉRICK *(incisif)*. Mon bon Harel, si les émeutes reprennent, il n'y aura plus personne dans les théâtres.

HAREL *(touché)*. Aïe...

FRÉDÉRICK. Et, dans le cas inverse, si Louis-Philippe durcit sa politique de répression, la censure sera rétablie.

HAREL. Aïe...

FRÉDÉRICK. Et cette fois-ci, tu ne pourras pas t'en tirer avec de la publicité mensongère. Qu'avais-tu fait paraître dans les journaux, l'an dernier, pendant l'épidémie de choléra ? « Comme l'ont montré les études des professeurs Mélisse et Bordereau, le théâtre des Folies-Dramatiques est la seule salle de Paris où le choléra ne se propage pas » ?

HAREL *(hargneux)*. Je me demande comment vous l'avez su. Vous étiez enfermé chez vous à l'époque, vous n'ouvriez même pas votre courrier.

FRÉDÉRICK *(grondant)*. Harel !

HAREL *(grommelant)*. Eh bien ? Que faut-il faire ?

FRÉDÉRICK. La république !

HAREL. Ce Lemaître me tuera ! Je lui accorde les rôles, les costumes, les billets qu'il désire, je lui verse des cachets exorbitants, et voilà qu'il me demande à présent la république ! *(Hors de lui.)* Je ne peux pourtant pas vous la donner, moi, la république !

FRÉDÉRICK. Non, mais par contre tu vas monter cette pièce, une pièce républicaine. *(Il sort une brochure.)* *Charles II*. C'est l'histoire de ce roi d'Angleterre qui s'est fait couper la tête sur le billot. Imagine la scène... la hache, l'angoisse, le bourreau, le peuple régicide...

HAREL. Il va encore y avoir un scandale.

FRÉDÉRICK. Es-tu contre ?

HAREL. Au contraire. Le scandale fait sonner les écus dans la caisse.

FRÉDÉRICK. Très bien. *(Il lui tend la brochure et se rembrunit.)* Au sujet d'écus dans la caisse, je voulais te dire que huit séances par semaine, c'est beaucoup trop. Je ne veux plus jouer en matinée.

HAREL. Nous remplissons !

FRÉDÉRICK. Je suis épuisé.

HAREL *(avec un petit air malin).* Vous, vous avez lu la critique de Jules Janin dans *Le Figaro.*

FRÉDÉRICK *(superbe de mauvaise foi). Le Figaro,* qu'est-ce que c'est *Le Figaro* ?

HAREL. Vous me demandez une augmentation parce que vous avez eu une mauvaise critique.

FRÉDÉRICK. Moi ? J'ai toujours eu de très bonnes critiques. Et de toute façon, je ne les lis pas.

HAREL. Les journalistes ne se rendent pas compte du mal qu'ils me font ! Chaque fois que paraît un mauvais papier sur une pièce qui marche, les artistes le font payer au directeur. Je refuse de participer à ce jeu-là. À l'avenir, je paierai les critiques directement.

FRÉDÉRICK. Pourquoi ? Tu ne le fais pas ? Mais alors qu'est-ce que tu fais de l'argent que notre sueur te fait gagner ? Je pensais me trouver dans un théâtre sérieux, moi.

Le concierge Pipelet entre précipitamment.

PIPELET. Catastrophe : il y a les huissiers en bas.

FRÉDÉRICK. Nom de Dieu ! Pour qui est-ce ? Pour Harel ou pour moi ?

PIPELET. Je crois que, cette fois-ci, ils veulent M. Harel.

HAREL *(calmement)*. Bon, bon, j'y vais. Fais-les monter dans mon bureau.

Pipelet repart en courant.

FRÉDÉRICK *(sortant quelque chose de sa poche)*. Tiens, mon vieux, prends un oignon, ça va plus vite. *(Et il lui coupe le légume en deux avec un petit couteau de poche.)* Mets-le dans ton mouchoir et fais-toi sangloter en milieu de l'entretien.

HAREL *(prenant délicatement l'oignon dans son mouchoir.)* C'est gentil, monsieur Frédérick. *(Un peu vexé.)* Mais vous savez, dès qu'il s'agit d'argent, je pleure sur commande.

Il sort.

FRÉDÉRICK *(au régisseur)*. Alors ? Et ce raccord ?

ANTOINE LE RÉGISSEUR. Il est huit heures un quart et nous jouons dans quinze minutes, monsieur Lemaître.

FRÉDÉRICK. Voilà ! On me fait lever à l'aube pour un raccord et tout le monde disparaît.

ANTOINE LE RÉGISSEUR. Il y a au foyer quelqu'un qui vous attend.

FRÉDÉRICK. Moi ? Je n'ai aucun rendez-vous.

ANTOINE LE RÉGISSEUR. Elle est très jolie.

FRÉDÉRICK. Ah ? Alors j'ai peut-être rendez-vous.

Précieuse arrive en scène, ravissante femme, trottinante, froufroutante, les bras chargés de paquets.

Frédérick sourit en la voyant.

FRÉDÉRICK. Bonsoir, Précieuse.

PRÉCIEUSE. Je viens chercher mon baiser du soir.

Frédérick embrasse Précieuse sur la bouche.

PRÉCIEUSE. M'excuseras-tu ? Ce matin, j'avais un essayage de robe chez Peyronnet, j'ai préféré partir sans te réveiller.

FRÉDÉRICK. Tu as bien fait. *(Un temps.)* Où étais-tu, cet après-midi ?

PRÉCIEUSE. Chez mon professeur de chant. Et toi ?

FRÉDÉRICK. Mais... chez mon professeur de chant.

PRÉCIEUSE. Je ne te crois pas.

FRÉDÉRICK. Moi non plus. C'est curieux comme les professeurs de chant ne sont pas crédibles, cette saison. *(Puis il change brusquement de ton, devient câlin, sensuel, s'approche tendrement et la serre contre lui en lui murmurant à l'oreille de façon légèrement canaille.)* Bonsoir, ma douce. Alors, a-t-on été assez coquine aujourd'hui ? A-t-on bien fait se relever le nez des hommes en se trémoussant sur le boulevard ? A-t-on bien montré son mollet en descendant de voiture ? A-t-on bien démultiplié son sourire dans les jeux de miroir des cafés ?

PRÉCIEUSE *(heureuse et détendue)*. Oui.

FRÉDÉRICK *(sensuel)*. Combien d'œillades ? Combien

de regards ingénus ? Combien de mouchoirs qui tombent par hasard ?

PRÉCIEUSE. Des dizaines.

FRÉDÉRICK. Alors c'est une bonne journée ! J'ai besoin que la femme que j'aime ramasse sur son passage tous les désirs des hommes, que sa gorge et son cou en soient chargés, comme des écharpes de mousseline, lorsqu'elle revient, toute lourde, pour tomber à mes pieds.

PRÉCIEUSE. Tu aimes que je plaise, n'est-ce pas ?

FRÉDÉRICK. J'en ai besoin.

PRÉCIEUSE. J'ai rarement vu un homme aussi peu jaloux.

FRÉDÉRICK. Et Dieu sait si tu en as connu...

PRÉCIEUSE. Goujat !

FRÉDÉRICK. Excuse-moi. Non, je ne suis pas jaloux.

PRÉCIEUSE. Pourtant, tu étais saisissant de vérité dans Othello !

FRÉDÉRICK. J'étais maquillé.

ANTOINE LE RÉGISSEUR. Madame, monsieur, vous devez dégager le plateau, les premiers spectateurs vont arriver dans la salle.

PRÉCIEUSE. Je file dans ma loge. On doit me poser une perruque plus haute que le carillon de Notre-Dame. *(Elle sort. Puis subitement revient.)* Et toi, tu ne m'as pas répondu. Où étais-tu, cet après-midi ?

FRÉDÉRICK. Chez mon professeur de chant, t'ai-je dit.

PRÉCIEUSE *(sceptique)*. Tu as une belle voix mais tu chantes faux comme un évier.

FRÉDÉRICK. Justement, tu imagines le travail que ça lui donne.

Elle hausse légèrement les épaules et disparaît.

Frédérick se tourne vers le régisseur. Celui-ci a regardé Précieuse s'éloigner en faisant une grimace.

ANTOINE. Vous devriez vous méfier, monsieur Frédérick, on raconte des choses sur Précieuse.

FRÉDÉRICK. Ah oui ? Et quoi ? Mais quoi ?

ANTOINE. On dit qu'elle lève la jambe à tour de bras.

FRÉDÉRICK *(amusé)*. Je le sais bien. Crois-tu que je vaux mieux qu'elle ?

ANTOINE *(haussant les épaules)*. Oh, si ça vous est égal. Moi, simplement, je n'aime pas plaisanter lorsqu'il s'agit de sentiments.

FRÉDÉRICK. Les sentiments, comme tu dis, cela demande un sacré esprit de suite ; c'est stable, un sentiment, ça dure, c'est ancré dans le temps. Moi, je ne suis doué que pour l'éphémère, je ne suis bon qu'aux émotions.

ANTOINE. Mais l'amour ?

FRÉDÉRICK. Je l'achète tout fait.

ANTOINE. L'amour, tout de même, monsieur Frédérick, celui de Roméo, d'Othello, c'est une de vos spécialités sur scène.

FRÉDÉRICK. Justement. Tout l'amour que je peux éprouver est parti dans mes rôles.

Il s'approche soudain et demande, l'œil brillant, d'une voix plus confidentielle.

FRÉDÉRICK. Dis-moi, est-ce qu'elle est là ?

ANTOINE LE RÉGISSEUR. Qui ?

FRÉDÉRICK. Le cou de cygne...

ANTOINE LE RÉGISSEUR. Pour l'instant, la loge est vide.

FRÉDÉRICK. L'as-tu vue ?

ANTOINE LE RÉGISSEUR. Je suis comme vous, monsieur Frédérick, je ne l'aperçois que pendant les représentations, dans la pénombre.

FRÉDÉRICK. Chaque soir, depuis des mois, j'entrevois le cou de cygne qui se penche légèrement vers la scène, une nuque fraîche, gracile. Je ne suis jamais parvenu à découvrir son visage. Je distingue seulement deux yeux de jade qui feraient croire, comme les prunelles des chats, qu'ils ont leur propre lumière.

ANTOINE LE RÉGISSEUR. Monsieur Frédérick, ce n'est pas pour vous commander mais il faudrait songer à vous préparer...

Frédérick sort rapidement.

Il pousse une porte. Le décor tourne et il se trouve dans sa loge.

DEUXIÈME TABLEAU

La loge de Frédérick Lemaître au théâtre des Folies-Dramatiques

Dans ce bric-à-brac désordonné qui hésite entre la chambre de coquette et le magasin des accessoires, Frédérick s'approche de sa table à maquillage et découvre Précieuse en train de fouiller ses tiroirs.

FRÉDÉRICK. Qu'est-ce que tu fais ?

PRÉCIEUSE. Je... *(Crânement.)*... Je fouillais tes tiroirs, je lisais les lettres de femmes pour savoir si tu me trompes.

FRÉDÉRICK. Affirmatif. Tu es rassurée ?

PRÉCIEUSE. Oh !

FRÉDÉRICK. Regarde plutôt dans le coffret vert. L'argent est là.

Il l'ouvre et en sort des billets qu'il pose sur la table. Précieuse rougit.

PRÉCIEUSE. Je suis un peu à court en ce moment.

FRÉDÉRICK. Certainement pas à court d'idées. Prends.

PRÉCIEUSE *(se servant).* Frédérick, changeons vite de pièce, dans celle-ci je n'ai rien à jouer.

FRÉDÉRICK *(sincère).* Mais si, c'est un très beau rôle : je te parle tout le temps.

PRÉCIEUSE. Je te dis que c'est un rôle ingrat.

FRÉDÉRICK. Il faut dire que tu ne fais rien pour lui. Tu entres en scène comme dans une salle de bal, tu montres que tu as une jolie voix, une poitrine coquine, une taille bien prise... tu fais la belle mais tu ne joues pas.

À cet instant, on entend le régisseur frapper le sol du couloir avec un bâton.

LA VOIX D'ANTOINE LE RÉGISSEUR. Mademoiselle George ! Mademoiselle George !

Mlle George entre dans la loge de Frédérick.

MLLE GEORGE. Dis-moi, Frédérick, as-tu songé à ce que je t'ai dit ? As-tu relu *Cléopâtre* ? *(Elle découvre la présence de Précieuse.)* Bonsoir, Précieuse.

PRÉCIEUSE *(pincée).* Bonsoir, madame.

MLLE GEORGE *(à Frédérick). Vingt ans ou la Vie d'un malheureux* ne nous mènera plus bien loin. Il faudrait répéter autre chose.

FRÉDÉRICK. On m'a envoyé une pièce sur Charles II.

MLLE GEORGE. Mmm... Et *Cléopâtre* ?

PRÉCIEUSE. Avec vous ?

MLLE GEORGE. Évidemment.

PRÉCIEUSE. Le public a envie d'héroïnes... jeunes... et désirables.

MLLE GEORGE. Mon petit, ne soyez pas trop infatuée de votre jeunesse. C'est un bien transitoire, la jeunesse. Ça passera. Quoi que vous fassiez, ça passera. Au contraire, plus vous essaierez de la retenir, plus elle vous glissera entre les mains. *(Elle la regarde avec aplomb.)* Dans quelques années, vous serez pathétique, ma chère Précieuse, vous serez la vieille qui veut faire jeune. *(À Frédérick.)* Moi, je n'ai jamais eu peur de vieillir car je n'ai jamais été une jeune fille ; chez moi, la jeunesse était une erreur. *(À Précieuse.)* Par contre, j'avais l'essentiel : le talent.

PRÉCIEUSE. Vous verrez... lorsque je reprendrai vos rôles !

FRÉDÉRICK. Précieuse, je t'en prie !

MLLE GEORGE. Non, ne la critique pas. Cette enfant travaille avec ses petits moyens. Lorsqu'elle entre en scène, le public soupire : « Qu'elle est belle », certes, mais il ne le dit qu'une fois, et après dix minutes il l'a totalement oubliée. Tandis que moi, lorsque j'arrive sur les planches, on ne dit rien ; mais lorsque j'en sors, le public hurle : « Qu'elle est belle » ; et plus d'une fois ; et il s'en souvient longtemps.

PRÉCIEUSE. Vous étouffez de jalousie parce que j'ai les yeux violets.

MLLE GEORGE. Dommage que vous n'en ayez que deux ! *(Elle crie.)* Régisseur !

Antoine apparaît immédiatement et se met à frapper le sol.

ANTOINE LE RÉGISSEUR. Mademoiselle George ! Mademoiselle George !

PRÉCIEUSE. Vous n'êtes pas belle !

MLLE GEORGE *(royale)*. Je suis belle quand je veux !

Elle sort majestueusement, laissant Précieuse ivre de rage. Elle se venge en dispersant les vêtements posés dans la loge.

PRÉCIEUSE. Je la hais ! Je la hais !

Frédérick, tenant à peine compte de l'hystérie de Précieuse, passe derrière le paravent pour se changer.

FRÉDÉRICK. Tu ne devrais pas t'attaquer à la George. Elle a eu tout Paris à ses pieds, y compris l'Empereur.

PRÉCIEUSE. Y compris toi ?

Pas de réponse. Précieuse serre les poings.

PRÉCIEUSE. Mais enfin, elle n'était même pas jolie !

FRÉDÉRICK. Non... elle n'était pas jolie... elle était pire...

PRÉCIEUSE. Je ne supporte pas ce genre de conversation.

Et elle sort brusquement.

Pipelet passe alors la tête.

PIPELET. Monsieur Frédérick, il y a une jeune fille qui aurait rendez-vous avec vous.

FRÉDÉRICK. Fais-la entrer, Pipelet.

Bérénice s'avance dans la loge, regarde autour d'elle avec intérêt, et, toujours, une lueur d'amusement dans les yeux.

Frédérick se change et se maquille dans une partie de la loge qui est visible par le public, mais dissimulée à Bérénice par un paravent. Ils vont commencer leur discussion sans pouvoir encore se regarder.

FRÉDÉRICK. Vous êtes là ?

BÉRÉNICE. Oui.

FRÉDÉRICK. Ne parlez pas, je sais déjà qui vous êtes. Vous devez avoir une vingtaine d'années, vous avez trouvé votre enfance interminable, vos parents idiots, la vie morose comme un crépuscule d'hiver, vous aviez hâte de grandir, d'avoir de la hanche, de la poitrine, du maintien, de l'impertinence, bref, vous étiez impatiente de prendre le pouvoir, devenir une femme. Voilà, maintenant vous l'êtes. Faux ?

BÉRÉNICE. Une femme ? C'est vrai.

FRÉDÉRICK *(s'amusant tout en se préparant à la représentation)*. Vous avez vingt ans, pas d'argent, vous voulez faire une fin, il n'y a donc plus que trois solutions : le suicide, le mariage ou le théâtre. Le suicide, c'est risqué ; le mariage, c'est sûr mais lent. Reste le théâtre. Vous vous êtes rappelé le dicton populaire : « Une comédienne est plus femme qu'une autre femme : un comédien est moins homme qu'un autre homme. » Je préfère d'ailleurs ne pas vous dire ce que je pense de la deuxième moitié. Voilà, vous vous êtes dit en face de votre miroir : « Pourquoi ne deviendrais-je pas comédienne, après tout j'ai une bonne voix et je ne suis pas plus laide qu'une autre. » *(Changeant de ton.)* Jusque-là, j'ai raison ?

BÉRÉNICE *(amusée).* Cela vous ferait plaisir ?

FRÉDÉRICK. Quoi ?

BÉRÉNICE. D'avoir raison ?

FRÉDÉRICK. Énormément.

BÉRÉNICE. Je ne veux pas vous refuser ce plaisir.

FRÉDÉRICK *(joyeux).* Je continue donc. *(Pendant ce temps, il se déguise en ancien général d'Empire pour la pièce.)* Et vous vous voyez déjà portant les plus belles robes de Paris, à la scène comme à la ville, recevant des fleurs, des bijoux, des compliments, roulant en calèche ouverte sous les acclamations. Faux ?

BÉRÉNICE. Cela vous ferait toujours aussi plaisir ?

FRÉDÉRICK. Toujours.

BÉRÉNICE. Alors : vrai.

FRÉDÉRICK. Mais là, vous hésitez subitement : il y a un prix à payer ; vous allez devenir la proie des hommes, des intrigues, des jalousies ; vous risquez de trébucher avant d'avoir commencé votre ascension. Avec sagesse, vous avez pensé : J'ai besoin d'un protecteur, allons voir Frédérick Lemaître.

BÉRÉNICE. En premier ?

FRÉDÉRICK. Pardon ?

BÉRÉNICE. J'aurais peut-être pu me dire : Allons voir Bocage, Mélingue ou Debureau.

FRÉDÉRICK *(riant)*. L'insolente...

BÉRÉNICE. Il y a d'autres grands talents à Paris.

FRÉDÉRICK. Oui, mais c'est moi qui ai la plus mauvaise réputation avec les femmes.

BÉRÉNICE. C'est vrai. Donc, je me suis dit : Allons voir Frédérick Lemaître.

FRÉDÉRICK. « Allons voir Frédérick Lemaître, si je lui plais, il fera peut-être quelque chose pour moi », sans imaginer, bien sûr, que vingt jeunes filles ont la même idée par jour, et qu'une dizaine passent à l'acte.

BÉRÉNICE. Je ne m'en doutais pas, je le savais.

FRÉDÉRICK. Peu importe, vous faites croire à un rendez-vous, et vous déboulez dans ma loge. C'est ici que je vous crie : Arrêtez.

BÉRÉNICE. Pardon ?

FRÉDÉRICK. Ne rêvez plus. Dans la comédienne, vous ne voyez que la putain. Le théâtre n'est pas un trottoir où s'expose la femme parée que le chaland va acheter. Pour être applaudie, il faut avoir du talent.

Frédérick va pour continuer mais, enfin costumé et maquillé en ancien général d'Empire, il pousse le paravent et découvre Bérénice.

FRÉDÉRICK *(s'exclamant)*. Le cou de cygne...

BÉRÉNICE *(se tournant vers lui)*. Pardon ?

FRÉDÉRICK *(découvrant le visage de Bérénice)*. Les yeux de jade...

BÉRÉNICE. Je ne comprends pas.

Frédérick, sans s'en rendre compte, est en train de connaître un véritable coup de foudre.

FRÉDÉRICK *(se remettant lentement)*. Non, rien... vous ressemblez à... un souvenir.

BÉRÉNICE *(souriante)*. Un bon souvenir ?

FRÉDÉRICK. C'est à voir... *(Subitement.)* Vous n'avez pas du tout la tête de l'emploi.

BÉRÉNICE. Quel emploi ?

FRÉDÉRICK. L'emploi de la sans-emploi. *(Un temps. Il essaie de se ressaisir.)* Je disais ?

BÉRÉNICE. Que, pour être comédienne, il faut d'abord avoir du talent. Je vous trouve bien définitif lorsque vous ne m'en prêtez aucun. Qu'en savez-vous ?

FRÉDÉRICK *(la contemplant)*. En tout cas, vous avez du talent pour être une femme.

BÉRÉNICE *(touchée)*. Merci.

FRÉDÉRICK. Je ne vous ai même pas demandé comment vous vous appelez.

BÉRÉNICE. J'imagine que cela aussi vous le savez. Marion, Irma, Margot ? Oui, Margot !

FRÉDÉRICK. C'est ce que j'aurais dit derrière mon paravent avant de vous voir. Je pense maintenant qu'il faudrait un prénom plus rare. S'il vous plaît, dites-le-moi.

BÉRÉNICE. Et si je l'inventais, à mon tour ?

FRÉDÉRICK. Alors il vous ressemblerait encore plus.

Elle baisse les yeux, soupire, puis lâche dans un sourire.

BÉRÉNICE. Bérénice.

FRÉDÉRICK. Magnifique. *(Il la contemple et murmure à mi-voix.)*

Dans un mois, dans un an, comment
souffrirons-nous,
Seigneur, que tant de mers me séparent de vous ?
Que le jour recommence et que le jour finisse
Sans que jamais Titus puisse voir Bérénice...

BÉRÉNICE *(finissant doucement la citation).*
Sans que de tout le jour je puisse voir Titus ?

FRÉDÉRICK *(charmeur).* Comme je regrette de m'appeler Frédérick. *(Il se reprend.)* Vous connaissez la tragédie de Racine ?

BÉRÉNICE. Tout à l'heure, vous m'avez annoncé que j'étais pauvre, vous ne m'avez pas précisé que j'étais aussi ignorante.

FRÉDÉRICK. Qui êtes-vous ?

BÉRÉNICE. Bérénice.

FRÉDÉRICK. C'est évident : Racine a dû s'inspirer de vous pour écrire sa pièce.

BÉRÉNICE. Maman l'avait applaudie à la Comédie-Française ; elle avait été si émue qu'elle a tenu à me donner ce prénom.

FRÉDÉRICK. Je vois la scène : une maman couturière ou repasseuse qui monte tout là-haut, au dernier étage de la Comédie-Française, sur les méchants bancs de bois, qui pleure aux alexandrins de Racine et qui décide d'offrir à son bébé de pauvre un nom de princesse. Alors, vous êtes une enfant du paradis ?

BÉRÉNICE *(doucement)*. En est-il d'autres ?

Il est très troublé. Elle aussi. Ils se regardent.

Soudain, on frappe nerveusement à la porte et, avant que Frédérick ait pu répondre, le concierge passe une tête anxieuse.

PIPELET. Monsieur Frédérick, monsieur Frédérick, au secours, il faut m'aider !

On entend un bruit de corps qui s'écroule. Un jeune homme, ensanglanté, vient de glisser des bras de Pipelet et de s'évanouir sur le seuil de la loge.

FRÉDÉRICK. Quoi ? Maximilien ?

PIPELET. Ils vont me le tuer.

FRÉDÉRICK. Qu'est-ce que tu racontes ?

Il ferme la porte et, avec l'aide de Bérénice et de Pipelet, traîne Maximilien dans la pièce et le pose sur le sofa. Le jeune homme ouvre les yeux.

FRÉDÉRICK *(le tamponnant avec un chiffon humide)*. Allons, il s'est simplement évanoui. *(Il regarde l'épaule.)* Qu'est-ce que c'est ?

PIPELET. Une balle lui a déchiré l'épaule.

FRÉDÉRICK *(à Bérénice)*. S'il vous plaît, allez chercher de quoi le nettoyer.

PIPELET. Demandez à ma femme, dans la loge !

Bérénice sort rapidement. Derrière elle, Frédérick ferme le verrou de sa loge. Il se tourne vers Pipelet.

FRÉDÉRICK. Tu ne crois pas que tu devrais m'expliquer ?

PIPELET. Vous savez bien, monsieur Frédérick, que dans la famille nous sommes tous des républicains.

FRÉDÉRICK. Je le sais.

PIPELET. Eh bien, Maximilien et ses amis préparaient un attentat contre Louis-Philippe. Ils ont été dénoncés. La police est descendue dans la cave où ils se réunissent. Maximilien a réussi à s'échapper. Mais, en le poursuivant, les policiers l'ont blessé.

FRÉDÉRICK. Il a déjà perdu beaucoup de sang.

À cet instant, on frappe violemment à la porte.

LES VOIX. Ouvrez ! Police !

PIPELET. Nom de Dieu, ils l'ont filé jusqu'ici !

FRÉDÉRICK. Chut !

LES VOIX. Ouvrez ! Police ! Ouvrez !

FRÉDÉRICK. Un instant, messieurs, je suis nu.

LES VOIX. On s'en fout.

FRÉDÉRICK. Pas moi.

LES VOIX. Ouvrez ! Police !

FRÉDÉRICK *(à voix basse)*. Mettons-le dans le coffre.

Pipelet et Frédérick font glisser Maximilien dans le coffre.

LES VOIX. Ouvrez !

FRÉDÉRICK. Laissez-moi enfiler une chemise, au moins.

Il ôte prestement son pantalon et ses chaussures. Puis il va ouvrir.

Deux policiers et le chef de la Sûreté entrent brutalement dans la loge. Ils découvrent Frédérick et Pipelet.

FRÉDÉRICK. À qui ai-je l'honneur ?

LE CHEF DE LA SÛRETÉ. Chef de la Sûreté.

FRÉDÉRICK. Frédérick Lemaître.

LE CHEF DE LA SÛRETÉ *(mauvais).* On vous connaît.

FRÉDÉRICK. Et voici monsieur Pipelet, concierge des Folies-Dramatiques. *(Voyant Pipelet agité de frémissements nerveux.)* Ne faites pas trop attention à lui, il est un peu gâteux.

Pendant cette discussion, les policiers examinent la loge.

LE CHEF DE LA SÛRETÉ. Un meurtrier s'est réfugié dans le théâtre.

FRÉDÉRICK. Allons bon ! *(Il ferme brusquement la porte.)* Messieurs, je vous en supplie : restez dans la loge avec moi. *(Les trois hommes le regardent avec surprise, arrêtant de fouiller.)* J'ai besoin d'une protection. Le mois dernier, un cocher s'est introduit ici pour m'exécuter sous prétexte que sa femme avait prononcé mon nom dans son sommeil ! Tenez, il s'était caché dans le seul endroit où l'on peut se dissimuler, dans ce coffre !

Il le désigne théâtralement.

Les trois policiers regardent le coffre. Pipelet se met à trembler encore plus.

FRÉDÉRICK. J'étais en train de me farder lorsqu'il est sorti du coffre, le couteau entre les dents. Heureusement, je l'ai vu dans ma glace, je me suis retourné et nous avons roulé à terre. Les camarades ont accouru et sont parvenus à le maîtriser. Un malade ! Un agité de la cervelle ! Je ne suis tout de même pas responsable des songes de sa femme ! *(Les policiers regardent encore le coffre, dubitatifs. Frédérick tombe à genoux.)* Je vous en supplie : protégez-moi du prochain cocu.

LE CHEF DE LA SÛRETÉ. Il ne s'agit pas d'un cocu mais d'un bandit qui complote contre le roi.

FRÉDÉRICK *(sceptique)*. Je n'y crois pas une seconde.

LE CHEF DE LA SÛRETÉ *(amusé)*. Nous le pistons depuis qu'il s'est échappé de la cave où nous avions organisé le guet-apens.

FRÉDÉRICK *(toujours sceptique et tremblant)*. Et pourquoi se serait-il réfugié ici ? Non, non ! Il est venu pour moi, j'en suis sûr ! *(Il se jette contre la porte pour les empêcher de sortir.)* J'ai peur ! Restez !

LE CHEF DE LA SÛRETÉ. Écoutez, nous n'avons pas de temps à perdre.

FRÉDÉRICK. Et moi, croyez-vous que j'ai une vie à perdre ?

LE CHEF DE LA SÛRETÉ. Croyez ce que vous voulez !

Il pousse brutalement Frédérick, rouvre la porte et passe la tête dans le couloir.

LE CHEF DE LA SÛRETÉ. Il n'est pas ici non plus. Bouclez toutes les sorties du théâtre. Et encerclez la salle.

Les trois policiers sortent.

FRÉDÉRICK *(les poursuivant lâchement).* Messieurs, messieurs, et moi ! Et moi ! Ne me laissez pas seul, enfin !

LE CHEF DE LA SÛRETÉ *(avec mépris).* Quand je pense que ma femme aussi vous prend pour un héros... Vous n'avez qu'à vous enfermer, mauviette !

Ils disparaissent. Frédérick a un petit sourire de triomphe.

FRÉDÉRICK. Ça, tu peux y compter !

Il ferme le verrou. Pipelet ouvre le coffre. Ils font respirer Maximilien.

PIPELET. Nom de Dieu, nous sommes foutus ! Puisqu'on ne peut plus sortir, ils vont le trouver !

LA VOIX DU RÉGISSEUR. En scène ! Mesdames, messieurs, en scène ! La représentation commence dans deux minutes !

PIPELET. Mon Maximilien ! Ils vont le fusiller.

FRÉDÉRICK *(avec un sourire).* Nous sommes au théâtre, mon vieux Pipelet, et ton Maximilien est bien trop beau pour mourir au premier acte. *(Plus bas.)* Voilà, fais exactement ce que je vais t'indiquer...

Et il s'approche de Pipelet pour lui parler à l'oreille.

NOIR

TROISIÈME TABLEAU

Scène des Folies-Dramatiques pendant la représentation de Vingt ans ou la Vie d'un malheureux

On voit la représentation depuis les coulisses : décors à l'envers, acteurs de profil ou de dos. Au loin, on aperçoit la grande bouche d'ombre de la salle.

Sur les bords de la scène, contre les montants des décors, deux gendarmes surveillent les allées et venues des comédiens tout en écoutant le drame.

Dans les cintres, un technicien envoie des feuilles automnales dans le décor de cour où se passe l'action.

Plus tard, d'autres machinistes actionneront la feuille à tonnerre, la machine à vent, la machine à neige, etc. Tous les trucages seront donc réalisés à vue.

La représentation touche à sa fin.

Sur scène, Mlle George/Rosalie embrasse le front de Parisot/Étienne qui se trouve à genoux.

PARISOT/*ÉTIENNE*. Ah, ce baiser. Il me console de tout.

MLLE GEORGE/*ROSALIE*. Mon chéri.

PARISOT/*ÉTIENNE*. Il me fait oublier ces vingt ans passés dans un collège humide et sombre, humilié par les pères, moqué par mes amis, harcelé par les surveillants, vingt ans passés à espérer l'amour... l'impossible amour.

MLLE GEORGE/*ROSALIE*. Tu l'as. Tu l'as enfin. Jamais amour ne fut plus grand que le mien.

Frédérick / Noblecourt, en général d'Empire, se précipite sur la scène et se met à hurler à l'adresse de Parisot / Étienne.

FRÉDÉRICK/*GÉNÉRAL NOBLECOURT*. Misérable ! Cette fois-ci, je te prends sur le fait, dans les bras de ma femme ! Tu ne me tromperas plus !

Frédérick/Noblecourt sort un revolver et abat Parisot/Étienne d'un coup sonore.
Murmure d'effroi dans la salle.
Parisot/Étienne tombe raide à terre.

MLLE GEORGE/*ROSALIE*. Malheureux ! C'était ton fils !

FRÉDÉRICK/*GÉNÉRAL NOBLECOURT*. Quoi !

MLLE GEORGE/*ROSALIE*. Regarde ! Il a derrière l'oreille droite la fameuse tache brune de tous les Noblecourt !

Frédérick/Noblecourt s'agenouille, regarde puis s'arrache les cheveux.

FRÉDÉRICK/*GÉNÉRAL NOBLECOURT*. Quoi ? Il n'était donc pas ton amant ? Cet homme à qui tu écrivais la nuit, cet homme que je t'ai vue couvrir de baisers à la pleine lune, cet homme qui portait sur son cœur ton portrait en médaillon, cet homme...

MLLE GEORGE/*ROSALIE*. ... cet homme était notre enfant ! L'enfant que nous avions perdu pendant la campagne de Russie, et que nous avions cru mort de froid ! Notre Étienne !

Frédérick/Général Noblecourt tombe à genoux.

FRÉDÉRICK/*GÉNÉRAL NOBLECOURT*. Malheureux ! Qu'ai-je fait !

MLLE GEORGE/*ROSALIE (partant pour une longue plainte)*. Ah, si j'avais...

FRÉDÉRICK/*GÉNÉRAL NOBLECOURT (la coupant et criant soudain avec emphase)*. Qu'on fasse venir un cercueil !

MLLE GEORGE/*ROSALIE (surprise, à voix basse)*. Mais qu'est-ce que tu racontes ? C'est ma tirade.

FRÉDÉRICK/*GÉNÉRAL NOBLECOURT*. Oui, Oui... qu'on fasse immédiatement venir un cercueil. *(Hurlant.)* Un cercueil pour mon fils ! Un cercueil pour un pauvre enfant de vingt ans !

Pipelet et le régisseur, déguisés, apportent sur scène le coffre de la loge de Frédérick puis ressortent.

FRÉDÉRICK/*GÉNÉRAL NOBLECOURT (au cadavre)*. Je veux te mettre moi-même dans ton dernier berceau, toi, mon fils que je n'ai pas connu, mon fils que je n'ai pas serré dans mes bras, mon fils auquel je n'ai pas su sourire.

MLLE GEORGE *(furieuse, à voix basse)*. C'est agréable d'être prise pour une guirlande. Qu'est-ce que je fais ?

FRÉDÉRICK/*GÉNÉRAL NOBLECOURT (à voix basse)*. Pleure ! *(Reprenant avec noblesse.)* Oui, une fois, rien qu'une fois, même si c'est trop tard, j'aurai pour toi un geste de père.

Il se penche pour soulever Parisot/Étienne qui résiste en se raidissant.

PARISOT *(à voix basse).* Mais ce n'est pas dans la pièce.

FRÉDÉRICK *(à voix basse).* Laisse-toi faire, crétin !

PARISOT *(à voix basse).* Je ne veux pas aller dans cette boîte, j'ai peur du noir.

FRÉDÉRICK *(à voix basse).* Laisse-toi faire ou je te chatouille.

À cette perspective, Parisot s'abandonne immédiatement dans les bras de Frédérick.

FRÉDÉRICK/*GÉNÉRAL NOBLECOURT (lyrique).* Tu as vingt ans, et tu n'auras connu que la solitude et le malheur. Le destin, la guerre, la neige t'avaient arraché à ton père et à ta mère.

MLLE GEORGE *(à voix basse).* Qu'est-ce que je fais pendant ce temps-là ?

FRÉDÉRICK *(à voix basse).* Pleure, je te dis !

Mlle George a immédiatement un sanglot déchirant qui bouleverse la salle. Frédérick a déposé Parisot dans le coffre.

PARISOT *(criant).* Eh... mais il y a déjà quelqu'un !

Frédérick lui fourre le linceul dans la bouche.

FRÉDÉRICK *(rapidement, à voix basse).* Tais-toi !

Il pose précipitamment le couvercle pour étouffer les bruits de sa résistance.

FRÉDÉRICK/*GÉNÉRAL NOBLECOURT (avec des trémolos dans la voix).* Vois le trouble et le chagrin d'un père :

j'ai cru entendre ta voix ! *(Il embrasse le cercueil.)* Ah, si je t'avais eu à mes côtés, j'aurais fait de toi quelqu'un de bien, mon Étienne, oh oui, un jeune homme valeureux, un soldat, un gendarme, un policier, un garçon qui aurait fait la fierté de ses parents.

LES DEUX GENDARMES *(en coulisses, sortant leurs mouchoirs).* Ce que c'est beau, cette pièce !

FRÉDÉRICK/*GÉNÉRAL NOBLECOURT*. Mais je vais bientôt te rejoindre. Regarde, mon fils chéri, vois ce que fait ton père.

Il sort une fiole de sa poche et la boit. Mlle George/Rosalie la lui arrache et s'écrie :

MLLE GEORGE/*ROSALIE*. Du poison !

FRÉDÉRICK/*GÉNÉRAL NOBLECOURT*. Oui, du poison. Dans quelques instants, mon cher fils, je vais te rejoindre dans le royaume des morts.

MLLE GEORGE/*ROSALIE (simulant un malaise).* Oh, c'est trop de souffrance ! Je n'en peux plus, je défaille, je...

FRÉDÉRICK/*GÉNÉRAL NOBLECOURT (à voix basse).* Attends, ne t'évanouis pas tout de suite. *(Reprenant pour le public.)* Mais... mais je voudrais avoir été un père à ma dernière seconde de vie ; y aurait-il quelqu'un ici qui porterait le cercueil de mon fils, fièrement, jusqu'au boulevard ? Je voudrais tant qu'une ultime promenade triomphale rendît l'honneur à celui que je viens d'assassiner. Holà ! Holà, quelqu'un ! Quelqu'un qui ait un cœur ! *(Se tournant vers les coulisses.)* Holà, les gendarmes ! Ici !

Pipelet et le régisseur poussent brusquement les deux gendarmes en scène. Ceux-ci ont à peine le temps de se rendre compte de ce qui arrive. Ils rangent rapidement leurs mouchoirs et sont très gênés de se trouver sur les planches, mêlés à ce drame qui les faisait pleurer.

FRÉDÉRICK/*GÉNÉRAL NOBLECOURT (sévèrement).* Garde à vous !

Terrorisés par l'autorité de Frédérick, les hommes se redressent et se mettent en position réglementaire.

FRÉDÉRICK/*GÉNÉRAL NOBLECOURT.* Vous m'écoutez, mes gaillards ?

LES DEUX GENDARMES. Oui, mon général !

FRÉDÉRICK/*GÉNÉRAL NOBLECOURT (reprenant son ton lyrique).* Oh ! Des gardiens de l'ordre ! Des gardiens de la paix ! Des anges ! Des cœurs ! Les fils que j'aurais voulu avoir ! Mes garçons, prenez ce cercueil et portez-le crânement jusqu'au boulevard !

Les deux hommes s'exécutent en peinant.

Frédérick les fait passer par la salle des Folies-Dramatiques.

FRÉDÉRICK/*GÉNÉRAL NOBLECOURT.* Oui, portez-le par là, ouvertement, et que sur son sillage on applaudisse l'enfant sacrifié à la stupide jalousie de son père.

Il fait applaudir la salle puis il tombe, empoisonné.

MLLE GEORGE/*ROSALIE (improvisant).* Ah, malheureuse, il sera dit que le même jour je perdrai mon fils et mon époux. Ah, c'est plus que je ne puis supporter ! Vite, du poison !

Elle saisit la fiole de poison et boit à plein goulot. Puis, en grande cabotine, elle prend le temps de mourir. On voit, aux expressions de son visage, le liquide mortel progresser dans son corps.

FRÉDÉRICK *(à voix basse, agacé).* George, on ne va pas attendre que tu le digères. Achève !

MLLE GEORGE/*ROSALIE* *(se tordant de douleur pour le public, mais narguant Frédérick).* Tu l'as cherché, mon vieux, chacun son tour. *(Plus fort.)* Ah...

FRÉDÉRICK/*GÉNÉRAL NOBLECOURT* *(au public, pour récupérer la vedette).* Ah... je meurs.

MLLE GEORGE/*ROSALIE* *(surenchérissant).* Je meurs.

Du coup, Frédérick s'autorise encore un soubresaut.

FRÉDÉRICK/*GÉNÉRAL NOBLECOURT.* Ah !

MLLE GEORGE/*ROSALIE* *(idem).* Ah !

FRÉDÉRICK/*GÉNÉRAL NOBLECOURT* *(idem).* Ah !

MLLE GEORGE/*ROSALIE* *(idem).* Ah !

La scène s'est transformée en un concours de râles, chacun des deux comédiens voulant avoir le dernier soupir.

Frédérick finit par plaquer Mlle George sur le sol, lui bâillonnant la bouche avec sa main.

FRÉDÉRICK/*GÉNÉRAL NOBLECOURT.* Elle est morte.

MLLE GEORGE/*ROSALIE.* Mmmm...

FRÉDÉRICK/*GÉNÉRAL NOBLECOURT* *(les dents serrées).* Tais-toi, c'est moi qui meurs. *(Libéré, il pousse alors un dernier cri face à la salle.)* Ah...

Les applaudissements crépitent, le rideau descend. Mais, au moment où il va toucher la rampe,

Mlle George éprouve une ultime et sublime convulsion qui réattire l'attention sur elle.

Une fois protégés du public par le rideau, Mlle George laisse éclater sa fureur.

MLLE GEORGE. Sinistre imbécile ! Aide-moi à me relever !

FRÉDÉRICK. Je croyais que tu étais morte.

Il lui tend cependant la main. Elle se relève, prête à le frapper.

Mais le rideau se lève.

Ils deviennent alors très gracieux, se faisant mille sourires vis-à-vis du public.

Le rideau redescend.

MLLE GEORGE. Qu'est-ce qui t'a pris ?

FRÉDÉRICK. Je t'expliquerai plus tard.

MLLE GEORGE. Jamais vu ça en quarante ans de carrière !

FRÉDÉRICK. George, tu te relâches, tu avoues ton âge.

Cette fois-ci, elle le frappe.

Mais de nouveau, à cause du rideau qui les rend au public, ils saluent et se font des grâces.

Le rideau descend.

MLLE GEORGE *(lui donnant un coup d'éventail)*. J'ai commencé à l'âge de cinq ans, Louison dans *Le Malade imaginaire* !

FRÉDÉRICK. Cinq ans ! Et tu en faisais combien en scène ?

Elle le refrappe.
Le rideau se lève. Ils saluent.

MLLE GEORGE *(entre ses dents)*. Mufle !

FRÉDÉRICK *(idem)*. Cabotine !

Puis Frédérick s'éloigne, faisant signe au reste de la troupe pour qu'elle vienne saluer avec Mlle George.
Il appelle Antoine.

FRÉDÉRICK. Antoine ! Tout s'est-il bien passé ?

ANTOINE LE RÉGISSEUR. Oui. Les gendarmes ont porté le coffre hors du théâtre. Pour les remercier de leurs efforts, Pipelet leur a offert à boire. Pendant ce temps-là, sa femme a fait sortir Maximilien.

Frédérick pousse un énorme soupir de soulagement.
Il retire sa perruque lorsqu'un homme élégant et virevoltant bondit dans les coulisses.

LE DUC D'YORK. Cher ami ! Bravo !

FRÉDÉRICK *(étonné)*. Le duc d'York !

Il s'incline devant le duc.

LE DUC D'YORK. Mon cher Frédérick, chaque fois que je quitte Paris, j'emporte un merveilleux souvenir de vous et, chaque fois que je reviens, je me dis en m'installant dans ma loge : Sera-t-il à la hauteur de mes souvenirs ? Et vous les dépassez.

FRÉDÉRICK. Si je ne me bats que contre mes fantômes...

Il le fait entrer dans sa loge.

QUATRIÈME TABLEAU

Loge de Frédérick Lemaître aux Folies-Dramatiques

FRÉDÉRICK. Comment va l'Angleterre ?

LE DUC D'YORK. Mieux sans moi, visiblement. Mes voyages produisent d'étonnants effets : dès l'instant que les journaux ne m'arrivent plus, l'Angleterre sombre dans une léthargie complète. À mon retour, un résumé d'une demi-heure suffit à me mettre au courant de ce qui s'est passé pendant un mois. Je me demande bien ce que les journalistes trouvent à écrire pendant mon absence.

FRÉDÉRICK. J'aurais aimé être un acteur anglais.

LE DUC D'YORK. C'est très flatteur. Et pourquoi donc ?

FRÉDÉRICK. À cause de votre climat. Ici, le soleil et la chaleur vident les salles de théâtre

LE DUC D'YORK *(riant)*. Tandis que chez nous...

FRÉDÉRICK. ... la pluie et le brouillard ont créé le public de Shakespeare.

Dans le couloir, on entend la voix du régisseur ainsi que le bruit du brigadier sur le plancher.

LA VOIX DU RÉGISSEUR. Mademoiselle George ! Mademoiselle George !

FRÉDÉRICK *(criant au passage)*. Antoine, va me chercher Pipelet !

LA VOIX DU RÉGISSEUR. Bien, monsieur Frédérick.

FRÉDÉRICK *(au duc)*. Je vous trouve assidûment parisien.

LE DUC D'YORK. Figurez-vous que je suis tombé amoureux d'une beauté française.

FRÉDÉRICK. Sérieusement ?

LE DUC D'YORK. La frivolité est la seule chose qui retienne mon sérieux. J'ai fait ma demande ce matin. Au père, naturellement. Ce sont les pères qui ont la primeur des déclarations.

FRÉDÉRICK. J'imagine qu'elle fut bien reçue.

LE DUC D'YORK. On ne peut mieux. Reste la réponse de la jeune fille.

FRÉDÉRICK. Ne vous inquiétez pas, elle sera favorable.

LE DUC D'YORK. Nous verrons. Curieusement, la jeune fille a disparu dans l'après-midi.

FRÉDÉRICK. Sans doute a-t-elle voulu consulter quelque vieille tante ou quelque jeune amie pour avoir un conseil... Je ne doute pas de sa réponse. J'espère que vous me la présenterez.

LE DUC D'YORK *(riant)*. Vous êtes un homme dangereux, je ne vous la montrerai que la bague au doigt. Adieu, cher ami, adieu et encore bravo.

Il sort.

Pipelet entre à son tour.

FRÉDÉRICK *(à voix basse)*. Eh bien ?

PIPELET. Il est hors de danger. Nous l'avons conduit chez mon cousin, qui habite à la lisière de Paris, à Montparnasse. Personne n'aura l'idée d'aller le chercher aussi loin.

FRÉDÉRICK. Parfait !

PIPELET. Monsieur Frédérick, vous vous êtes montré grandiose !

FRÉDÉRICK. Comme tous les soirs, mon vieux Pipelet, comme tous les soirs. Chut ! Ne me remercie pas d'avoir les mêmes opinions que toi.

Leur conversation est interrompue par l'arrivée de deux hommes qui frappent à la porte.

FRÉDÉRICK. Oui ?

Le baron de Rémusat, ministre de l'Intérieur, entre dans la loge de Frédérick, suivi du comte de Pillement, petit vieillard sec avec un pied bot.

FRÉDÉRICK *(surpris)*. Monsieur le ministre de l'Intérieur.

RÉMUSAT. Bonsoir, mon cher Lemaître.

FRÉDÉRICK. Votre visite m'est un grand honneur. Dois-je m'en réjouir ou m'en inquiéter ?

RÉMUSAT *(amusé)*. Vous connaissez le comte de Pillement, notre Inspecteur du théâtre ?

FRÉDÉRICK *(s'inclinant)*. Naturellement.

PILLEMENT. Bonsoir, cher grand artiste.

RÉMUSAT. Nous ne pouvons vous complimenter sur votre prestation de ce soir car Pillement et moi étions en réunion au Ministère. Les hauts fonctionnaires finissent leur journée aussi tard que les saltimbanques, désormais... *(Un temps.)* D'après ce que me disent mes hommes, il est arrivé d'étranges choses, ce soir, dans ce théâtre...

FRÉDÉRICK. Vous voulez parler de ce bandit qui s'est introduit aux Folies-Dramatiques ?

RÉMUSAT. Oui, c'est fâcheux. Le fanatique se serait mystérieusement échappé des mains de mes hommes. *(Regardant fixement Frédérick.)* Selon eux, la chose n'a été réalisable qu'avec des complicités...

FRÉDÉRICK. Ils justifient leur échec.

RÉMUSAT. Il y a forcément des républicains dans ce théâtre.

FRÉDÉRICK. Comme vous dites : « Forcément » ! Puisqu'il y en a dans toute la France, il doit y en avoir ici.

RÉMUSAT. Vous êtes insolent.

FRÉDÉRICK. C'est une des qualités qu'on me prête.

RÉMUSAT. Et républicain ?

FRÉDÉRICK. On ne prête qu'aux riches.

Le baron de Rémusat, en grand seigneur, ne peut s'empêcher d'apprécier les réponses énigmatiques de Frédérick. Ils se regardent. Ils savent qu'aucun des deux n'ira plus loin.

PILLEMENT *(obséquieux et grandiloquent)*. Cher ami, vous n'imaginez tout de même pas qu'un artiste comme M. Lemaître se mêlerait de cela ? En lui, tout est art depuis l'orteil jusqu'au cheveu, il n'est qu'art, il est l'art.

RÉMUSAT. Je voulais simplement signaler à M. Lemaître que notre police veille.

FRÉDÉRICK. Je l'ai remarqué : on peut jouer sans public mais plus sans gendarmes.

RÉMUSAT. Le théâtre m'inquiète.

PILLEMENT *(toujours très mielleux par rapport à Frédérick)*. Non, pas *le* théâtre, monsieur le Ministre, mais *ces* théâtres-là, ces théâtres du boulevard du Temple. *(À Frédérick.)* D'ailleurs, je ne comprends pas qu'un acteur de votre talent moisisse sur ces scènes indignes, votre génie mérite la Comédie-Française.

FRÉDÉRICK. Qu'est-ce que j'y gagnerais ?

PILLEMENT *(croyant que Frédérick n'a pas entendu)*. J'ai dit la Comédie-Française.

FRÉDÉRICK *(répétant aussi comme à un sourd)*. Qu'est-ce que j'y gagnerais ?

PILLEMENT *(suffoqué)*. Mais... mais... la considération.

FRÉDÉRICK. Ils sont des centaines, là, dans la rue, à m'attendre pour m'acclamer ; certains soirs ils me portent.

PILLEMENT. Je parlais de la considération des gens du monde.

FRÉDÉRICK. Les femmes du monde montrent leurs diamants à la Comédie-Française mais viennent rire et pleurer au boulevard.

RÉMUSAT. Allons, mon cher Lemaître, le comte de Pillement a raison : si vous alliez à la Comédie-Française, vous échapperiez à votre épouvantable répertoire. Avouez quand même qu'ici, le long du boulevard du Temple, tous les soirs, de six heures à minuit, sur toutes les planches dc tous les théâtres, ce sont au moins cent crimes qui se commettent, trente duels, vingt morts violentes, dix vierges qui se font enlever, cinq qui se font violer, les poignards des traîtres qui trouent les pourpoints, les épées des héros qui percent les fourbes, le poison qui brille au fond des coupes, sans compter les pères nobles dont le cœur flanche devant les turpitudes d'enfants indignes et les jeunes premières qui meurent d'être désaimées ! Tous les soirs le sang coule et la hache s'abat sur le gibet.

FRÉDÉRICK *(amusé)*. Un sang de myrtille et un gibet de carton.

RÉMUSAT. Tout de même !

FRÉDÉRICK *(amusé)*. C'est le boulevard du Crime.

PILLEMENT. C'est le boulevard du mauvais goût, oui.

FRÉDÉRICK. Le mauvais goût, cette grimace qui se dessine sur nos visages devant un goût qui n'est pas le nôtre. *(Il ouvre la fenêtre de sa loge.)* Vous l'entendez, monsieur le Ministre, le grondement du boulevard, le grondement du peuple, cette rumeur, cette vie, cette impatience ? Depuis quarante ans, il a fait tomber des rois et des ministres, le peuple, parce qu'il avait froid, parce qu'il avait faim, il a démoli des prisons, il a chanté de nouvelles chansons, il a voulu du pain, il a voulu du cirque. Il s'est fait entendre partout, dans la rue comme au théâtre. Vous rendez-vous compte, monsieur le Ministre, qu'il a fallu attendre la Révolution pour que le peuple obtienne enfin ses théâtres ? Avant 1791, seules trois salles royales, la Comédie-Française, la Comédie-Italienne et l'Opéra, avaient le privilège de monter des pièces. Cela fait très peu de temps que le peuple a la liberté d'entreprendre.

PILLEMENT *(dégoûté)*. Entreprendre quoi, mon Dieu ! Tout cela est un épouvantable chahut, ces mélodrames qui puent et qui braillent.

FRÉDÉRICK. Le boulevard est fils de la Révolution. Il répercute son bruit, sa fureur, il est atroce et enthousiaste, grandiose et ridicule, il ne croit pas au hasard mais au bien, il veut le triomphe du bon, la mort des traîtres.

PILLEMENT. Allons ! À quoi riment tous ces cris, ces grands gestes ? De la complaisance dans l'horrible, rien d'autre.

FRÉDÉRICK. Les tragédies classiques semblent bien timides et languissantes à ceux qui ont vu de leurs propres yeux le déferlement de la misère et de la répression, les charges, les barricades, les têtes au bout des piques, les fusillés dans les fossés, l'éclair du couperet tranchant le col du roi, et là, récemment, les chars portant, entassées les unes sur les autres, les victimes du choléra. À Paris, la mort est un spectacle quotidien, messieurs, elle doit se retrouver aussi sur les planches.

PILLEMENT. Mouais... Vous avez beau vous montrer éloquent, vous ne rallierez jamais les suffrages des gens cultivés.

FRÉDÉRICK. Les gens cultivés ont toujours une culture de retard, ils possèdent les idées des générations précédentes, ils ont des goûts de vieux. Dans notre public, une personne sur deux est illettrée, certes, mais ce sont ces incultes qui accueillent la nouveauté sans préjugés. C'est le boulevard qui a accueilli les poètes romantiques allemands, et c'est le boulevard qui vient de découvrir et de fêter Shakespeare.

PILLEMENT. Écoutez, mon cher Frédérick, n'y allons pas par quatre chemins, j'ai profité de la voiture de M. de Rémusat pour passer vous voir et vous demander justement pourquoi vous n'iriez pas créer la pièce que je vous ai proposée à la Comédie-Française.

FRÉDÉRICK. Pardon ?

PILLEMENT. Vous avez lu mon *Oreste et sa lyre* ?

RÉMUSAT *(très poli)*. Un ouvrage remarquable.

FRÉDÉRICK *(en écho)*. Remarquable.

PILLEMENT. Eh bien, la Comédie-Française vient de l'accepter et j'ai proposé que vous entriez dans cette grande maison pour y jouer le rôle d'Oreste.

RÉMUSAT. Eh bien, mon cher Lemaître, qu'en pensez-vous ? Je trouve que c'est une excellente idée.

FRÉDÉRICK. Moi ? À la Comédie-Française ? Les sociétaires ont accepté ?

PILLEMENT. Ils n'ont pas grand-chose à me refuser.

FRÉDÉRICK *(amusé).* Je n'en doute pas, monsieur l'Inspecteur du théâtre.

PILLEMENT. Alors... qu'en dites-vous ?

Frédérick, le front barré par le souci, ne répond pas.

RÉMUSAT. Notez cette date, mon cher Pillement, c'est la première fois que nous laissons Frédérick Lemaître sans voix.

FRÉDÉRICK *(brusquement).* Je ne peux pas accepter.

PILLEMENT. Allons ! La Comédie-Française vous ouvre ses portes.

FRÉDÉRICK. Non, votre pièce... Je ne peux pas accepter de jouer votre *Oreste et sa lyre. (S'expliquant avec malaise.)* Elle est très belle, votre pièce, mais je ne la jouerai pas. D'abord parce qu'elle est de vous, monsieur l'Inspecteur du théâtre, et qu'on croirait que je cherche à vous acheter en vous interprétant. Ensuite parce...

PILLEMENT. Parce que quoi ?

FRÉDÉRICK. Parce que... parce qu'elle ne... sonne pas juste.

PILLEMENT. Quoi ? Une tragédie en alexandrins ? Deux mille alexandrins, tous exacts, croyez-moi !

FRÉDÉRICK. Tous exacts, je vous crois, monsieur le Comte. Les poètes comme vous sont aussi exacts que des règles à calculer. Mais... pourquoi des vers ?

PILLEMENT. Vous ne voudriez tout de même pas que j'écrive en prose !

FRÉDÉRICK. Une femme est belle quand elle est nue, monsieur l'Inspecteur du théâtre, le corset peut lui donner du maintien, de l'allure, mais pas de la beauté, sûrement pas. Il en est de même pour la langue : le vers lui donnera de l'ordre, pas de l'harmonie ; de la mesure, pas de la vie ; il lui offrira l'entrée aux salons de l'Académie, mais pas l'accès au cœur. *(Un temps.)* Et puis, pourquoi choisir comme héros des dieux, des demi-dieux, des princes et des princesses !

PILLEMENT. Les plus grands dramaturges ont fait cela !

FRÉDÉRICK. Est-ce bien cela qui les rendait grands ? Vous continuez à vous régaler de rois et de reines qui ont des peines de cœur : évidemment, c'est exotique : des souverains qui ne dirigent rien, un peuple toujours écarté de la scène et qui se tait, des conflits du cœur qui transforment les Palais et les Sénats en boudoirs ! Moi, je suis né de Molière, monsieur, de ses farces sur les routes de France, de Sganarelle et Gros René, des représentations au fond des granges pendant que la pluie inonde les champs, c'est là que je suis né, monsieur, des scandales du *Tartuffe*, du refus de *Dom Juan*, de l'échec du *Misanthrope* ! Je n'ai pas d'imagination, j'ai besoin qu'on me parle de moi, de mes soucis et de mon temps ! Vous écrivez dans le marbre, mais ni moi ni le public nous ne vivons dans le marbre.

PILLEMENT. Allons, vous divaguez ! Critiquer ma tragédie en vers antiques !

Frédérick, n'y tenant plus, laisse exploser sa colère.

FRÉDÉRICK. En vers en toc !

PILLEMENT *(médusé)*. Quoi ?

FRÉDÉRICK. Votre tragédie ressemble à ce que le marché Saint-Antoine produit de plus bête et de plus laid, ces faux meubles Louis XIV ou Louis XV, en merisier trop rouge et trop verni. C'est d'aujourd'hui... mais comme avant ! C'est du vieux... mais neuf ! Depuis que le peuple a inventé la révolution, vous, vous avez inventé l'académisme. Il y a des réactionnaires en art autant qu'en politique, désormais.

RÉMUSAT *(inquiet de voir la fièvre monter)*. Mon cher Lemaître, je crois que vous allez un peu loin.

FRÉDÉRICK. Je ne crois pas. Vos vers sont exacts, comme vous dites, mais ils ne sont pas vrais. Vos personnages sont nobles, mais ils n'arrivent pas à sortir des pages empoussiérées d'une version latine. On ne peut vous lire qu'avec un mouchoir sur le nez et armé d'un plumeau !

PILLEMENT. Monsieur, ce n'est que lorsque j'aurai épuisé, totalement épuisé mon talent dans les vers que je me risquerai à écrire en prose !

FRÉDÉRICK. Alors commencez donc tout de suite, cher ami !

PILLEMENT *(dans un cri très aigu)*. Je vous hais, monsieur !

FRÉDÉRICK. Et moi je ne vous aime pas.

RÉMUSAT. Allons, messieurs, modérez-vous !

FRÉDÉRICK. Je dis ce que je pense au risque de me tromper. *(À Pillement.)* Vous contrôlez déjà le répertoire, vous n'allez pas rétablir la censure, tout de même ?

PILLEMENT *(sans réfléchir)*. Pour des gens comme vous, si !

RÉMUSAT *(gêné)*. Allons, allons, Pillement, calmez-vous.

PILLEMENT *(fou de rage)*. Je vous préviens, Frédérick Lemaître, dès demain matin, mon bureau va se pencher sur les ouvrages que vous vous proposez de jouer et nous ne donnerons notre autorisation que pour les pièces les plus mauvaises, les plus abjectes, les plus nulles !

FRÉDÉRICK. Oh, mais je vais donc interpréter l'intégrale de vos œuvres !

PILLEMENT. Votre carrière est finie, mon petit, je vous condamne aux navets, aux rôles stupides, vous deviendrez le drapeau de la pièce idiote.

FRÉDÉRICK. Je vous fais confiance, vous vous y connaissez.

PILLEMENT *(à bout de souffle)*. Si je n'étais pas infirme, je vous provoquerais en duel et vous me rendriez raison, monsieur.

FRÉDÉRICK *(regardant son crâne)*. De quelle infirmité parlez-vous ?

RÉMUSAT. Allons, mon bon Pillement, cette scène n'a pas lieu d'être, vous ne devez pas vous mettre dans cet état pour le refus d'un insolent. Après tout, il ne s'agit que de théâtre.

PILLEMENT. Je briserai sa carrière ! Je l'anéantirai ! Il ne pourra même plus faire de la figuration ! Il vendra des colliers d'ail sur le boulevard !

RÉMUSAT. Allons, partons, cher ami, partons. *(À Frédérick, assez sèchement.)* Monsieur Lemaître, j'ai bien peur que votre culot, s'il a fait de vous un grand comédien, ne vous pousse aussi à vous comporter inconsidérément. Vous transportez des idées dangereuses. Nous vous tenons à l'œil, sachez-le.

PILLEMENT *(glapissant)*. C'est lui ! Je suis sûr que c'est lui qui a fait échapper votre assassin. C'est lui, le complice ! C'est un républicain, un dangereux républicain, je le vois dans son œil !

FRÉDÉRICK *(tendant les mains vers Rémusat)*. Monsieur le Ministre, arrêtez-moi ! Je suis coupable : je ne veux pas jouer la pièce de Monsieur !

Rémusat pousse Pillement dehors et dit sèchement.

RÉMUSAT. Bonsoir, Lemaître. Faites attention à vous.

Il sort.
Frédérick, seul, éclate de rire.
Pipelet entre en portant un grand bol fumant.

PIPELET. Je vous apporte un bon bouillon. Ma femme aurait voulu monter vous remercier mais, dans son état, n'est-ce pas, elle redoute les escaliers.

FRÉDÉRICK. Quoi, Pipelet ? Tu as encore mis ta femme enceinte !

PIPELET. Ce n'est pas vraiment ce que j'ai voulu... disons que c'est la conséquence.

FRÉDÉRICK. Cette brave Mme Pipelet, je l'ai toujours vue grosse jusqu'aux yeux.

PIPELET *(admiratif)*. C'est comme ça qu'elle est la plus belle.

FRÉDÉRICK. J'ai l'impression, depuis des années, de croiser un ventre avec une femme collée derrière. Alors, Pipelet, il est pour quand, ce petit républicain ?

PIPELET. Pour janvier. J'aimerais que ce soit le 21 janvier, le jour anniversaire de la mort de Louis XVI, ça lui porterait chance. Nous l'appellerons Robespierre. *(Un temps.)* Est-ce que je fais entrer la jeune fille qui voulait vous voir ?

FRÉDÉRICK. Va !

Pipelet sort et fait entrer Bérénice.
Frédérick accueille Bérénice, bras ouverts.

FRÉDÉRICK. Dites-moi du bien de moi ! Une bonne friction d'eau de Cologne, un peu de vinaigre de Londres et une bonne rasade de compliment, c'est ce qu'il me faut à ma sortie de scène. Avez-vous aimé la pièce ?

BÉRÉNICE. Je vous ai aimé dans la pièce.

FRÉDÉRICK. Elle est parfaite. Il faut toujours distinguer l'essentiel de l'accidentel. *(Un temps.)* Et mes collègues ?

BÉRÉNICE. J'ai fait moins attention.

FRÉDÉRICK. Elle est parfaite.

BÉRÉNICE. Sauf Mlle George, bien sûr, qui, dans son registre, s'est montrée remarquable.

FRÉDÉRICK. « Dans son registre »... elle est parfaite. *(Un temps.)* Et Précieuse ?

BÉRÉNICE. Très jolie. Et parfois juste.

FRÉDÉRICK. « Parfois »... elle est parfaite. *(Un temps.)* Et les petits jeunes ? Ces pseudo-jeunes premiers, qui ne sont premiers en rien et ne resteront pas jeunes longtemps ?

BÉRÉNICE. Je ne les ai même pas remarqués.

FRÉDÉRICK. Elle est parfaite. *(Un temps.)* Mais moi ? Moi ! Vous me parlez de tout le monde sauf de moi.

BÉRÉNICE. Vous m'avez tiré des larmes.

FRÉDÉRICK. Elle est parfaite. *(Un temps, subitement inquiet.)* Mais vous avez ri, aussi ?

BÉRÉNICE. Oui, beaucoup, c'est évident.

FRÉDÉRICK *(tonnant)*. C'est évident... je n'en sais rien, moi : vous ne me dites rien ! *(Un temps.)* Étiez-vous bien placée ? Cette loge est agréable, non ? Vous la connaissiez ?

BÉRÉNICE. Non.

Il la regarde avec amusement. Elle tente de dissimuler sa légère gêne.

BÉRÉNICE. Je vous en remercie, d'ailleurs. Je n'avais jamais vu un spectacle d'aussi près.

Il éclate de rire.

FRÉDÉRICK. Bien ! Alors, je vous prends sous mon aile et je vous forme.

BÉRÉNICE. Mais...

FRÉDÉRICK. Il faut travailler, mon petit, il n'y a pas de temps à perdre. *(Il s'approche, séduit et séducteur.)* Vous êtes trop jolie, mademoiselle. Avec un physique pareil, on ne voudra jamais croire que vous savez jouer la comédie.

BÉRÉNICE *(rougissante)*. Allons...

FRÉDÉRICK. Je vous préviens. Si je vous fais débuter, tout le monde prétendra que vous êtes... ma nouvelle maîtresse.

Bérénice éclate de rire puis se ressaisit et baisse pudiquement les yeux.

BÉRÉNICE. Mais ça ne me déplairait pas.

FRÉDÉRICK *(touché)*. Qu'on le dise ?

BÉRÉNICE *(doucement)*. Qu'on le croie. *(Un temps, Frédérick la regarde avec trouble. Elle s'enhardit et ajoute.)* Il n'y a pas de fumée sans feu...

FRÉDÉRICK *(ravi et bouffonnant)*. Les pompiers, surtout n'appelez pas les pompiers ! *(Il enlève sa chaussure et la lui tend.)* Tenez.

BÉRÉNICE. Qu'est-ce que c'est ?

FRÉDÉRICK. Un indice pour me retrouver. Venez vendredi aux Folies-Dramatiques, essayez ce cothurne à tous les mâles du théâtre, et la personne qui pourra le mettre, oui, l'unique personne qui pourra l'enfiler, sera l'homme que vous cherchez.

Elle saisit joyeusement le cothurne.

FRÉDÉRICK. Voulez-vous bien rester quelques instants ? Il faut que je m'habille en Frédérick Lemaître. Vous m'attendez ?

BÉRÉNICE. Oui.

FRÉDÉRICK *(ravi)*. Elle m'attend déjà.

Il s'engouffre dans le cabinet de toilette.

À ce moment-là, le comte de Pillement frappe puis, sans attendre, entre.

LE COMTE DE PILLEMENT *(à voix haute et péremptoire).* Vous imaginez bien que je n'avais aucune envie de remettre les pieds ici mais je ne tiens pas à ce que mes vers restent entre les mains d'un être aussi abject.

Il découvre Bérénice et il a un petit cri de surprise. Elle semble effrayée par la présence du comte.

PILLEMENT. Quoi ? Mademoiselle Bérénice ?

BÉRÉNICE. Chut ! Je vous en supplie.

PILLEMENT. Mais que faites-vous ici ?

BÉRÉNICE. Je ne peux pas vous expliquer.

PILLEMENT. Et seule ? Dans la loge de ce monstre ?

BÉRÉNICE *(se ressaisissant).* Accordez-moi une faveur : oubliez que vous m'avez vue.

PILLEMENT. Comment le pourrais-je ? *(Il s'incline galamment.)* Mademoiselle, je ne vous ai pas vue dans les coulisses des Folies-Dramatiques en ce mercredi 18 janvier 1832.

BÉRÉNICE *(attaquant).* De même que moi je n'ai jamais reçu les lettres d'amour enfiévrées que vous m'avez envoyées durant l'été. *(Il se redresse, inquiet.)* Car je ne les ai jamais reçues, n'est-ce pas ?

PILLEMENT *(pâle).* Jamais.

BÉRÉNICE. De même que je ne suis pas là ?

PILLEMENT. Vous n'êtes pas là.

BÉRÉNICE *(se dirigeant vers la sortie).* À bientôt, cela m'a fait très plaisir de ne pas vous voir.

PILLEMENT *(bafouillant en partant aussi).* Mais moi aussi, mademoiselle, moi aussi.

La loge reste vide.

Frédérick sort du cabinet de toilette en habit de soirée.

FRÉDÉRICK. Je vous dépose chez vous ?

Il découvre que Bérénice n'est plus là.

FRÉDÉRICK. Ah ! L'oiseau s'est envolé. *(Il se frotte les mains.)* C'est bon signe. Elle reviendra demain.

NOIR

CINQUIÈME TABLEAU

Le plateau des Folies-Dramatiques pendant les répétitions

Harel, soucieux, l'œil au beurre noir, discute avec le régisseur.

HAREL. Une catastrophe, Antoine, une profonde et déprimante catastrophe !

ANTOINE. Votre œil, monsieur Harel ?

HAREL. Mais non ! Je ne comprends pas. Le vent tourne. Le ministère nous cherche des poux. Toutes nos pièces ont été refusées par le Bureau du théâtre, toutes sauf une.

FRÉDÉRICK. Mais votre œil ?

HAREL. Fous-moi la paix ! Je te parle de théâtre. Nous ne pouvons pas monter ce que nous avions prévu. Nous n'avons plus droit qu'à une nouvelle pièce, une seule.

Frédérick entre.

FRÉDÉRICK. Laquelle ?

HAREL *(hargneux, à Frédérick).* Je croyais pourtant que vous étiez au mieux avec le comte de Pillement.

FRÉDÉRICK. Au mieux du pire. Mais ne t'en fais pas, mon bon Harel, j'ai un furieux appétit de jouer et rien ne m'arrêtera. Quel chef-d'œuvre nous ont-ils autorisé ?

HAREL. *L'Auberge des Adrets.*

FRÉDÉRICK. Aïe...

HAREL. J'ai fait travailler notre carcassier avec l'auteur, cela s'est beaucoup amélioré.

FRÉDÉRICK. Faire quelque chose à partir de rien, c'est l'œuvre de Dieu seul.

HAREL *(lui tendant la brochure).* Tenez.

FRÉDÉRICK. Je vais y jeter un œil. Au fait, comment va le tien ?

HAREL *(fuyant).* Très bien, très bien.

FRÉDÉRICK. Peut me laisser le plateau libre jusqu'à la répétition ?

HAREL. Je vais donner des ordres.

Il sort.

ANTOINE LE RÉGISSEUR *(le regardant s'éloigner).* Il n'a pas voulu me dire ce qui est arrivé à sa paupière.

FRÉDÉRICK. Je le sais. Figure-toi que notre cher directeur est tellement avare que, depuis vingt ans, en rentrant chez lui, il s'essuie les pieds sur le paillasson du voisin. Or, hier, le voisin a ouvert la porte à ce moment-là. Altercation. Harel nie. Cris. Scandale. Coquelicot.

Antoine sourit et s'éloigne, laissant la scène à la disposition de Frédérick.
Il s'approche d'un fauteuil et ouvre la brochure.

FRÉDÉRICK. *L'Auberge des Adrets.* Voyons... Dès la première page, aucun style, ce n'est pas la peine d'aller plus loin, il n'y a pas de raison que cela s'arrange. Est-ce qu'au moins cette écriture a de la présence ? *(Il marmonne les premières phrases.)* Pas plus de présence que de style. Des textes, on accepte des défauts qu'on ne tolérerait pas chez un comédien. *(Il continue à feuilleter.)* La cigale et la fourmi... Tiens pourquoi parle-t-il de cigale et de fourmi ?... *(Il s'assoit, sourit et commence à dire.)* « La cigale ayant chanté tout l'été... » *(Rêveur.)* Ce fut mon premier succès, ça... *(Il murmure pour lui-même.)*
« La cigale ayant chanté tout l'été se trouva fort dépourvue
lorsque la bise fut venue :
pas un seul petit morceau
de mouche ou de vermisseau... »

On voit au fond de la scène, dans une lumière différente, un jeune garçon qui récite cette fable de La Fontaine à sa mère. La mère regarde distraitement le livre ouvert sur sa table de repassage tout en continuant énergiquement son travail de lingère.

FRÉDÉRICK ENFANT *(finissant).*
« Que faisiez-vous au temps chaud ?
dit-elle à cette emprunteuse.
– Nuit et jour, à tout venant,
je chantais, ne vous déplaise.

– Vous chantiez ? J'en suis fort aise :
Eh bien dansez, maintenant. »

LA MÈRE. C'est bien !

FRÉDÉRICK ENFANT. La dernière fois, le maître m'a donné dix sur dix. Il disait que je mettais bien le ton.

LA MÈRE. Ce qui compte, c'est surtout de bien comprendre l'histoire. Qui préfères-tu, la cigale ou la fourmi ?

FRÉDÉRICK ENFANT. La cigale.

LA MÈRE. La cigale est une idiote. Ton père était une cigale... il gagnait bien sa vie et il ne m'a rien laissé... *(Sèchement.)* À part toi...

FRÉDÉRICK ENFANT. Qui c'était, Papa ?

LA MÈRE *(de mauvaise humeur)*. Arrête de poser tout le temps des questions, tu me fatigues. Maintenant, reprends ta récitation, mais à l'envers.

FRÉDÉRICK ENFANT. À l'envers ?

LA MÈRE. C'est comme ça dans le tricot : on ne connaît vraiment un point que lorsqu'on peut le faire à l'envers. Tout le monde sait ça. Maintenant, tu me la récites à l'envers.

FRÉDÉRICK ENFANT. Mais...

LA MÈRE. Tu veux ta gifle ? Allez, dépêche-toi ! J'ai autre chose à faire qu'à entendre des histoires stupides de cigale et de fourmi...

Et l'enfant reprend, très difficilement, la fable à l'envers.

FRÉDÉRICK ENFANT. Nant-te-main sez-dan bien he...

Dans le même temps, souriant avec nostalgie, Frédérick adulte, dans son fauteuil, prononce avec virtuosité les mots à l'envers...

FRÉDÉRICK.
Nant-te-main sez-dan bien eh
ze-ai fort suis j'en, tiez-chan vous,
ze-plai-dé vous ne tais-chan je...

Entrent Bérénice et Parisot, le jeune premier bellâtre des Folies-Dramatiques.

BÉRÉNICE. Nous sommes là, monsieur Lemaître.

Frédérick sort alors de sa rêverie. L'image de l'enfant et de sa mère disparaît.

FRÉDÉRICK. Je rêvais. *(Il se retourne et regarde Bérénice avancer.)* Vous jouerez les jeunes reines sacrifiées, les « reines » parce que vous avez de la branche..., « sacrifiées » parce qu'au théâtre l'immolation est le tribut que doit payer la beauté. On n'a jamais vu un boudin se faire assassiner.

BÉRÉNICE. Et dans la vie ?

FRÉDÉRICK. On salit la beauté avec l'injure. *(Il s'approche, dangereux.)* Il faudra payer cette allure, c'est de l'insolence.

Il se détache soudain d'elle et se tourne vers Parisot.

FRÉDÉRICK. Parisot, as tu préparé la scène avec mademoiselle comme je te l'ai demandé ?

PARISOT *(avec l'accent méridional)*. On répète depuis une bonne heure.

FRÉDÉRICK *(grondeur).* Parisot, malheureux, fais-tu chaque matin tes exercices pour perdre ton fichu accent ?

PARISOT *(inconscient).* Mé qué assent ? Tout le monde à Paris me parle de mon assent ! C'est une obsession.

FRÉDÉRICK. Tu as l'emploi dont nous rêvons tous, celui de jeune premier romantique ; tu vas débiter beaucoup de niaiseries et plaire énormément aux femmes, alors évite de donner l'impression d'avoir la bouche pleine d'ail ! *(L'imitant en forçant le trait.)* Je t'aime, Juliette, je me tuerai pour toi. *(Parisot n'apprécie pas beaucoup la remarque.)* Allons, ne perdons pas de temps, allons-y.

Bérénice et Parisot se mettent en place sur le plateau.

FRÉDÉRICK. Je résume la situation. Titus et Bérénice s'aiment d'amour mais la politique les oblige à se séparer. Allez-y, mes enfants.

Parisot commence. Il n'est pas très bon, mais il n'est pas mauvais non plus.

PARISOT/*TITUS*.
Je sens bien que sans vous je ne saurais plus vivre,
Que mon cœur de moi-même est prêt à s'éloigner ;
Mais il ne s'agit plus de vivre, il faut régner.

BÉRÉNICE/*BÉRÉNICE* *(déclamant en criant).*
Hé bien ! régnez, cruel ; contentez votre gloire :
Je ne dispute plus. J'attendais, pour vous croire...

FRÉDÉRICK *(l'interrompant).* Parlez normalement. Dès

que vous criez, il n'y a plus d'âme, il n'y a que des poumons.

BÉRÉNICE/*BÉRÉNICE (reprenant).*

.... J'attendais, pour vous croire,
Que cette même bouche, après mille serments
D'un amour qui devait unir tous nos moments,
Cette bouche, à mes yeux s'avouant infidèle,
M'ordonnât elle-même...

Bérénice s'arrête. Elle récite, elle ne ressent pas un mot du texte. Et elle en semble douloureusement consciente.

Frédérick lui fait signe de continuer quand même.

FRÉDÉRICK. Regardez-vous avec amour, et faites comme si je n'étais pas là.

BÉRÉNICE/*BÉRÉNICE.*

Pour jamais ! Ah ! Seigneur, songez-vous en vous-même
Combien ce mot cruel est affreux quand on aime ?

Elle est encore plus mauvaise. Elle se tourne, contrite, vers Frédérick.

BÉRÉNICE. Je suis désolée.

FRÉDÉRICK. Avez-vous déjà interprété une scène, mon petit ?

BÉRÉNICE. Non.

FRÉDÉRICK. Vous allez reprendre.

BÉRÉNICE. Je ne crois pas que cela arrange quoi que ce soit.

FRÉDÉRICK. Douteriez-vous de mes qualités de professeur ?

BÉRÉNICE. Je ne doute pas de vous...

FRÉDÉRICK. Allons. Le découragement n'exprime que la paresse. Recommençons.

BÉRÉNICE. Alors sans monsieur, s'il vous plaît.

Elle désigne Parisot.

PARISOT. Je vous demande pardon ?

BÉRÉNICE. Je vous remercie beaucoup, monsieur, de votre obligeance. Je ne voudrais pas vous faire perdre votre temps davantage.

PARISOT. On croit rêver. Ça a déjà des exigences...

FRÉDÉRICK. Parisot, merci.

PARISOT. Bonsoir.

Il sort, vexé.

Frédérick regarde Bérénice amoureusement et commence à jouer. Immédiatement, Titus est présent sur la scène.

FRÉDÉRICK/*TITUS.*
Je sens bien que sans vous je ne saurais plus vivre,
Que mon cœur de moi-même est prêt à
 s'éloigner ;
Mais il ne s'agit plus de vivre, il faut régner.

BÉRÉNICE/*BÉRÉNICE (avec violence).*
Hé bien ! régnez, cruel ; contentez votre gloire ;
Je ne dispute plus. J'attendais, pour vous croire,
Que cette même bouche, après mille serments

D'un amour qui devait unir tous nos moments,
Cette bouche, à mes yeux s'avouant infidèle,
M'ordonnât elle-même une absence éternelle.
Moi-même j'ai voulu vous entendre en ce lieu.
Je n'écoute plus rien, et pour jamais adieu.

Bérénice est devenue excellente, inspirée. Elle a maintenant la force et la fragilité d'une héroïne racinienne. On croit à chacun des mots qu'elle prononce.

BÉRÉNICE/*BÉRÉNICE.*
Pour jamais ! Ah ! Seigneur, songez-vous en vous-même
Combien ce mot cruel est affreux quand on aime ?

(Elle devient musicale dans l'élégie.)
Dans un mois, dans un an, comment souffrirons-nous,
Seigneur, que tant de mers me séparent de vous ?
Que le jour recommence, et que le jour finisse
Sans que jamais Titus puisse voir Bérénice.
Sans que de tout le jour je puisse voir Titus ?
Mais quelle est mon erreur, et que de soins perdus !
L'ingrat, de mon départ consolé par avance,
Daignera-t-il compter les jours de mon absence ?
Ces jours si longs pour moi, lui sembleront trop courts.

FRÉDÉRICK/*TITUS.*
Je n'aurai pas, Madame, à compter tant de jours.
J'espère que bientôt la triste renommée
Vous fera confesser que vous étiez aimée.
Vous verrez que Titus n'a pu, sans expirer...

BÉRÉNICE/*BÉRÉNICE.*
Ah ! Seigneur, s'il est vrai, pourquoi nous séparer ?

Elle a dit ce dernier vers avec une violence impérieuse, comme si elle lâchait un véritable cri du cœur.

Elle et Frédérick demeurent abasourdis. Puis Frédérick a le courage de rompre le charme.

FRÉDÉRICK. Mon petit, vous êtes une grande...

BÉRÉNICE *(simplement)*. Non.

FRÉDÉRICK. Vous allez enfoncer la George et la Dorval. Toute grande tragédienne, à côté de vous, passera pour une soubrette.

BÉRÉNICE. Je ne serai pas comédienne.

FRÉDÉRICK. Allons ! Taisez-vous, vous n'y connaissez rien.

BÉRÉNICE. Je ne suis pas comédienne. Tout à l'heure, avec Parisot, vous avez vu ce que je donne lorsque je m'essaie à jouer.

FRÉDÉRICK. Avec moi, c'était autre chose !

BÉRÉNICE. Oui, c'était autre chose. Je ne jouais pas.

FRÉDÉRICK *(s'exclamant)*. Mais qu'est-ce qu'elle me raconte ?

BÉRÉNICE. Je mens très mal. En regardant Parisot dans les yeux, je ne pouvais pas prononcer des paroles d'amour. Tandis qu'en vous regardant...

FRÉDÉRICK *(changeant de ton)*. Mais qu'est-ce qu'elle me raconte ? *(Un temps.)* Vous voulez dire que...

BÉRÉNICE *(pudiquement)*. Oui.

Frédérick est très touché par la simplicité de l'aveu. Il en reste muet. Du coup, Bérénice continue doucement à épancher son cœur.

BÉRÉNICE. C'est vous qui avez cru, avant-hier, lorsque je suis entrée dans votre loge, que je voulais me servir de vous comme marchepied pour monter sur la scène.

FRÉDÉRICK *(s'excusant)*. L'habitude.

BÉRÉNICE. Je vous ai laissé continuer parce que j'étais un peu intimidée, et puis parce que, tout à coup, au milieu de vos fioles, vos costumes, vos brochures, je me suis rendu compte que l'on n'entrait pas tout à trac chez les gens pour leur dire : « Je vous aime. »

FRÉDÉRICK *(attendri)*. Non, on ne fait pas ça...

BÉRÉNICE. Et subitement, j'ai pensé aussi que vous pouviez vous méprendre sur cet amour, croire que je souhaitais une aventure avec vous, que j'ambitionnais de devenir votre maîtresse, que je vous désirais... c'est souvent cela que l'on entend d'ordinaire par amour, non ?

FRÉDÉRICK *(surpris)*. Entre un homme et une femme ? Souvent.

BÉRÉNICE. Or, ce n'était pas cela non plus. Je voulais vous dire que je vous aimais.

FRÉDÉRICK *(désarçonné)*. Et qu'est-ce que cela signifie, pour vous ?

BÉRÉNICE *(simplement)*. Qu'il y a un avant et un après. Depuis le moment où je vous ai vu, je ne suis plus la même.

FRÉDÉRICK. Mais qu'est-ce que vous racontez ? Vous vous moquez ! D'abord, d'habitude, c'est moi qui fais la cour, c'est moi qui prends l'initiative !

BÉRÉNICE. Voyez ! J'avais raison hier d'estimer qu'il ne fallait pas livrer ces choses. Personne ne les comprend, pas même vous !

Elle se lève et se dispose à sortir.

FRÉDÉRICK. Quoi ? Vous partez ?

BÉRÉNICE. Je crois qu'il est trop tôt pour nous en dire plus.

FRÉDÉRICK. Mais qu'est-ce que vous racontez ?

BÉRÉNICE. Faites-moi confiance.

FRÉDÉRICK *(plus timidement).* Vous... vous reviendrez ?

BÉRÉNICE. J'ai gardé la pantoufle... je reviendrai...

Elle sort, légère.
Il reste coi.

Le régisseur entre, suivi de Cussonnet et d'Harel. Ils sont tous plongés dans la lecture de L'Auberge des Adrets.

ANTOINE LE RÉGISSEUR. Mesdames et messieurs, en scène, la répétition commence.

Le plateau est envahi en quelques secondes par toute la troupe.
Frédérick demeure pensif sur son fauteuil, occupé à songer à cette jeune Bérénice.
Puis le régisseur tape quelques coups sur le sol.

ANTOINE LE RÉGISSEUR. Mademoiselle George ! Mademoiselle George !

Mlle George entre, souriante, et se précipite vers Harel.

MLLE GEORGE. Ah, mon petit Harel, j'ai lu la brochure ce matin. Il y a un beau rôle, celui de Marie. J'accepte avec plaisir. À part cela, votre *Auberge des Adrets* est une pièce idiote.

HAREL *(lui montrant Cussonnet)*. Justement, je vous présente l'auteur.

MLLE GEORGE *(à Cussonnet)*. Je vous félicite, monsieur, vous écrivez avec les pieds mais vous connaissez bien les femmes.

Elle lui donne sa main à baiser puis tourne les talons et va parler avec les autres.

Précieuse entre en s'éventant et va embrasser Harel sur la joue.

PRÉCIEUSE. Oh, mon petit directeur, quelle belle pièce, quel grand chef-d'œuvre ! Et comme vous m'avez gâtée ! Il est très beau, ce rôle de Marie, je suis ravie.

HAREL. Marie ? Écoutez, Précieuse, j'ai peur...

Mlle George, en entendant prononcer le nom de Marie, s'est brusquement retournée.

MLLE GEORGE. Qu'est-ce qu'elle dit ? Il y a un rôle pour elle dans *L'Auberge des Adrets* ? Je n'avais pas remarqué le personnage de la putain.

PRÉCIEUSE *(du tac au tac, sans se retourner)*. Pourquoi a-t-elle lu la pièce ? Il n'y a pas de grand-mère dans ce spectacle...

MLLE GEORGE *(se tournant vers Cussonnet)*. Ah, mais s'il n'y a pas déjà des scènes de putain, il faut les lui écrire, monsieur l'auteur. Elle peut être très convaincante lorsqu'elle ne s'écarte pas de son emploi.

PRÉCIEUSE *(fonçant, furieuse, vers elle)*. Je ne vous permets pas !

MLLE GEORGE. Je me permets tout, mademoiselle, je suis chez moi, ici. Il n'y a du travail pour les seconds rôles que parce que les premiers rôles remplissent la salle.

PRÉCIEUSE *(se tournant vers Frédérick)*. Frédérick, elle m'a traitée de second rôle !

FRÉDÉRICK *(indifférent à la scène)*. Eh bien tu devrais être ravie, mon ange, elle ne t'a pas traitée de figurante.

PRÉCIEUSE. Oh !

HAREL. Mesdames, mesdames, je crois qu'il y a eu une petite erreur. *(À Précieuse.)* Je ne vous ai pas proposé le rôle de Marie mais celui de Clémentine, la jeune fiancée.

PRÉCIEUSE. Clémentine ! Mais elle a trois phrases !

MLLE GEORGE. Comme cela, vous n'aurez que trois occasions de vous tromper. *(À Harel, l'air candide.)* Vous ne craignez pas que le rôle ne se révèle un peu écrasant pour elle ?

PRÉCIEUSE. Si les rôles m'écrasent, vous, vous écrasez les rôles ! *(Elle se tourne vers Harel.)* Faites récrire la pièce. Clémentine n'est qu'une utilité, un rôle ridicule, emprunté, sans intérêt.

MLLE GEORGE *(à la troupe)*. Elle a compris qu'il était pile pour elle.

Précieuse jette la brochure à terre.

PRÉCIEUSE. Très bien, le théâtre se passera de moi. *L'Auberge des Adrets* se créera sans moi. *(Elle se tourne vers Mlle George.)* Je serai ravie de ne plus jouer la comédie avec vous.

MLLE GEORGE. Ah, je ne savais pas que vous jouiez la comédie.

Précieuse sort de manière fracassante.

PRÉCIEUSE. Adieu !

HAREL. Précieuse ! Précieuse ! Ma petite Précieuse !

Frédérick sort de sa méditation, quitte le fauteuil et retient Harel par le bras.

FRÉDÉRICK *(flegmatique)*. Ne te fatigue pas. Le temps qu'elle vide sa loge, qu'elle parte, qu'elle parcoure cent mètres sur les boulevards... dans une demi-heure, tu la retrouveras dans ton bureau. *(À tout le monde.)* Si nous commencions ?

Le régisseur prend la direction de la répétition et ébauche grossièrement une mise en scène.

ANTOINE LE RÉGISSEUR. L'action se passe dans une auberge où l'on vient d'assassiner un riche marchand.

La Cressonnière, homme mûr spécialisé dans les emplois de père noble, et Mlle George se placent sur le devant de la scène, le nez dans le texte.

LA CRESSONNIÈRE/*DUMONT*. Approchez, malheureuse, et tâchez de vous disculper de l'abominable crime dont on vous accuse.

MLLE GEORGE/*MARIE*. Mon Dieu, je ne suis donc pas au bout du rouleau de mes peines ? Moi qui ne possède plus qu'un pauvre sou et qu'un gros cœur qui saigne, faut-il encore qu'on me charge de tous ces crimes immondes. Pauvre femme !

FRÉDÉRICK *(sceptique)*. Oui, pauvre femme... *(À Cussonnet.)* Monsieur Cussonnet, faut-il absolument qu'il y ait un adjectif agrippé à chaque mot ?

CUSSONNET *(vexé)*. J'écris, monsieur.

FRÉDÉRICK. Oui, mais nous, nous parlons.

LA CRESSONNIÈRE/*DUMONT (continuant)*. Je suis rentré à pas légers dans la chambre obscure. Une odeur épouvantable flottait dans l'air vicié.

FRÉDÉRICK *(faussement admiratif, à Cussonnet)*. Vous êtes le Rothschild de l'adjectif !

LA CRESSONNIÈRE/*DUMONT (poursuivant malgré Frédérick)*. J'ai vu le corps ensanglanté du malheureux Germeuil. Son flanc était ouvert.

FRÉDÉRICK *(sursautant)*. Quoi, la blessure est verte ?

CUSSONNET *(expliquant avec des gestes et détachant les mots)*. Non, son flanc était ouvert.

FRÉDÉRICK. Excusez-moi, cher et grand poète.

LA CRESSONNIÈRE/*DUMONT (mécontent d'être constamment interrompu par Frédérick)*. Son flanc était ouvert. Le poignard avait labouré plusieurs fois ses côtes, laissant apparaître l'os et sortant les viscères. J'aperçus, palpitant encore sous son poumon rosé, les derniers soubresauts de son cœur, dont les alvéoles agonisants s'agitaient une dernière fois.

FRÉDÉRICK *(à Cussonnet)*. Votre père était-il boucher, monsieur Cussonnet ?

LA CRESSONNIÈRE/DUMONT. Ah, peut-être eût-il fallu que je restasse cette nuit auprès de lui pour empêcher ce crime ? Peut-être eût-il fallu que je le veillasse, que je le gardasse et le surveillasse ?

FRÉDÉRICK *(à Cussonnet)*. Feignasse !

CUSSONNET *(bondissant sur la scène pour ajouter quelque chose sur la brochure de La Cressonnière)*. Et là, cher monsieur La Cressonnière, je me suis permis de rajouter une phrase cette nuit. Vous devriez lire : « Ah, qu'il est noir, le noir de la nuit noire. »

FRÉDÉRICK *(à Harel)*. Vous avez découvert un poète.

CUSSONNET *(continuant)*. « Mais, aussi noir soit-il, il est moins noir que votre cœur noir. »

FRÉDÉRICK. Poil au ciboire.

Mlle George pouffe, Frédérick détourne la tête. Harel fait diversion pour que Cussonnet ne comprenne pas qu'on l'emboîte.

HAREL. Tout cela se met très bien en place... c'est parfait... *(Mécaniquement.)* Quel talent, non mais quel talent ! Où allez-vous chercher tout ça ! Ces mots ! Ces situations ! Cette vérité !

CUSSONNET *(heureux)*. Et attendez : ce n'est que le premier acte !

Frédérick soupire en levant les yeux au ciel.

ANTOINE LE RÉGISSEUR. Monsieur Lemaître, vous entrez à ce moment-là. Vous sortez d'une des chambres qui se trouvent au-dessus du grand escalier et vous jaugez la situation.

Frédérick prend place et fait une grimace.

MLLE GEORGE. Qu'est-ce que tu fais ?

FRÉDÉRICK. Je jauge.

Mlle George a de plus en plus de mal à garder son sérieux.

FRÉDÉRICK/*ROBERT MACAIRE (le nez dans sa brochure).* « Que se passe-t-il ici ? » *(Il commente, en direction de Cussonnet.)* Bravo, quelle prose puissante !

CUSSONNET. Si je peux me permettre, vous ne devez pas apparaître ainsi. Vous êtes le bandit de cette affaire.

FRÉDÉRICK. Et alors ?

CUSSONNET. Alors vous devez entrer comme un traître, sur la pointe des pieds, en rasant le mur, caché derrière votre grande cape !

Cussonnet quitte sa place et vient mimer une entrée de traître ridicule et conventionnelle.

FRÉDÉRICK. Si j'ai immédiatement l'air d'un faux jeton, cher et grand auteur, qu'est-ce qu'il me reste ensuite à jouer ?

CUSSONNET. Faites-moi confiance.

FRÉDÉRICK *(entre ses dents).* C'est bien la difficulté.

Et faisant semblant de se prêter au jeu, Frédérick exécute une pantomime ridicule et excessive.

CUSSONNET *(enthousiaste).* Bravo ! C'est exactement ça.

Cussonnet retourne à sa place en boitant. Frédérick le remarque et lance.

FRÉDÉRICK. Oh, vous boitez, monsieur Cussonnet ?

CUSSONNET. Oui, depuis deux jours.

FRÉDÉRICK *(goguenard)*. Dame, à force d'écrire...

NOIR

SIXIÈME TABLEAU

Loge de Frédérick

Le jour de la première de L'Auberge des Adrets.
Frédérick se change derrière son paravent.
Le régisseur passe la tête et crie.

ANTOINE LE RÉGISSEUR. On commence dans quatre minutes !

FRÉDÉRICK *(derrière le paravent).* Comment sont-ils ?

ANTOINE LE RÉGISSEUR. Qui ?

FRÉDÉRICK *(derrière le paravent).* Les spectateurs.

ANTOINE LE RÉGISSEUR. Sinistres. On dirait qu'ils sont peints sur leurs sièges.

Il repart, pressé, happé par l'électricité des premières.

Bérénice, promue à l'emploi flou d'assistante, tient sur un cintre l'habit noir de traître que Frédérick doit porter.

BÉRÉNICE. Monsieur Lemaître, il vous reste quatre minutes et vous n'avez toujours pas enfilé votre costume.

FRÉDÉRICK *(derrière son paravent)*. Est-ce qu'ils sont nombreux ?

BÉRÉNICE. Le théâtre est plein.

FRÉDÉRICK *(idem)*. Il y a toujours foule pour les exécutions capitales.

BÉRÉNICE. Je vous en supplie, habillez-vous !

FRÉDÉRICK *(idem)*. Ah non !

BÉRÉNICE. Quoi ?

FRÉDÉRICK *(idem)*. J'irai nu !

Il sort de derrière le paravent.

BÉRÉNICE. Ah !

En fait, Frédérick s'est habillé en mendiant dandy, un bandeau noir sur l'œil, dans la pose de Robert Macaire que la postérité a gardée de lui.

FRÉDÉRICK. Qu'en pensez-vous ?

BÉRÉNICE. Mais... j'aime.

FRÉDÉRICK *(se racontant avec plaisir)*. J'étais à la terrasse du Café Turc lorsque j'ai vu un extravagant, arrêté devant la boutique d'un pâtissier. Vêtu d'un habit vert lustré par la crasse, d'un pantalon rapiécé et d'un gilet jadis blanc, un feutre gris défoncé posé sur une chevelure en pétard, des souliers de femme aux pieds, il prenait délicatement, à bout d'ongles, un morceau de pâte cuite et le mangeait avec une indicible sensualité entre ses trois dents. Sa collation achevée, il tira de sa poche une poignée de chiffons, épousseta ses lèvres, sa toilette et se mit à arpenter le boulevard en brandissant une canne du

Directoire. Je me suis contenté de jaunir le pantalon. Je crois qu'avec le costume j'ai trouvé le rôle.

BÉRÉNICE. Et le bandeau ?

FRÉDÉRICK. Pour ne pas voir le public me lancer des légumes.

BÉRÉNICE. Vous ne croyez pas au succès de la pièce ?

FRÉDÉRICK. Pas une seconde.

BÉRÉNICE. Vous souriez, pourtant.

FRÉDÉRICK. Parce que...

BÉRÉNICE. Dites !

FRÉDÉRICK. Si...

BÉRÉNICE. Dites !

FRÉDÉRICK *(avec un sourire)*. J'ai un plan.

À cet instant, Précieuse fait irruption dans la loge, habillée en jeune mariée.

PRÉCIEUSE. Comment me trouves-tu ?

FRÉDÉRICK. Virginale.

PRÉCIEUSE. Ne te moque pas.

FRÉDÉRICK. Une mariée de pièce montée, on a envie de te croquer.

PRÉCIEUSE. Ne te gêne pas.

Frédérick lui fait signe que Bérénice se trouve dans la loge.

PRÉCIEUSE. Ah, vous êtes là, vous ! Comment vous appelez-vous, déjà ? Le crampon ? Le pot de colle ? La glu ?

FRÉDÉRICK. Précieuse, je t'en prie.

PRÉCIEUSE. Tu la défends ? C'est ta nouvelle maîtresse ? Elle ne te quitte plus.

FRÉDÉRICK. Je lui donne des cours de comédie.

PRÉCIEUSE *(mauvaise)*. Je ne crois pas qu'elle ait besoin de cours.

FRÉDÉRICK. Elle me sert d'assistante.

PRÉCIEUSE *(agressive)*. C'est-à-dire ?

FRÉDÉRICK. Précieuse, ne te monte pas le chignon. Il n'y a rien entre mademoiselle et moi qu'un intérêt poli et professionnel. Sinon, tu penses bien que nous nous cacherions.

PRÉCIEUSE. Il n'empêche que tu étais gêné de m'embrasser devant elle.

FRÉDÉRICK. Mais pas du tout.

PRÉCIEUSE. Alors j'attends. Si elle est ton assistante, elle peut assister à ça, non ?

Frédérick, en réalité très mal à l'aise, veut se débarrasser d'elle en l'embrassant prestement sur la bouche. Mais Précieuse retient la tête de Frédérick et le garde goulûment contre elle, l'embrassant longuement, ostensiblement, à pleine bouche.

Bérénice détourne le visage pour ne pas voir.

PRÉCIEUSE *(reprenant son souffle)*. Ah mais...

FRÉDÉRICK *(idem)*. Ce n'est pas un baiser, c'est de la plongée en haute mer.

PRÉCIEUSE *(retournant dans sa loge)*. Et maintenant, tu te débarrasses d'elle. Je ne veux plus la voir accrochée à tes basques.

FRÉDÉRICK. Ne sois pas ridicule.

PRÉCIEUSE. Tu choisis : c'est elle ou moi.

FRÉDÉRICK. Tu te mets en colère parce que tu as le trac. Nous reparlerons de cela plus tard, calmement.

PRÉCIEUSE *(claquant la porte)*. J'ai toute ma tête.

Elle sort.

FRÉDÉRICK *(pour lui-même)*. C'est que ça ne fait pas lourd...

Bérénice éclate d'un petit rire doux et gentil.

BÉRÉNICE. Elle n'a même pas remarqué comment vous étiez habillé. Elle ne voit qu'elle.

FRÉDÉRICK. Excusez-la.

BÉRÉNICE *(doucement)*. Oh, elle a raison : que fais-je auprès de vous ?

Ils se regardent. Le silence est très plein. Bérénice le brise en disant, sur le souffle.

BÉRÉNICE. Précieuse a des qualités de devin, elle aperçoit dans l'avenir la place que j'occuperai bientôt auprès de vous.

FRÉDÉRICK *(gêné)*. Allons...

BÉRÉNICE. Si elle n'a pas senti que vous m'aimiez – car vous ne m'aimez pas encore –, elle a senti combien moi je vous aimais. Ah, elle peut éprouver de l'inquiétude, mon attachement dépasse de beaucoup le sien.

FRÉDÉRICK. Vous me gênez...

BÉRÉNICE. Il est trop tôt. Je sais. *(Elle se lève.)* Je vais rejoindre ma place dans la salle.

FRÉDÉRICK *(l'arrêtant sur le pas de la porte)*. Bérénice... c'est bien vous, le cou de cygne, les yeux de jade, loge trois, depuis des mois ?

BÉRÉNICE *(heureuse de cesser de mentir)*. C'est moi.

FRÉDÉRICK. Qui êtes-vous ?

BÉRÉNICE. La femme de votre vie. Mes difficultés viennent de ce que je l'ai su avant vous. Mais vous n'allez pas tarder à vous en rendre compte. *(Elle sourit.)* À tout à l'heure.

Elle laisse Frédérick songeur.

Firmin entre, déguisé en traître de mélodrame, costume noir et cape noire.

FIRMIN. Frédérick, es-tu prêt ? *(Il découvre l'habit de Frédérick.)* Qu'est-ce que c'est que ça ?

FRÉDÉRICK *(s'approchant de lui)*. Tu as ton costume sous toi ?

FIRMIN. Sous moi ? Qu'est-ce que tu racontes ?

Frédérick se jette sur lui et se met, en riant, à lui déchirer son costume. En quinze secondes, sans avoir eu le temps de réagir, Firmin ne se trouve plus habillé que de lambeaux, presque nu.

FRÉDÉRICK. Tu joues un forçat évadé des prisons de Lyon ? Tu viens de passer plusieurs jours dans les broussailles et la forêt ? Voici ton costume.

ANTOINE LE RÉGISSEUR *(passant la tête)*. Messieurs, en scène !

FIRMIN. Mais...

FRÉDÉRICK. En route, ma poule ! J'ai quelques petites suggestions à faire à nos camarades !

Ils sortent rapidement.

NOIR

SEPTIÈME TABLEAU

Derrière le rideau avant que le spectacle ne commence

Harel et Cussonnet, en habit de soirée, regardent la salle avec angoisse. Chacun est planté devant un œilleton qui lui permet de voir le public.

Derrière, on entend le brouhaha de l'avant-spectacle : conversations, « Demandez le programme ! », « Le programme de L'Auberge des Adrets », *etc.*

De temps en temps, on voit passer les membres de la troupe en courant, qui cherchant un accessoire, qui poursuivi par l'habilleuse, qui voulant profiter de l'un des deux œilletons.

CUSSONNET. Tous les critiques sont-ils là ?

HAREL. Oui, les vautours se sont posés sur le rocher. J'ai fait placer une poule à côté de chacun d'eux, pour leur faire du pied au cas où ils s'ennuieraient trop.

CUSSONNET. J'ai peur, monsieur Harel.

HAREL. Il ne faut pas, cher ami. Le critique et l'artiste n'ont rien à voir l'un avec l'autre, ils poursuivent des buts trop différents : pour réussir, l'artiste a besoin qu'on l'aime, le critique qu'on le déteste. Autant demander au jour et à la nuit de s'accoupler : la victoire de l'un ne dépend que de la défaite de l'autre.

CUSSONNET. J'espère que nous aurons un succès de larmes.

HAREL. J'espère que nous aurons un succès de quelque chose. *(Se voulant rassurant.)* Allons, allons, les critiques n'ont aucune importance.

Et chacun d'eux, ne se croyant pas vu de l'autre, se signe prestement.

HAREL *(après un temps)*. Vous avez payé votre claque ?

CUSSONNET. Oui, j'ai réparti mes claqueurs un peu partout dans le théâtre et j'ai fait souligner en rouge dans la brochure les répliques qu'ils devaient applaudir.

HAREL. Très bien. Mlle George et Précieuse ont pris la même précaution.

CUSSONNET. Et Frédérick Lemaître ?

HAREL. Il est le seul acteur du boulevard du Crime opposé à la claque. « Je ne les paie pas pour applaudir, ce sont eux qui paient pour m'applaudir », dit-il. Et c'est vrai !

CUSSONNET. Quelle prétention...

HAREL *(admiratif)*. Peut-être, mais quelle économie !

CUSSONNET *(sursautant, effrayé)*. Là ! Jules Janin, le critique du *Figaro*, il fait déjà la grimace.

HAREL. Nom de Dieu, il a son ulcère qui se réveille, nous sommes foutus. Mais que fait la médecine ? Au XIXe siècle, on devrait tout de même être capable de soigner un ulcère de critique, surtout un soir de générale.

CUSSONNET. C'est grave ?

HAREL *(se voulant encore rassurant).* Mais non, mais non. Après tout, les critiques n'ont aucune importance.

Et ils se signent rapidement.
Les trois coups résonnent.
Épouvantés, ils se resignent encore plus vite.

NOIR

HUITIÈME TABLEAU

Le plateau des Folies-Dramatiques pendant la représentation de L'Auberge des Adrets

La scène représente la grande salle de l'Auberge des Adrets dans un décor de toiles peintes. À droite, un escalier monte à une galerie qui traverse le théâtre dans toute sa largeur. À gauche, au rez-de-chaussée, au premier plan, une porte conduit à la cuisine ; au deuxième plan, une autre mène à l'extérieur. Au fond, au milieu, sous la galerie, la porte d'entrée principale.

La loge de Cussonnet et d'Harel reste éclairée à l'avant-scène : on les voit donc suivre le spectacle.

On prend la pièce en route.

Une grande partie de la troupe est en scène. Dugy et Précieuse forment le couple des jeunes mariés du jour. Parisot parade en gendarme-chef. Autour, des convives et plusieurs gendarmes. La Cressonnière-Dumont déboule en scène, désespéré, poussant de hauts cris.

LA CRESSONNIÈRE/*DUMONT*. Germeuil ! Germeuil ! Il a été assassiné !

TOUS. Oh, mon Dieu !

Un gendarme entre en traînant Mlle George attifée en femme du peuple.

UN POLICIER. Voilà la femme, je l'ai rattrapée alors qu'elle s'enfuyait.

MLLE GEORGE/*MARIE*. Au nom du ciel, que me veut-on ?

PARISOT/*GENDARME-CHEF*. Confessez votre crime !

MLLE GEORGE/*MARIE*. Ainsi, c'est moi qu'on accuse ! Mon Dieu, je n'ai donc point encore épuisé ta colère !

PARISOT/*GENDARME-CHEF*. Votre nom ?

MLLE GEORGE/*MARIE*. Marie Beaumont !

Frédérick/Robert Macaire apparaît au premier étage, flanqué de Firmin/Bertrand.

FRÉDÉRICK/*ROBERT MACAIRE (en aparté)*. Ciel, ma femme ! Une malheureuse que j'ai abandonnée il y a vingt ans ! Ce que c'est de ne pas avoir d'ordre !

CUSSONNET *(sursautant dans sa loge)*. Mais qu'est-ce qu'il dit ? Ce n'est pas mon texte !

LA CRESSONNIÈRE/*DUMONT*. Marie Beaumont ?

MLLE GEORGE/*MARIE*. Oui, monsieur, Marie Beaumont !

DUCY/*CHARLES*. Marie Beaumont !

FRÉDÉRICK/*ROBERT MACAIRE (se penchant, agacé)*. Marie Beaumont ! Ça fait deux fois qu'elle le dit ! *(À Cussonnet.)* Il est sourd.

CUSSONNET. Oh !

LA CRESSONNIÈRE/*DUMONT*. N'avez-vous jamais eu d'enfants ?

MLLE GEORGE/*MARIE*. Hélas, monsieur, j'ai eu un fils ! Un sort cruel me força à l'abandonner dans une auberge hostile !

LA CRESSONNIÈRE/*DUMONT*. N'était-ce pas à Grenoble ?

MLLE GEORGE/*MARIE*. Ah ! De grâce, monsieur, dites-moi si mon fils respire encore !

DUGY/*CHARLES* (*avec empressement*). Ma mère !

TOUS *(orchestrés par Frédérick)*. Sa mère !

MLLE GEORGE/*MARIE*. Mon fils !

FRÉDÉRICK/*ROBERT MACAIRE*. Mon fils !

TOUS *(orchestrés par Frédérick)*. Son fils !

FRÉDÉRICK/*ROBERT MACAIRE (à Précieuse, en désignant Marie)*. Ta belle-mère !

TOUS *(orchestrés par Frédérick)*. Ta belle-mère !

FRÉDÉRICK/*ROBERT MACAIRE (ouvrant les bras à Précieuse)*. Et beau-papa !

TOUS *(orchestrés par Frédérick)*. Beau-papa !

CUSSONNET *(excédé, hurlant depuis sa loge)*. Monsieur, c'est un scandale ! Vous piétinez mon texte, monsieur !

FRÉDÉRICK/*ROBERT MACAIRE*. Ça porte bonheur, monsieur ! *(Il descend l'escalier, suivi de Bertrand.)* Ah, quel plaisir ! On croyait se hasarder chez des inconnus, avec des inconnus, dans une auberge inconnue, et voilà que l'on se retrouve en famille ! C'est inattendu.

LA CRESSONNIÈRE/*DUMONT*. Arrêtez-les. Ils ne font pas partie des invités de la noce.

Frédérick/Robert Macaire et Firmin/Bertrand essaient de passer la porte mais les gendarmes les arrêtent.

LA CRESSONNIÈRE/*DUMONT*. Après tout, peut-être sont-ce eux, les assassins ?

FRÉDÉRICK/*ROBERT MACAIRE (en écho)*. Peut-être sont-ce...

Les gendarmes amènent Firmin/Bertrand et Frédérick/Robert Macaire devant Parisot/Gendarme-chef qui prend des airs importants pour se donner de l'autorité.

PARISOT/*GENDARME-CHEF (avec son accent du Midi)*. Vous vous nommez ?

FRÉDÉRICK/*ROBERT MACAIRE*. Cussonnet. *(Prenant son temps.)* Simon Cussonnet.

CUSSONNET. Oh !

La troupe a du mal à retenir son sérieux devant ce méchant jeu de mots. Cussonnet, honteux, rentre au fond de sa loge.

PARISOT/*GENDARME-CHEF*. Né ?

FRÉDÉRICK/*ROBERT MACAIRE*. Oui.

PARISOT/*GENDARME-CHEF*. Et vous allez ?

FRÉDÉRICK/*ROBERT MACAIRE*. Pas mal, et vous ?

PARISOT/*GENDARME-CHEF*. Je vous demande : Et vous allez ?

FRÉDÉRICK/*ROBERT MACAIRE*. J'ai une petite fragilité au coude, mais rien de grave ; pour vous, elle est aux oreilles, d'après ce que je comprends.

PARISOT/*GENDARME-CHEF (épuisé, s'essuyant le crâne en sueur)*. Profession ?

FRÉDÉRICK/*ROBERT MACAIRE*. Orphelin. *(Il fait un signe au pianiste du théâtre et enchaîne en parlant sur une musique pathétique.)*
J'suis qu'un pauvre orphelin,
Un'victime du destin.
Ma mère est morte,
J'étais pas né !
Où que j'me porte,
J'suis refusé.
J'suis qu'un pauvre orphelin
Parti de rien,
Parv'nu à rien.

La musique cesse.

PARISOT/*GENDARME-CHEF*. Messieurs, nous sommes ici pour une affaire sérieuse. Un homme vient d'être poignardé dans la chambre d'à côté.

FRÉDÉRICK/*ROBERT MACAIRE (criant brusquement)*. Arrêtez l'enquête ! Je sais qui est l'assassin !

TOUS. Qui est-ce ?

FRÉDÉRICK/*ROBERT MACAIRE (désignant la loge où se trouve Cussonnet)*. C'est l'auteur !

CUSSONNET. Oh !

Éclats de rire dans la salle.

La Cressonnière, dépassé, essaie tout de même de remettre la pièce sur ses rails.

LA CRESSONNIÈRE/*DUMONT* *(à Marie)*. Et vous, pauvre femme, vous épousâtes un jour ce scélérat.

MLLE GEORGE/*MARIE* *(rentrant dans le jeu second degré de Frédérick)*. Eh oui, contrainte et forcée, je l'épousâte. *(Elle se tourne vers Robert et l'apostrophe.)* Ah, Robert, Robert ! Mais quel démon t'habite !

Mais là, Mlle George se met à prendre un fou rire nerveux car, évidemment, dans la débandade, tout le monde a entendu le malencontreux jeu de mots possible « Quel démon, ta b... ! »

FRÉDÉRICK/*ROBERT MACAIRE* *(au bord des larmes, aussi)*. Oui, quel démon m'habite !

La Cressonnière/Dumont, toujours sérieux, essaie de redresser la situation.

LA CRESSONNIÈRE/*DUMONT*. Robert ? Elle vous a appelé Robert ? Mais alors... ne seriez-vous pas le fameux...

FRÉDÉRICK/*ROBERT MACAIRE* *(fièrement)*. Oui, désormais toute feinte est inutile. Je suis Robert Macaire !

TOUS. Robert Macaire !

FRÉDÉRICK/*ROBERT MACAIRE*. Soi-même !

Il ouvre sa tabatière et jette son tabac aux yeux des gendarmes. Lui et Firmin se sauvent.

PARISOT/*GENDARME-CHEF*. Arrêtez-les !

Les gendarmes, quoique aveuglés, se mettent à poursuivre Frédéric/Robert Macaire et Firmin/Bertrand qui courent comme des diables.

Frédérick se jette du balcon sur le lustre, celui-ci descend avec lui et du coup enlève le décor, faisant apparaître une autre toile représentant le pôle Nord.

FRÉDÉRICK/*ROBERT MACAIRE*. On se gèle ici.

Il se lance sur un autre câble et traverse la scène accroché à ce câble, faisant apparaître un autre décor sans rapport, un décor de jungle.

Deux gendarmes accrochés à un même filin le suivent, amenant une autre toile, celle-ci représentant un volcan.

Frédérick repasse encore avec un autre filin et se jette sur une loge. Il contrefait alors un spectateur qui râlerait contre le spectacle.

FRÉDÉRICK/*ROBERT MACAIRE (sautant dans une loge et contrefaisant le spectateur qui proteste)*. Mais qu'est-ce que c'est que cette pièce-là ? Ça ne vaut rien, c'est mauvais, c'est ignoble, on est volé comme dans un bois. Comment peut-on oser faire jouer des pièces comme ça !

Il tire sur le filin et cela déclenche l'éruption du volcan. Un système de lave et de fumée se met à se répandre.

Un gendarme, arrivant en filin aussi, essaie de le prendre dans la loge.

FRÉDÉRICK/*ROBERT MACAIRE*. Qu'est-ce que vous faites ici ? Vous n'avez pas le droit d'entrer ici ! C'est une loge ! *(Il crie à Firmin.)* Camarade, de l'eau, il faut que je saute !

Firmin actionne un mécanisme et des vagues de soie sortent du sol.

Frédérick saute alors sur scène. Lorsqu'il atterrit, de l'eau jaillit du sol. Il réapparaît au-dessus des vagues et recrache un poisson.

Les gendarmes sautent à leur tour. Éclaboussements en conséquence.

Les gendarmes, Firmin et lui se mettent à courir dans tout le théâtre, à travers les vagues, comme s'ils nageaient la brasse, le crawl ou le papillon, bousculant tout et tout le monde.

Frédérick/Robert Macaire assomme un gendarme. Puis il s'approche de Firmin/Bertrand qui se bat avec un autre gendarme.

FRÉDÉRICK/*ROBERT MACAIRE*. On se le partage ?

Et chacun lui donne un coup de gourdin.

Des renforts arrivent.

Robert Macaire saisit un gendarme et l'envoie voler en l'air. Le gendarme s'effondre dans l'allée, au milieu du public.

FRÉDÉRICK/*ROBERT MACAIRE*. Oh, j'ai tué un gendarme ! *(Au public.)* Ça vous a plu ? Si vous revenez demain j'en tuerai deux !

Finalement, après avoir mis un épouvantable désordre sur la scène et dans la salle, Frédérick et Firmin sont rattrapés par les gendarmes et on les met à genoux devant Parisot/Gendarme-chef. Tout se calme.

FRÉDÉRICK/*ROBERT MACAIRE*. Mais enfin... je ne comprends pas, qu'a-t-on à nous reprocher ? Quelques escroqueries, une trentaine de vols, tout au plus cinq ou six assassinats... peut-être sept ?

DUGY/*CHARLES*. Mais... n'est-ce pas vous qui avez tué Germeuil ?

FRÉDÉRICK/*ROBERT MACAIRE* *(en haussant les épaules).* Qu'est-ce que tu veux, mon fils, chacun a ses petits défauts !

PARISOT/*GENDARME-CHEF*. Et le gendarme, tout à l'heure !

FRÉDÉRICK/*ROBERT MACAIRE*. Eh, mon Dieu... *(se mettant à chanter).*
Tuer un gendarme,
un soldat, un sergent,
ça fait p'têtre du vacarme,
mais ça n'empêche pas les sentiments.

Frédérick fait un geste. Aussitôt, une toile descend, représentant le ciel et une théorie d'angelots roses et fessus.

Frédérick se tourne vers la troupe et, de façon surréaliste, lui fait reprendre en chœur le couplet.

LA TROUPE.
Tuer un gendarme,
un soldat, un sergent,
ça fait p'têtre du vacarme,
mais ça n'empêche pas les sentiments.

Puis, poussant le culot au plus loin, Frédérick grimpe sur une espèce de trône d'or et de nuages puis se tourne vers le public à qui il fait entonner identiquement.

LA TROUPE ET LE PUBLIC.
Tuer un gendarme,
un soldat, un sergent,
ça fait p'têtre du vacarme,
mais ça n'empêche pas les sentiments.

À ce moment-là, sur un nouveau signe de Frédérick, le décor s'effondre en avant. Mais il n'écrase pas les comédiens car ceux-ci sont exactement placés aux endroits où des ouvertures avaient été ménagées.

Frédérick, malicieux, de dos, reprenant un peu de tabac, se tourne vers le public et lui adresse un clin d'œil.

FRÉDÉRICK. Rideau !

Le rideau se baisse sur L'Auberge des Adrets.

NOIR

NEUVIÈME TABLEAU

MÊME CHOSE, de l'autre côté

Lorsque le rideau se relève, on voit la troupe de dos, saluant le public dont on aperçoit les ombres au fond.

C'est un vrai succès. La salle est en liesse. Frédérick, en faisant la caricature comique du mélodrame, a soulevé le public d'enthousiasme.

ANTOINE LE RÉGISSEUR *(joyeux, relevant le rideau)*. Onze rappels !

Les acteurs saluent encore.
Le rideau se baisse et remonte.

ANTOINE LE RÉGISSEUR. Douze rappels !

Les acteurs se courbent. Descente de rideau.

FRÉDÉRICK *(à Antoine, lui faisant signe de relever)*. Jamais douze sans treize.

Et effectivement, la salle applaudit encore la troupe.

Lorsque le rideau du théâtre des Folies-Dramatiques s'abat définitivement, les réactions sont partagées sur le plateau. Des comédiens comme Précieuse ou La Cressonnière, furieux de n'avoir pas pu tirer leur épingle du jeu, s'en vont immédiatement. En revanche, Frédérick, Firmin et Mlle George sont ravis.

Le jeune Dugy embrasse avec passion la main de Mlle George qui le laisse faire avec plaisir.

Harel et Cussonnet, en nage, débarquent sur le plateau.

HAREL. Bravo ! Bravo ! Quand je pense que personne ne voulait m'écouter lorsque je croyais au destin de cette pièce.

FRÉDÉRICK. Oui, si ce n'est qu'il a fallu transformer le mélodrame en farce pour le rendre jouable !

CUSSONNET *(s'approchant, surexcité).* C'est un triomphe ! Un triomphe !

FRÉDÉRICK. Souhaitons que ce triomphe se transforme en succès.

CUSSONNET. Bravo, mon cher Frédérick, mille fois bravo ! Vous vous êtes montré magistral !

FRÉDÉRICK *(s'inclinant).* Oh, un acteur n'est rien sans un bon texte.

CUSSONNET. Merci ! Merci ! J'ai particulièrement adoré vos silences.

FRÉDÉRICK. Vous pouvez : ils sont de moi.

Cussonnet ne relève pas et se tourne vers tout le monde.

CUSSONNET. Quelle grande révélation, ce soir ! Vous rendez-vous compte ? J'étais un comique et je ne le savais pas.

TOUS. Non ?

FRÉDÉRICK *(grandiose)*. Eh oui, certains génies couvrent avec une telle insolence les vastes contrées de l'intelligence qu'une partie d'eux-mêmes, parfois, leur demeure inconnue.

CUSSONNET. C'est exactement ce que j'ai ressenti tout à l'heure.

FRÉDÉRICK *(entre ses dents à Harel)*. Fais-le sortir ou je le tue.

CUSSONNET *(à Mlle George)*. Mademoiselle George, chère merveilleuse actrice, pouvez-vous me faire l'aumône d'un baiser ?

MLLE GEORGE. Désolée, monsieur, j'ai déjà mes pauvres.

Elle sort, au bras de Dugy, laissant Cussonnet piteux.

HAREL *(se précipitant vers Cussonnet)*. Cher grand auteur, si nous allions saluer nos poètes. Lamartine, Vigny, Dumas et Victor Hugo nous attendent au foyer.

CUSSONNET *(en sortant)*. Oh, Victor Hugo, c'est très surfait...

Frédérick se retrouve presque seul sur le plateau. Soudain, il tire un élément du décor et y trouve Précieuse en train d'embrasser Parisot à pleine bouche.

Ils s'arrêtent, surpris, et découvrent Frédérick avec de grands yeux coupables.

Frédérick garde le silence un instant puis demande d'une voix froide.

FRÉDÉRICK. Tu essaies de lui enlever son accent ?

Précieuse va dire un mot pour protester mais Frédérick a un geste impérieux.

FRÉDÉRICK. Dehors !

Précieuse et Parisot quittent précipitamment la scène. Épuisé, Frédérick se laisse tomber sur un vieux divan.

FRÉDÉRICK *(pour lui-même, étonné).* Et ça ne me fait même pas souffrir... Ça me gratte un peu, ça m'agace, ça tombe mal, mais j'éprouverais sans doute plus d'émotion à jouer un jaloux dans une pièce... Mon cœur ne bat fort qu'au théâtre. Où est le vrai, où est le faux ? la réalité est véridique mais l'illusion plus vraisemblable. La vie ne me semble intense que lorsque je la joue. Serais-je né de travers ?

Il se prend la tête dans les mains et, comme précédemment, ses souvenirs reviennent...

Frédérick enfant apparaît au fond de la scène, subissant la colère de sa mère qui repasse du linge.

LA MÈRE. Du théâtre, du théâtre ? Mais mon pauvre Frédérick, tu crois que tu as une tête à faire du théâtre ?

FRÉDÉRICK ENFANT. Le maître dit que je suis doué.

LA MÈRE. Il n'y connaît rien ! Moi, je sais ce que c'est, un comédien ! C'est Monsieur Talma, de la Comédie-Française, dont je repasse les lessives. Eh bien crois-moi, quand je vois son linge, rien que des chemises de batiste et des draps de métis, je sais très bien que ce n'est pas quelqu'un comme nous.

FRÉDÉRICK ENFANT *(insistant).* Je voudrais essayer de jouer.

LA MÈRE. Mon pauvre Frédérick, avec la tête que tu as !

FRÉDÉRICK ENFANT. Quoi ?

LA MÈRE. Mais regarde-toi : tu es laid, mon pauvre Frédérick, tu ne ressembles à rien.

FRÉDÉRICK ENFANT *(désespéré)*. Ce n'est pas vrai.

LA MÈRE. Comment crois-tu que les gens vont t'aimer ? Souviens-toi de ton frère : lui était beau. Lui, il aurait pu faire l'acteur. Lui, oui. Mais toi !

FRÉDÉRICK ENFANT *(en larmes)*. Maman, ce n'est tout de même pas ma faute si mon frère est mort.

LA MÈRE. Tais-toi. Il était un ange, tu ne vaux rien.

FRÉDÉRICK ENFANT *(abasourdi par tant de dureté)*. Maman...

LA MÈRE *(le repoussant)*. Et puis lâche-moi, ne sois pas toujours dans mes jambes. *(Marmonnant.)*... comme ton père... tu ne sais pas te faire aimer... ah non, te faire aimer, ça tu ne sais pas...

Bérénice entre au fond de la scène.

La vision de la mère et l'enfant disparaît.

Bérénice traverse silencieusement le plateau, s'approche de Frédérick et vient lui susurrer doucement à l'oreille.

BÉRÉNICE. Monsieur Lemaître, je suis tombée amoureuse de vous le jour de mes quinze ans. Ce fut tellement fort que je n'ai même pas pu poser un mot dessus. Je retournais simplement tous les jours au théâtre. À travers vos rôles, je vous ai connu faible, démuni, triomphant, cynique, carnassier, enfantin, chevaleresque, fou... je vous ai vu offrir votre âme, votre corps, votre force sans compter. Chaque soir le public avait droit à tout de vous. Et chaque soir, je songeais : maintenant qu'il a tout donné, qui va lui donner à son tour ? Y a-t-il un sourire et des mains qui l'attendent ? Ou bien, quand le rideau se baisse, ne lui reste-t-il que la solitude ? la guerre ?

Frédérick la regarde, bouleversé.

BÉRÉNICE. L'autre jour, on a voulu me marier. On me proposait un fiancé aussi complet qu'un couteau suisse. C'est seulement en répondant « non » que je me suis rendu compte que je vous aimais. Voilà, j'avais posé le mot.

Frédérick lui prend tendrement la main. Elle se laisse faire mais semble prête à défaillir.

BÉRÉNICE *(tremblante).* Qu'ai-je pour me faire aimer ? Qu'ai-je de plus qu'une autre ? J'ai le souci de vous. Je ne serai pas une amante, je serai un ami, un frère, un père, un époux. Je serai un homme. Je suis là pour vous apaiser, vous rassurer.

Ils ont envie de s'embrasser, leurs lèvres se touchent presque. Frédérick lutte faiblement contre cette inclination.

FRÉDÉRICK. Il ne faut pas m'aimer, mon petit. Tu ne sauras jamais à qui tu parles. Je ne peux pas répondre de tous les Frédérick Lemaître que tu vas rencontrer.

BÉRÉNICE. Alors je vous tromperai avec tous les Frédérick Lemaître que vous me présenterez.

FRÉDÉRICK. Je n'ai pas de consistance, je ne suis même pas certain d'exister. Je suis sans doute devenu comédien parce que je me trouvais transparent, je ne me voyais pas dans les glaces, je n'apercevais même pas le fils de la lingère...

BÉRÉNICE. Vous n'avez pas voulu rester le fils de la lingère parce que, peut-être, vous aimiez trop la lingère, tandis que la lingère, elle, ne vous aimait pas...

Frédérick la regarde avec surprise. Elle vient d'ouvrir une porte en lui. Il est bouleversé.
Ils s'embrassent enfin.

Puis Frédérick claque dans ses doigts et, comme par magie, le divan sur lequel ils se trouvent monte légèrement dans les cintres.

Ils disparaissent par le haut du théâtre comme un couple de divinités dans la mythologie.

La scène est subitement envahie par une troupe de policiers, de vrais policiers cette fois, qui se mettent à tout fouiller.
Harel, catastrophé, arrive en courant derrière eux.

HAREL. Messieurs, messieurs, que se passe-t-il ?

LE CHEF DE LA SÛRETÉ. Nous recherchons une jeune fille qui vient d'être enlevée.

HAREL. Mais pourquoi dans mon théâtre ?

LE CHEF DE LA SÛRETÉ. Un témoignage. D'après son signalement, elle se trouve ici.

HAREL. Comment s'appelle-t-elle ?

LE CHEF DE LA SÛRETÉ. Bérénice de Rémusat. La fille unique du ministre de l'Intérieur. Toute la police de France est sur les dents.

HAREL. Bérénice ? Nom de Dieu !

Et pendant que les policiers mettent la scène sens dessus dessous, le rideau tombe.

Fin de la première partie

Seconde partie

DIXIÈME TABLEAU

Plateau des Folies-Dramatiques

Le rideau tombe sur une représentation de L'Auberge des Adrets.

La troupe salue pour la dixième fois. Certains veulent regagner la coulisse.

FRÉDÉRICK *(écoutant les applaudissements).* Restez. Restez, il y en a encore.

Effectivement, le rideau se relève sur des applaudissements nourris.

La troupe resalue.

Le rideau se baisse.

FRÉDÉRICK *(aux autres).* Vous pouvez rentrer, cette fois-ci, il n'y en a plus.

Les comédiens partent.

FRÉDÉRICK *(à voix basse, à Mlle George).* Reste.

Puis il fait signe à Antoine de relever le rideau.

La salle explose en applaudissements lorsqu'elle voit ses deux vedettes seules sur le plateau.

Frédérick et Mlle George saluent avec griserie.

Le rideau descend.

MLLE GEORGE *(gourmande, écoutant la salle).* Il y en a encore.

Elle fait signe à Antoine de relever.

Mais Frédérick disparaît juste au moment où le rideau arrive aux cintres. Mlle George se trouve seule en scène. Elle s'incline, ravie.

Néanmoins, après quelques courbettes d'elle, le public désire Frédérick.

Mlle George, dans le noir, fait des signes dans les coulisses, pour que Frédérick vienne saluer.

Évidemment, celui-ci se garde d'accourir immédiatement.

ANTOINE. Allez-y, monsieur Frédérick.

FRÉDÉRICK *(tranquillement).* Laisse mûrir, Antoine, laisse mûrir.

Le public se lasse, le vacarme baisse un peu. Mlle George, avec un sourire figé, commence à être agacée.

Au moment où les applaudissements pourraient s'exténuer de manière inquiétante, Frédérick bondit sur scène. La salle explose alors en cris de joie, on frappe des pieds, on claque les fauteuils, les spectateurs se mettent debout.

Frédérick joue les étonnés, celui qui n'arrive pas à y croire, histoire d'obtenir encore plus.

Frédérick et Mlle George s'inclinent une dernière fois. Les applaudissements cessent.

Le spectacle est fini.

Bérénice bondit des coulisses et se jette, comme tous les soirs, dans les bras de Frédérick.

Mlle George et le jeune Dugy s'embrassent aussi.

FRÉDÉRICK. *(Il soupire.)* Ah, comme nous jouerions mieux la comédie si nous ne tenions pas à être applaudis.

Mlle George approuve de la tête. Dugy la regarde de manière passionnée.

DUGY. Tout à l'heure, au dernier acte, au moment où vous appreniez la vérité, vous étiez tellement belle...

MLLE GEORGE *(rougissante).* Ah bon ? Excusez-moi, mon petit Dugy, je ne l'ai pas fait exprès.

FRÉDÉRICK. Dis-moi, mon petit Dugy, tu ne serais pas amoureux, par hasard ?

Dugy s'empourpre. Mlle George aussi.

MLLE GEORGE. Ah, je commence à vieillir, la jeunesse me fait peur.

Harel entre joyeusement, venant de l'extérieur, en manteau de ville.

HAREL. Comment s'est passée la représentation ?

BÉRÉNICE. Très bien.

FRÉDÉRICK. Mais où étais-tu ?

HAREL. Ah, mes amis, j'ai dû vous faire une infidélité, j'étais obligé de me trouver à la Porte-Saint-Martin mais j'avoue que je ne le regrette pas : Bocage m'a tiré des larmes.

FRÉDÉRICK *(avec une grimace).* Bocage ?

HAREL. Oui, le grand Bocage.

Frédérick n'a pas l'air d'apprécier que l'on encense son rival.

DUGY. Oh, c'est curieux que vous parliez de lui, je l'ai justement vu hier dans sa voiture.

FRÉDÉRICK. Son meilleur rôle.

HAREL. Alors, comment avance Robert Macaire, cette suite de *L'Auberge des Adrets* ?

FRÉDÉRICK. Nous serons prêts demain. Je fais retravailler la fin à Cussonnet.

MLLE GEORGE *(pessimiste).* Rude tâche. Il a l'intelligence d'une huître.

FRÉDÉRICK. Les huîtres produisent parfois des perles.

Ils rient. Harel sort. Frédérick contemple Bérénice avec passion.

FRÉDÉRICK. Voyez ma pêche d'amour, elle est encore plus splendide lorsqu'elle rit.

MLLE GEORGE. Ça, si j'avais eu un physique pareil, je n'aurai jamais fait carrière.

BÉRÉNICE. Vous n'avez pas le droit de dire cela, mademoiselle George, vous vous flagellez, vous vous dépréciez perpétuellement, je trouve au contraire que

FRÉDÉRICK. Non, ce que George veut dire, c'est qu'au théâtre, la beauté c'est presque un handicap. Car un beau physique, ça ne raconte qu'une histoire, une seule.

MLLE GEORGE. De toute façon, après quelques années de jeu, un visage de comédien n'a plus de traits ; il est devenu du sable sur lequel s'écrivent et s'effacent tous les personnages. *(Elle regarde affectueusement Bérénice.)* Vous m'admirez, mon petit, j'y suis sensible, mais moi aussi je vous admire. Si j'avais été vous, j'aurais été paresseuse comme une couleuvre, je ne me serais jamais donné la peine d'inventer cette vieille ganache de Mlle George. *(Elle se ressaisit.)* Bon, assez parlé théâtre. *(Elle se lève.)* Dugy, est-ce que vous voudrez bien m'aider à délacer mon corset ?

FRÉDÉRICK *(l'œil rieur)*. Mais tu n'as pas une habilleuse ?

MLLE GEORGE. Elle est encore plus barbue que lui.

Elle sort en tenant Dugy par la main.

Frédérick vient embrasser tendrement Bérénice sur la bouche.

BÉRÉNICE. Je suis heureuse.

FRÉDÉRICK. Pourquoi me dis-tu cela ?

BÉRÉNICE. Parce que tu allais me le demander. *(Ils s'embrassent de nouveau.)* Je nous ai fait préparer un dîner d'amoureux à la maison. Change-toi vite !

FRÉDÉRICK. Pourquoi m'as-tu caché, le premier jour, que tu es la fille du baron de Rémusat ?

BÉRÉNICE. M'annoncer comme la fille du ministre de l'Intérieur ne me semblait pas créer une situation grisante entre nous. *(Ils s'embrassent.)* Je voulais te faire croire que j'étais une femme de ton milieu, je ne voulais pas t'effrayer.

On entend alors, dans l'escalier qui monte aux loges, le régisseur frappant le sol et hurlant « Mademoiselle George ! Mademoiselle George ! »

BÉRÉNICE. Pourquoi Antoine précède-t-il toujours Mlle George en frappant le sol avec un bâton ?

FRÉDÉRICK. Il prétend que c'est l'hommage qu'un grand chambellan de théâtre doit rendre à une reine de théâtre ; mais à mon avis il vérifie que le plancher est assez solide pour résister à son passage.

Ils rient tous les deux.
Bérénice se lève.

BÉRÉNICE. Je vais allumer les chandelles. Rejoins-moi vite.

Elle sort, légère.
Frédérick commence à poser une partie de ses accessoires sur la desserte de régie.
Cussonnet passe la tête sur le plateau.

CUSSONNET. Monsieur Lemaître, vous êtes encore là ? Je passe en coup de vent vous déposer les dernières répliques de *Robert Macaire.*

FRÉDÉRICK. Ah, bravo, Cussonnet. Quelle célérité !

CUSSONNET. Aurez-vous le temps de les apprendre pour demain ?

FRÉDÉRICK. Vous savez que votre prose s'apprend vite.

CUSSONNET *(préférant ne pas insister).* Figurez-vous que je suis devenu très ami avec Alfred de Vigny. Nous prenons le thé, nous parlons d'art, de littérature. J'avoue qu'il me fait un peu pitié. *(Répondant à la surprise de Frédérick.)* Oui, il écrit si difficilement. Et dans de telles souffrances.

FRÉDÉRICK. Mon bon Cussonnet, tout le monde n'a pas votre facilité déconcertante. Certaines poules ont le cul en sang pour faire leurs œufs... d'autres les lâchent... comme des pets.

Cussonnet ne sait pas très bien comment le prendre mais Frédérick l'empêche d'avoir le temps d'y réfléchir.

FRÉDÉRICK. Au revoir, cher ami. J'imagine que vous êtes épuisé, allez vite faire reposer votre génie sur les oreillers de Mme Cussonnet. Au revoir.

Cussonnet sort.

Frédérick s'apprête à rejoindre sa loge quand un homme se découpe dans l'ombre.
Frédérick s'arrête.
L'ombre s'approche.
Il s'agit du baron de Rémusat qui, visage fermé, fait nerveusement rouler sa canne dans sa main gantée.

RÉMUSAT. Monsieur Frédérick Lemaître.

Les deux hommes se jaugent.

FRÉDÉRICK *(glacé).* Je m'attendais à votre visite. Je la redoutais.

RÉMUSAT. Elle ne m'est pas agréable non plus.

FRÉDÉRICK. Asseyez-vous, monsieur le... comment dois-je le dire ? Monsieur le Ministre ou monsieur le Père ?

RÉMUSAT. J'espère que le père n'aura pas besoin de faire appel au ministre.

FRÉDÉRICK. Effectivement, ce ne serait pas élégant. *(Rémusat déteste cette remarque.)* Nous pourrions monter dans ma loge mais je me sens plus chez moi ici. *(Un temps.)* Eh bien ?

RÉMUSAT. Évidemment je ne vous demande pas des nouvelles de ma fille.

FRÉDÉRICK. Non, ne m'en demandez pas, car je vous en donnerais de bonnes et cela vous rendrait furieux.

RÉMUSAT. Écoutez, Lemaître, j'irai directement au but : il faut que votre liaison cesse immédiatement.

FRÉDÉRICK. Parfaitement d'accord.

RÉMUSAT. Pardon ?

FRÉDÉRICK. Il me paraît tout à fait scandaleux que votre fille, préparée au mariage par son excellente éducation, dont la famille est honorée, respectée par le roi, dont la jeunesse constitue un bien précieux dans votre jeu mondain et vos perspectives de carrière, perde les avantages sociaux de la virginité dans une liaison scandaleuse, illégale, pré-adultère, qui n'est ni de son rang ni de son âge.

RÉMUSAT *(très étonné).* Vous êtes d'accord !

FRÉDÉRICK. Et comment ! Si les filles de la noblesse se mettent à éprouver des sentiments et à se comporter comme des couturières, quelles règles de morale seront suivies par ces mêmes couturières ? L'anarchie pointera son nez, puis la guerre.

RÉMUSAT. Donc, vous allez mettre un terme à votre liaison avec ma fille.

FRÉDÉRICK. Tout à fait.

RÉMUSAT. Vous ne l'aimez déjà plus ?

FRÉDÉRICK. Moi ? Ne plus l'aimer... vous plaisantez... Demandez plutôt à un cercle de se transformer en triangle. Mais je comprends votre point de vue.

RÉMUSAT. Allons... allons... tant mieux... Ah, mon cher Frédérick, je suis ravi. Je ne pensais pas vous trouver dans d'aussi bonnes dispositions, je...

Il hésite... puis lui tend la main. Frédérick la prend joyeusement.

FRÉDÉRICK. Vous pouvez avoir confiance en moi... *(Il attend, puis prononce avec volupté.)*... mon cher beau-père.

Le baron de Rémusat retire sa main comme s'il venait de se brûler.

FRÉDÉRICK. Cette liaison m'a permis de me sentir sûr de moi ; elle n'a plus lieu d'être. *(Le baron de Rémusat recule encore.)* Cher baron, je vous demande la main de votre fille.

RÉMUSAT. Vous délirez.

FRÉDÉRICK. Nous nous aimons.

RÉMUSAT. Je m'en moque.

FRÉDÉRICK. Je la rends heureuse. Je la rendrai heureuse.

RÉMUSAT. Personne ne vous le demande.

FRÉDÉRICK. Si, elle.

RÉMUSAT. Elle ne sait pas ce qu'elle veut.

FRÉDÉRICK. Demandez-le-lui.

RÉMUSAT. Monsieur Lemaître, cessez de jouer. Est-ce que vous croyez vraiment que je vais donner mon consentement à ce mariage ?

FRÉDÉRICK. Pas une seconde. Nous nous en passerons.

RÉMUSAT. Je vais vous faire arrêter.

FRÉDÉRICK. Faites. Nous ne nous entendrons jamais, baron. Vous, vous êtes du côté de l'ordre, vous faites des mariages ; moi, je fais l'amour, et l'amour est hors la loi, une bête dangereuse, baron, qui mêle ceux qui ne devraient pas se rencontrer et encore moins s'unir.

RÉMUSAT. Renoncez ou c'est le cachot.

FRÉDÉRICK. Croyez-vous que vos menaces m'arrêtent ? Votre gendre vaut mieux que cela, beau-papa.

RÉMUSAT *(à voix forte).* Messieurs, s'il vous plaît !

Deux policiers entrent immédiatement.

RÉMUSAT. Arrêtez M. Frédérick Lemaître.

Frédérick se laisse saisir puis entraver les poignets.

Lorsqu'il s'apprête à passer la porte, il demande nonchalamment aux policiers.

FRÉDÉRICK. Quelle heure est-il ?

UN POLICIER. Onze heures trente.

FRÉDÉRICK. Onze heures trente ? Parfait. Je vous suis.

Et il part devant les hommes.

Le baron de Rémusat bondit et le retient.

RÉMUSAT. Quoi ? Que se passe-t-il à onze heures trente ? Messieurs, ramenez-moi le prisonnier.

Les policiers reviennent avec Frédérick.

RÉMUSAT. Pourquoi avez-vous demandé l'heure ? *(Frédérick se tait.)* On ne demande pas l'heure lorsqu'on se fait arrêter.

FRÉDÉRICK. Moi, si.

RÉMUSAT. Qu'est-ce que cela cache ?

FRÉDÉRICK. Vous voulez vraiment le savoir ? Faites partir ceux-là. *(Le baron fait signe aux hommes de s'éloigner.)* Et dites-leur de me détacher auparavant.

Le baron pousse un soupir et s'exécute.
Les policiers désentravent Frédérick et sortent.
Frédérick et le baron se retrouvent seuls.

RÉMUSAT. J'espère que vous n'en profiterez pas.

FRÉDÉRICK. Pour mal faire ? Vous m'avez devancé, vous gardez l'avantage. *(Un temps.)* Si je ne rejoins pas une certaine personne à minuit, toute la presse publiera demain matin l'annonce de mon mariage avec Mlle Bérénice de Rémusat. Aussi, Paris va-t-il bien rire lorsqu'il apprendra, peu après, que vous m'avez fait arrêter ! Le ministre de l'Intérieur prête son bras au père affolé : cela va donner lieu à des commentaires amusés.

RÉMUSAT. Peste !

FRÉDÉRICK. Rassurez-vous, le ridicule ne tue plus, sinon Paris serait un cimetière.

RÉMUSAT. Je ferai taire ces journalistes.

FRÉDÉRICK. Ferez-vous taire votre fille ? *(Il s'approche en souriant.)* Et puis je crains que vous n'estimiez mal les forces en présence, monsieur le ministre de l'Intérieur. Vous avez le pouvoir entre vos mains, mais moi j'ai la gloire au-dessus de ma tête. Vous êtes craint, je suis adoré. Le peuple raffole des histoires d'amour, il s'amuse des pères bafoués autant que des maris trompés... on devine quel parti il prendra.

RÉMUSAT. Vous êtes un beau salaud !

FRÉDÉRICK. Eh... c'est que votre gendre n'est pas n'importe qui, beau-papa !

Le baron de Rémusat se retient de le frapper avec sa canne. Il finit par se contrôler.

RÉMUSAT. Enfin, monsieur Lemaître, j'en appelle à votre raison et à votre sens de l'honneur. Ma fille ne peut pas vous épouser.

FRÉDÉRICK. Que faut-il pour faire un époux ? Deux mains pour caresser, deux bras pour protéger, beaucoup d'amour au cœur et un peu d'argent dans les poches ? J'ai tout.

RÉMUSAT. Vous n'êtes pas de notre monde.

FRÉDÉRICK. Je suis du mien et il n'a rien d'infamant.

RÉMUSAT. D'où venez-vous ?

FRÉDÉRICK. Je suis né d'une femme. Cela me paraît suffisant.

RÉMUSAT. Et votre père ?

FRÉDÉRICK. Je ne l'ai jamais su, je suis sa seule signature.

RÉMUSAT. Comprenez bien que dans ces conditions...

FRÉDÉRICK. Quoi ? Un bâtard ! Si cela doit poser des problèmes, c'est à moi, rien qu'à moi. Je suis le fils d'un homme et d'une femme, cela doit vous suffire. Oui, on ne sait pas quel sang coule en moi ? C'est la différence entre les gens du peuple et les aristocrates. Mon sang ne se souvient pas d'où il vient. Le vôtre se balade avec ses armoiries, sa généalogie, ses chroniques, il n'y a que vous qui pouvez attester de plusieurs générations de profiteurs, de bandits, d'assassins et d'usurpateurs ! C'est vrai, je n'ai pas cet avantage, mon sang a la mémoire courte !

RÉMUSAT. Enfin, regardez-vous : Vous avez mon âge !

FRÉDÉRICK. Rajeunissez, je vous suis ! *(Un temps, plus dur.)* Monsieur de Rémusat, oui, j'ai votre âge, donc l'âge d'être le père de Bérénice. J'imagine que si elle est tombée amoureuse d'un homme aussi mûr, c'est peut-être parce que l'homme mûr qui devait lui donner toute la tendresse et l'affection du monde, son père, ne les lui a pas données auparavant !

RÉMUSAT. Je ne vous permets pas !

FRÉDÉRICK. Elle suit des cours de rattrapage avec moi. Sur ce point, je devrais vous dire merci.

Le baron de Rémusat remet ses gants et se dispose à sortir.

RÉMUSAT. J'ai peut-être été un mauvais père, monsieur, mais croyez bien que ce soir j'étais disposé à en être un bon. Contrairement à ce que vous imaginez, je ne pense pas qu'aux alliances, aux dots, aux particules ; je songe aussi au bonheur de Bérénice. Elle devait épouser le duc d'York. J'abandonne toute poursuite, je me contenterai de parler avec ma fille, sans grande chance de succès sans doute, et je vous la laisse donc, monsieur l'homme libre. Mais avant de vous quitter, j'aurai une question, une seule.

FRÉDÉRICK. Oui ?

RÉMUSAT. Combien de temps durent vos amours ?

Frédérick est désarçonné par cette question.

RÉMUSAT *(sentant qu'il reprend l'avantage).* Je ne doute pas qu'au début de chacune de vos liaisons vous ne vous persuadiez d'avoir trouvé la femme de votre vie. Les tempéraments passionnés ont généralement de ces aveuglements, ils confondent l'intensité et l'éternité. Vous croyez lire l'avenir dans le présent, mais vous n'y voyez que vous-même et vos désirs immédiats. Alors dites-moi, monsieur Lemaître, combien de temps durent vos amours ? « Toujours », bien sûr... vous êtes une victime de la rime... Combien ?

FRÉDÉRICK. On ne peut pas comparer Bérénice aux autres femmes que j'ai connues.

RÉMUSAT. Naturellement, Bérénice est différente. Mais vous ? Avez-vous changé ? *(Un temps, Frédérick ne répond pas.)* Lorsque vous disiez que votre sang avait la mémoire courte, monsieur, vous aviez bien raison. J'ajouterais que ce sang, oublieux, amnésique, il coule trop fort, trop vite, de manière trop violente pour former quoi que ce soit de calme, de lucide, de solide. C'est un torrent qui emporte les digues, il détruit, il ne construit rien. *(Un temps.)* Combien de temps durent vos amours ?

Frédérick se tait. Le baron de Rémusat sait qu'il a désormais l'avantage.

RÉMUSAT. Vous affirmez avec force, tant de force, que vous prenez la force pour de la vérité. Alors réfléchissez à cela la prochaine fois que vous prononcerez « toujours » devant Bérénice car, elle, elle entendra « toujours » lorsque vous, vous ne penserez que « maintenant ». Au revoir, monsieur Lemaître.

Il sort.

Frédérick demeure immobile, le souffle oppressé. Rémusat a touché juste.

Entre Mlle George, ravissante, élégante, très différente de son allure ordinaire.

MLLE GEORGE. Je viens te dire adieu, mon beau Frédérick. *(Un temps.)* Le petit m'emmène en Italie.

FRÉDÉRICK. Mais demain ? La création de Robert Macaire ?

MLLE GEORGE. J'ai parlé avec Harel. Précieuse reprendra mon rôle. Elle le sait déjà. De toute façon, ce n'était qu'un faire-valoir pour toi.

FRÉDÉRICK. C'est vrai.

MLLE GEORGE *(un temps)*. Le petit m'idolâtre.

FRÉDÉRICK *(comme un somnambule)*. Je suis heureux pour toi, ma vieille George.

MLLE GEORGE. Je n'aurais jamais dû accepter l'Italie. Il paraît qu'il brille constamment un soleil de citron, là-bas. J'ai peur que le petit ne découvre à quoi je ressemble.

FRÉDÉRICK. Cherche l'ombre.

MLLE GEORGE. J'ai gonflé mes chapeaux de gaze, il ne me verra qu'à travers quatre épaisseurs de mousseline. *(Elle sourit.)* Il n'empêche, je suis bien contente.

FRÉDÉRICK. Un séjour en Italie, ce doit être coûteux : comment allez-vous faire ?

MLLE GEORGE. J'ai vendu la broche que m'avait offerte l'Empereur. *(Elle soupire.)* C'était le dernier bijou qui me restait de Napoléon. Maintenant, je suis pauvre.

FRÉDÉRICK. Es-tu heureuse, ma vieille George ?

MLLE GEORGE. Il a la peau souple. Au matin, on dirait un bébé. Une odeur de jeune homme s'échappe de ses bras, de ses cuisses quand il me fait l'amour. La passion, j'en parlais sur scène, je la mimais, je ne la connaissais plus ; elle est de nouveau entrée dans ma vie.

FRÉDÉRICK. Sais-tu que tu as rajeuni ?

MLLE GEORGE. Je n'ai pas rajeuni, j'ai arrêté de me vieillir. *(Elle sourit mélancoliquement.)* Depuis quelques années, j'ai fait exprès de grossir, de me négliger, de mal me teindre. Lorsque j'ai cessé de pouvoir passer raisonnablement pour une jeune fille, j'ai voulu précipiter le cours des ans.

FRÉDÉRICK. Pourquoi ?

MLLE GEORGE. Je préférais être la plus jeune des vieilles que la plus vieille des jeunes. *(Elle se dirige vers la porte.)* Il a envie de moi, tu sais. *(Un temps.)* Tous les jours.

Frédérick la rattrape sur le pas de la porte.

FRÉDÉRICK. George ! Combien de temps durent mes amours ?

Mlle George le regarde avec étonnement.

FRÉDÉRICK. Réponds, George, je t'en prie.

MLLE GEORGE. Mais je ne sais pas, je ne suis pas historienne. *(Elle réfléchit.)* Un an... Au plus un an et demi... Le retour de la même saison est généralement fatal à tes amours.

FRÉDÉRICK. George, tu ne crois pas qu'un jour je puisse aimer... toujours ?

MLLE GEORGE *(éclatant de rire)*. Pourquoi me fais-tu ce numéro d'enfant ? Qu'est-ce que tu me dis ? Tu répètes un rôle ?

FRÉDÉRICK. George ! « Toujours ! » Est-ce que c'est possible : « toujours » ?

MLLE GEORGE *(dure)*. Nous sommes des comédiens, Frédérick, c'est-à-dire les personnes les plus lucides que la terre porte car, nous, nous savons ce que tous les autres se cachent. Nous savons que nous ne sommes rien, que nous n'avons pas ce caractère plutôt qu'un autre mais qu'un caractère, ça se choisit et s'improvise selon la situation ; nous, nous savons ce que les philosophes ignorent, que l'on peut penser plusieurs choses à la fois, que l'on peut dire « je t'aime » en remarquant un bouton sur le nez ou bien « je te hais » en songeant qu'on devrait changer de chaussures ; nous, nous savons que le ciel varie, que même la pierre s'effrite, que dans trois secondes nous éprouverons une émotion étrangère à celle-ci, que du rire aux larmes il n'y a qu'un coup de reins ; nous, nous savons l'impermanence, la distraction, la discontinuité des êtres et des choses ; nous savons que « toujours » n'est qu'un vœu et « jamais » un soupir.

FRÉDÉRICK. George, tu me désespères. Je voudrais aimer Bérénice.

MLLE GEORGE. J'ai peur qu'aimer, ce ne soit jamais que vouloir aimer.

Elle sort.

NOIR

ONZIÈME TABLEAU

Foyer du théâtre des Folies-Dramatiques

Pipelet est en train de préparer une boisson derrière le bar.

Bérénice arrive en courant, les journaux à la main.

BÉRÉNICE. Oh, Pipelet ! Où est Frédérick ?

PIPELET. Il est descendu un instant au magasin des accessoires. Je lui prépare un vin chaud. Il m'a semblé très tendu. Ce doit être à cause de la première de *Robert Macaire*. Il veut tant que cette suite ait autant de succès que *L'Auberge des Adrets.*

Bérénice étale les journaux sur le bar du foyer.

BÉRÉNICE. Regarde ce que disent les journaux.

PIPELET *(lisant avec étonnement).* Vous allez vous marier avec Frédérick !

BÉRÉNICE. Je l'apprends !

Elle éclate de rire.

PIPELET *(en se grattant le tête).* Ça, c'est original, comme demande !

Frédérick, partiellement habillé en Robert Macaire, entre à ce moment-là, finissant de caler les objets dans sa besace.

Bérénice se jette à son cou.

BÉRÉNICE. Tu m'épouses !

FRÉDÉRICK. Moi ?

BÉRÉNICE. C'est écrit dans les journaux.

FRÉDÉRICK. Il faut toujours croire ce qui est écrit dans les journaux.

Bérénice rit de bonheur.

Pipelet en profite pour disparaître discrètement.

FRÉDÉRICK. Es-tu contente ?

BÉRÉNICE. Très. *(Un temps.)* Mais je refuse, naturellement.

FRÉDÉRICK. Pardon ?

BÉRÉNICE. Je ne veux pas t'épouser.

FRÉDÉRICK. Bérénice !

BÉRÉNICE. Aucune contrainte ne doit peser sur nous, rien d'extérieur. Tu ne m'aimes que parce que, chaque matin, tu redécides de m'aimer.

FRÉDÉRICK *(inquiet).* Mais le mariage peut faire office de protection.

BÉRÉNICE. Protection contre quoi ? Contre qui ? Tout sera fini lorsque l'amour s'en ira.

Frédérick n'a pas envie d'entendre cela.

FRÉDÉRICK. Tu ne te méfies pas assez de moi. Je ne suis qu'un acteur, c'est-à-dire le dernier individu auquel on peut faire confiance. Je suis incapable de démêler si je joue ou si je mens, la sincérité fait partie de mon matériel professionnel. Je suis toujours en train de m'observer. Sais-tu qu'à l'enterrement de ma mère j'ai eu un très beau cri de douleur ? Eh bien, à peine l'avais-je poussé que je l'étudiais déjà, j'examinais les moyens de le refaire... Je suis un monstre, Bérénice.

BÉRÉNICE. Je ne t'écoute pas.

FRÉDÉRICK. J'ai toujours vécu légèrement parce que rien n'a vraiment d'importance en dehors de mon art. Au plus fort de ma relation avec une femme, dans le lit comme dans la lutte, je peux toujours me poser à distance et me dire : j'étudie. C'est pour cela que je n'ai pas beaucoup de pitié pour les autres acteurs. Lorsque je vois Précieuse pleurer, je me dis : elle étudie l'angoisse de la séparation. Lorsque j'entends la George gueuler comme une débutante sous les coups de reins de Dugy, je pense : elle étudie le plaisir. Lorsque j'imagine mon chagrin le jour où tu me quitteras, je pense : j'étudierai le désespoir. Les comédiens ne prennent le temps de vivre que par conscience professionnelle.

BÉRÉNICE. Je te changerai.

FRÉDÉRICK. On ne change pas.

BÉRÉNICE. Tu n'as pas besoin d'imaginer ce que tu éprouveras lorsque je te quitterai car je ne partirai pas.

FRÉDÉRICK. Tu partiras si je te fais horreur.

BÉRÉNICE. Donc, je ne partirai pas.

FRÉDÉRICK. Que ferais-tu si l'on t'apprenait que j'ai une maîtresse ?

BÉRÉNICE. Je me demanderais pourquoi celui qui me le dit profère un tel mensonge.

FRÉDÉRICK *(ému).* Tu t'interrogerais sur lui, pas sur moi ?

BÉRÉNICE. Naturellement, sur lui, rien que sur lui. J'ai confiance en toi.

FRÉDÉRICK *(angoissé).* Mais si dix, quinze personnes te le disaient à la suite ?

BÉRÉNICE. Le nombre ne change rien à l'affaire. J'en reviendrais à ma première idée : pourquoi inventent-ils cette trahison ? *(Un temps.)* D'ailleurs, je m'attends à cela bientôt. Le bonheur rend jaloux ; et comme je suis très heureuse, je vais être très jalousée. Il est même un peu vexant qu'on ne me l'ait pas déjà dit...

FRÉDÉRICK. Quoi ?

BÉRÉNICE. Que tu me trompais. Peut-être avons-nous été un peu trop discrets...

FRÉDÉRICK. Et si je te le disais à mon tour ?

BÉRÉNICE. Que tu ne m'aimes plus ?

FRÉDÉRICK. Non, ça je ne le dirai pas. Si je te disais que je t'ai trompée.

BÉRÉNICE. Je ferais semblant de me mettre en colère, tu me calmerais, et nous ferions furieusement l'amour. J'imagine qu'ainsi j'aurais réalisé ton plan : tu m'aurais raconté une énormité pour me faire réagir.

FRÉDÉRICK. Tu as trop confiance en moi.

BÉRÉNICE. Plus que toi, visiblement. Mais j'ai raison. *(Elle rit.)* Maintenant, je te laisse. Je dois m'habiller pour la première de *Robert Macaire.*

Elle l'embrasse et sort, croisant Harel qui rentre, très affairé mais joyeux.

HAREL. Ça sent bon le succès. Nous avons tout vendu ! Je n'ai même plus un strapontin pour moi.

FRÉDÉRICK. Tant mieux pour le strapontin.

À cet instant, venant du fond et traversant le foyer en toute hâte, le comte de Pillement, suivi de deux policiers, s'arrête devant Frédérick et Harel. Pillement brandit devant lui un arrêté royal.

PILLEMENT. Par ordre du Roi, les représentations de *Robert Macaire* sont suspendues. Quiconque enfreindra la loi sera puni en conséquence.

HAREL. Nom de Dieu !

PILLEMENT *(haineux)*. La censure est rétablie. Et je ferai disparaître tout votre répertoire dans ses cartons.

FRÉDÉRICK. Ordure !

PILLEMENT. Je vous avais dit que je me vengerais !

Il sort, ravi de son effet, suivi des deux policiers. Harel s'éponge.

HAREL. Les salauds ! Qu'allons-nous faire ? Il faut sauver la recette, j'ai loué toute la salle.

FRÉDÉRICK. Reprenons *Antony.*

HAREL. *Antony* ? *Antony* ? Comme ça, au débotté ? Et sans Mlle George ou la Dorval pour jouer Adèle ?

FRÉDÉRICK. Tu sais très bien que Précieuse a appris tous les rôles de George depuis des années en espérant un rhume, une grippe, je ne sais quoi...

HAREL. « Je ne sais quoi »... Je sais très bien, moi. Elle a savonné plusieurs fois les escaliers du théâtre pour que Mlle George se brise les os. C'est pour ça que Mlle George avait demandé qu'Antoine la précédât toujours en tâtant le sol.

FRÉDÉRICK *(riant)*. Brave petite Précieuse ! Une âme bien droite, franche, simple, qui sait ce qu'elle veut.

HAREL. *Antony... Antony...* Je vais prévenir la troupe ! *(Apercevant Firmin dans le couloir.)* Firmin, il faut changer de costume.

Harel sort précipitamment, encore plus affairé que d'habitude.

Frédérick se retrouve une seconde seul en scène et appelle le concierge.

FRÉDÉRICK. Pipelet, as-tu contacté le duc d'York comme je te l'avais demandé ?

Pipelet accourt.

PIPELET. Oui, j'ai pu le joindre à son hôtel. Il sera là incessamment sous peu.

FRÉDÉRICK. Bien.

Précieuse entre, suivie de Parisot, pour prendre un verre au foyer.

PRÉCIEUSE. Harel prétend que tu as quelque chose à me dire ?

FRÉDÉRICK. Précieuse, connais-tu le rôle d'Adèle dans *Antony* ?

PRÉCIEUSE. Naturellement, cette blague ! Si tu veux savoir la vérité, Alexandre Dumas l'a même écrit pour moi, ce rôle, et je l'aurais créé si la Dorval et la George ne s'étaient pas jetées dessus comme une tache sur une cravate. Non seulement je *sais* Adèle, mais je *suis* Adèle. Parfaitement, tu l'as devant toi, la véritable Adèle, Adèle de l'orteil au chignon !

FRÉDÉRICK. Ça tombe bien : tu la joues ce soir.

Précieuse défaille. Parisot la soutient.

PARISOT *(déconcerté)*. Qu'est-ce que je fais ?

FRÉDÉRICK. Donne-lui des petites tapes.

PARISOT *(essayant)*. Ça ne marche pas.

FRÉDÉRICK. Dégrafe-la un peu.

PARISOT *(essayant)*. Ça ne marche pas.

FRÉDÉRICK. Alors pose-la sur un fauteuil et cours chercher la George chez elle.

Immédiatement, Précieuse retrouve ses esprits.

PRÉCIEUSE *(angoissée)*. Reste là. J'ai juste besoin d'alcool.

Elle saisit la bouteille au goulot et boit de longues gorgées.

FRÉDÉRICK. Merci, Parisot, peux-tu nous laisser seuls ?

PARISOT *(jouant les jaloux par principe)*. Je me méfie.

FRÉDÉRICK. Allons, ne confonds pas les personnages : le cocu, c'était moi. *(Frédérick tend la main à Parisot. Celui-ci hésite.)* Tu peux me serrer la main, Parisot, je te rassure : à la différence de la gale, le talent n'est pas contagieux.

Parisot, vexé, tourne immédiatement les talons et sort.

FRÉDÉRICK *(à Précieuse)*. Comment vont tes amours ?

PRÉCIEUSE. Avec qui ?

FRÉDÉRICK. Ah ? Parisot n'est plus seul ?

PRÉCIEUSE. Parisot, c'est de l'histoire ancienne. Lorsque nous couchons ensemble, il se regarde dans le miroir qui est au-dessus du lit. Il se contemple en train de faire l'amour, il admire ses fesses, ses reins, son dos.

FRÉDÉRICK. Aimerait-il les hommes ?

PRÉCIEUSE. Il n'aime que lui.

FRÉDÉRICK *(essayant d'être gentil)*. Et ton professeur de chant ?

PRÉCIEUSE *(de mauvaise humeur)*. Il est médecin.

FRÉDÉRICK. Comment va ton médecin ?

PRÉCIEUSE. Tu veux des nouvelles de sa santé ? Ou tu veux que je te dise qu'il m'a lâchée ? *(Explosant.)* Oui, lâchée pour une grue... une choriste de l'Opéra, non mais tu te rends compte, me lâcher pour une choriste !

FRÉDÉRICK. Remarque, il ne l'a sûrement pas choisie pour qu'elle lui chante quelque chose.

PRÉCIEUSE *(haussant les épaules)*. Et toi ? toujours avec ton aristocrate ?

FRÉDÉRICK. Plus pour longtemps.

PRÉCIEUSE. Tant mieux. *(Un temps.)* Être fidèle, fidèle comme un niais, fidèle comme un puceau qui vient d'avoir la révélation, je trouve que ce n'était pas de ton âge : ça te donnait un fichu coup de jeune, ça te rendait ridicule.

FRÉDÉRICK. J'aime ta vulgarité.

PRÉCIEUSE. Je sais, ça rassure. *(Un temps.)* Jouer Adèle dans *Antony* ! Je l'ai récité mille fois à mon habilleuse et voilà que, maintenant, j'en ai peur... La vieille George, je me fichais d'elle mais je dois reconnaître qu'elle tenait la route.

FRÉDÉRICK. Ne réfléchis pas trop. Suis ton instinct. *(Doucement.)* Le théâtre, c'est comme l'amour : lorsqu'on peut, on ne sait pas encore ; lorsqu'on sait, on ne peut plus. *(Il lui caresse gentiment la joue.)* Ne crains rien. Joue dans mon œil. *(Un temps.)* Comme au début.

PRÉCIEUSE *(nostalgique)*. C'était le bon temps.

Ils se regardent. On sent une grande complicité sensuelle entre eux. C'est Précieuse qui en est le plus troublée.

FRÉDÉRICK. Je t'aime bien, tu sais.

PRÉCIEUSE *(très troublée)*. Ne dis pas de bêtises.

FRÉDÉRICK *(tentateur).* Je ne dis pas que des bêtises, j'en fais aussi.

*Harel repasse par le foyer, toujours courant, toujours en nage, suivi de machinistes qui distribuent à la troupe les brochures d'*Antony.

HAREL. Voilà, nous avons retrouvé toutes les toiles et les accessoires d'*Antony*. J'ai fait prévenir Alexandre Dumas pour qu'il nous donne l'autorisation.

FRÉDÉRICK. Vous l'aurez. Il vient de changer de maîtresse et la nouvelle lui coûte fort cher.

Cussonnet entre, totalement désespéré.

CUSSONNET. Vous êtes au courant ? La France veut tuer ses poètes.

Frédérick ouvre théâtralement ses bras.

FRÉDÉRICK. Cussonnet, mon ami, là, contre mon cœur.

Cussonnet s'y précipite comme un enfant.

FRÉDÉRICK *(avec enthousiasme).* Cussonnet, mon ami, un seul mot : bravo !

HAREL *(identiquement).* Oui, bravo, cher et grand auteur, bravo !

CUSSONNET *(déconcerté).* Pardon ?

FRÉDÉRICK. Nous parlions de vous à l'instant et nous nous disions : Ce Cussonnet, quand même, n'est-il pas très fort ? Dès sa deuxième pièce, il trouve le moyen de se faire interdire.

HAREL. Quel talent !

FRÉDÉRICK. Quelle audace !

HAREL. Quelle publicité !

CUSSONNET *(d'une voix blanche)*. Ah ?

FRÉDÉRICK. Vous rendez-vous compte de votre bonheur ? Vous êtes maudit !

HAREL. Maudit !

CUSSONNET. Ah ?

HAREL *(jouant l'attendrissement)*. Il ne se rend pas compte.

FRÉDÉRICK. Parfaitement, auteur maudit dès sa deuxième pièce ! Et après un succès !

HAREL. Où va-t-il chercher tout ça ?

FRÉDÉRICK. Désormais, la partie est gagnée. Vous allez récolter les suffrages de tous ceux qui n'ont jamais connu vos pièces. On va vous adorer. Cussonnet, Simon Cussonnet, l'auteur de *Robert Macaire*, l'œuvre interdite !

CUSSONNET. Mais personne ne l'aura vue.

FRÉDÉRICK. Justement. On lui prêtera d'autant plus de vertus qu'on ne l'aura pas vue.

CUSSONNET. Ah ?

HAREL *(l'entraînant par le bras)*. Mais oui ! Faire jouer ses pièces, c'est tellement vulgaire. Tandis que se les faire interdire, c'est d'un chic !

Harel et Cussonnet ont quitté le foyer.

PRÉCIEUSE. Je vais revoir mon rôle.

Pipelet entre et annonce à Frédérick.

PIPELET. Le duc d'York vous attend, monsieur Frédérick.

FRÉDÉRICK. Fais-le entrer.

PIPELET. Et je vous ai apporté votre costume.

Il dépose l'habit noir et sort.

FRÉDÉRICK *(à Précieuse, avec un clin d'œil).* À tout de suite, ma Précieuse. Relis une fois ta partie et fais-nous confiance.

Précieuse sourit puis s'éclipse avec Pipelet.
Le duc d'York, en tenue de voyage, rejoint Frédérick.

LE DUC D'YORK. Mon cher Frédérick, j'ai eu votre mot à la dernière minute et j'ai peu de temps à vous consacrer. Mes malles sont bouclées, je repars ce soir pour l'Angleterre.

FRÉDÉRICK. Duc d'York... remettez au moins la décision à demain car j'ai travaillé pour vous. Vous souvenez-vous que, lors de votre dernière visite, vous veniez de faire votre demande en mariage ?

LE DUC D'YORK *(tristement).* Justement, si vous saviez...

FRÉDÉRICK. Justement, je sais. La jeune fille s'est enfuie dès l'après-midi. Une semaine plus tard, elle vous envoyait une lettre exquise où elle vous témoignait tout le bien qu'elle pensait de vous.

LE DUC D'YORK. Elle en pensait tellement qu'elle renonçait à m'épouser.

FRÉDÉRICK. C'est généralement la forme que prend ce genre de courrier. Une femme, dès qu'elle se refuse à nous, nous découvre sur-le-champ mille qualités dont la moitié seule aurait dû suffire à nous rendre irrésistibles. *(Reprenant son récit.)* Naturellement, vous avez la sagesse de croire qu'elle ne s'éloignait que parce qu'elle en préférait un autre.

LE DUC D'YORK. J'ai eu cette vanité.

FRÉDÉRICK. Vous aviez raison. Elle avait jeté ses regards sur un bonimenteur qui lui faisait miroiter une vie d'aventures, un petit escroc de la passion qui l'a fait tomber entre ses filets.

LE DUC D'YORK *(intéressé).* Vraiment ?

FRÉDÉRICK. Il s'agit d'un de ces professionnels de la séduction. Cela sait attirer le poisson, l'attraper, mais cela ne sait pas le manger. Je pense qu'il va se lasser très vite. Si ce n'est déjà fait.

LE DUC D'YORK *(très intrigué).* Pourquoi me dites-vous cela ?

FRÉDÉRICK. L'aimez-vous assez pour lui pardonner cette erreur ? Et renouveler votre demande en mariage ?

LE DUC D'YORK. Je suis froissé.

FRÉDÉRICK. Vous parlez de votre bonheur ?

LE DUC D'YORK. Je parle de mon orgueil.

FRÉDÉRICK. Effectivement, c'est plus grave. Mais cette jeune fille ne savait pas que la passion est une erreur. Elle n'avait pas compris que vous, vous lui proposiez l'amour.

LE DUC D'YORK. Et pourquoi le comprendrait-elle maintenant ?

FRÉDÉRICK. Faites-moi confiance. Répondez-moi ! La reprendriez-vous ?

LE DUC D'YORK. Vous me proposez une femme déçue.

FRÉDÉRICK. Je vous propose une femme lucide.

LE DUC D'YORK. Je crois que je serais prêt à jouer la partie.

FRÉDÉRICK. Venez ce soir, à dix heures trente, au moment des saluts. Entrez dans la loge d'avant-scène. La femme que vous aimez s'y trouvera. Elle sera en train de pleurer. Elle aura besoin de vous, d'une parole tendre, d'une épaule réconfortante. De toutes ses forces déclinantes, elle demandera un ami. N'est-ce pas un joli rôle, pour commencer la carrière de mari, que celui d'ami ?

LE DUC D'YORK. C'est généralement le rôle dans lequel on finit.

FRÉDÉRICK. Ce soir, vous la verrez telle qu'elle est, fragile, violente, blessée. Vous l'aimerez. *(Doucement.)* Bérénice sera à vous pour toujours.

Le duc d'York se lève, un peu ému, un peu impatient. Frédérick cache sa souffrance.

LE DUC D'YORK. Je me sens revivre. Comment vous remercier ? Non seulement vous êtes un acteur extraordinaire mais vous êtes un homme de cœur, qui...

FRÉDÉRICK. Ne me payez pas dc compliments, je vais vous ruiner. *(Un temps, avec gravité.)* À dix heures trente, dans la loge d'avant-scène, au moment des saluts.

LE DUC D'YORK. Dix heures trente, dans la loge d'avant-scène, au moment des saluts.

FRÉDÉRICK. Entrez doucement, posez-lui un châle de soie sur les épaules. Elle aura froid.

Le duc d'York serre chaleureusement la main de Frédérick puis s'éloigne. Dès qu'il a tourné le dos, Frédérick se laisse aller à sa peine, nuque cassée, dos rond.

LE DUC D'YORK *(au moment de partir).* Frédérick...

Il hésite... il se retourne.
Frédérick se redresse immédiatement.

FRÉDÉRICK. Oui ?

LE DUC D'YORK. Une rumeur disait... qu'elle était partie... avec vous.

FRÉDÉRICK. Avec moi ? *(Un temps.)* Mais avec lequel de mes moi ? *(Tristement.)* Oui... lequel ? *(Un temps. Très sombre.)* Pas celui qui vous parle, en tout cas.

LE DUC D'YORK *(avec un sourire intelligent).* J'en suis sûr. Adieu.

Il sort.
Le régisseur passe alors dans le foyer en criant.

ANTOINE LE RÉGISSEUR. Mesdames et messieurs, en scène dans quinze minutes ! Dans quinze minutes en scène.

Il sort.
Frédérick s'effondre sur une banquette, image de la douleur.
Bérénice, magnifiquement habillée, parée, irrésis-

tible de beauté et d'éclat, entre en regardant derrière elle, là où elle vient sans doute de croiser le duc d'York.

Frédérick se recompose immédiatement une physionomie.

FRÉDÉRICK. Tu as l'air songeuse.

BÉRÉNICE. J'ai cru voir quelqu'un... quelqu'un qui appartenait au passé.

FRÉDÉRICK. Le duc d'York ? *(Bérénice approuve de la tête.)* C'était lui. *(Surprise de Bérénice.)* Il n'appartient pas au passé, il est toujours bien vivant. Et amoureux.

BÉRÉNICE. Ah... *(Un temps.)* C'est très gênant d'avoir un amoureux que l'on n'aime pas. On ne se sent pas responsable de son amour mais un peu responsable de sa tristesse. *(Un temps.)* Es-tu prêt à reprendre *Antony* ?

FRÉDÉRICK. Oui... oui... Je l'ai joué cent fois.

BÉRÉNICE. Je sais, je l'ai vu cent fois. Je t'admire. Je vais dans ma loge.

Elle s'apprête à sortir. Il la rattrape.

FRÉDÉRICK. Ah, s'il te plaît, ne pars pas comme cela. Viens et jouons au « comme si ».

BÉRÉNICE *(souriant sans comprendre).* Au « comme si » ?

FRÉDÉRICK *(badinant avec l'énergie du désespoir).* Faisons comme si c'était la dernière fois. Je t'embrasse comme si c'était la dernière fois que je t'embrassais. Je te caresse comme si c'était la dernière fois que je te caressais. Je te regarde comme si c'était la dernière fois que je te regardais. Oh, je t'en prie : fais pareil...

(Elle s'exécute amoureusement.) Le baiser comme si... La caresse comme si... Le regard comme si...

BÉRÉNICE. Mais tu pleures...

FRÉDÉRICK. Non, non... C'est le comédien qui s'applique...

Elle rit de le voir si penaud. Elle l'embrasse.

FRÉDÉRICK *(après son baiser).* Humm... qu'il était bon, celui-là.

Elle court vers sa loge et, sur le pas de la porte, se retourne avec une grâce irrésistible.

BÉRÉNICE. Je ne sais pas si tu t'en es rendu compte, j'ai triché.

FRÉDÉRICK. Toi !

BÉRÉNICE. J'ai fait comme si c'était... la première fois.

Et elle part en riant, légère, heureuse...

NOIR

DOUZIÈME TABLEAU

*Les loges avant la représentation d'*Antony

Cussonnet et Harel sont déjà installés dans leur loge. Ils regardent la salle. Harel pousse Cussonnet dans la lumière.

HAREL. Mais montrez-vous.

CUSSONNET. Oh, regardez : Jules Janin du *Figaro* m'a fait un signe !

HAREL. Naturellement.

CUSSONNET. Et le directeur du *Constitutionnel* ! Il ne m'avait jamais salué.

HAREL. Naturellement.

CUSSONNET. Et Victor Hugo !

HAREL. Mais naturellement, mon ami. C'est la gloire. Vous êtes un auteur interdit.

Ils rendent des petits saluts affables aux personnalités du public, comme deux princes à leur balcon. Les bravos montent. Cussonnet se laisse gagner par le bonheur. La salle l'applaudit.

HAREL. Une grande route s'ouvre devant vous, mon cher Cussonnet : désormais, quoi que vous fassiez, bon ou mauvais, vous serez toujours l'objet de polémiques.

La salle fait maintenant une ovation debout à Cussonnet.

HAREL. Regardez ! Ils sont debout !

Cussonnet s'épanouit de plus en plus et envoie des baisers.

CUSSONNET. Monsieur Harel, je viens de comprendre une chose importante : jusqu'à hier, j'étais joué parce que j'avais du talent. Ce soir, je ne suis pas joué, donc j'ai du génie.

HAREL. Vous avez tout compris.

NOIR

TREIZIÈME TABLEAU

*Représentation du dernier acte d'*Antony

Sur scène, le décor représente au dernier acte la chambre d'Adèle Hervey, la femme qu'aime Antony.

Dans la loge du côté droit, se tient Bérénice qui suit passionnément la représentation.

Dans la loge de gauche, Cussonnet, furieux de ne pas voir sa pièce, se désintéresse de la représentation et bâille ostensiblement. Harel, en bon professionnel, regarde autant la scène que les réactions de la salle.

Précieuse/Adèle, seule en scène, tourne nerveusement en rond.

PRÉCIEUSE/*ADÈLE.* Ah ! me voilà seule enfin ! Je puis rougir et pleurer seule... Abandonnée !
Ah ! Antony ! Antony !

Entre alors Frédérick/Antony, en costume noir.

FRÉDÉRICK/*ANTONY.* Adèle ! *(Avec joie.)* Ah !

PRÉCIEUSE/*ADÈLE.* Antony ! Vous voici !

FRÉDÉRICK/*ANTONY*. Viens, viens, nous oublierons tous les autres pour ne nous souvenir que de nous. *(La prenant dans ses bras.)* Je t'emporte...

PRÉCIEUSE/*ADÈLE*. Et ma fille ! Ma fille !

FRÉDÉRICK/*ANTONY*. C'est une enfant. Elle rira demain.

Ils sont près de sortir. On entend deux coups de marteau à la porte cochère.

PRÉCIEUSE/ *ADÈLE (s'échappant des bras d'Antony)*. Ah ! mon mari ! c'est lui... Oh, mon Dieu ! mon Dieu ! C'est trop tard, désormais.

FRÉDÉRICK/*ANTONY (la quittant)*. Allons, tout est fini !

PRÉCIEUSE/*ADÈLE*. On monte dans l'escalier... On sonne... C'est lui... Fuis, fuis !

FRÉDÉRICK/*ANTONY (fermant la porte)*. Eh, je ne veux pas fuir, moi... Écoute... Tu disais tout à l'heure que tu ne craignais pas la mort ?

PRÉCIEUSE/ *ADÈLE*. Non, non... Oh, tue-moi, par pitié !

FRÉDÉRICK/*ANTONY*. Une mort qui sauverait ta réputation, celle de ta fille ?

PRÉCIEUSE/*ADÈLE*. Je la demanderais à genoux.

UNE VOIX *(au-dehors)*. Ouvrez !... Ouvrez !... Enfoncez cette porte...

FRÉDÉRICK/*ANTONY*. Et, à ton dernier soupir, tu ne haïrais pas ton assassin ?

PRÉCIEUSE/*ADÈLE*. Je le bénirais...

FRÉDÉRICK/*ANTONY*. Mais, songes-y, la mort !

PRÉCIEUSE/*ADÈLE*. Je la demande, je la veux, je l'implore ! *(Se jetant dans ses bras.)* Je viens la chercher.

FRÉDÉRICK/*ANTONY* *(lui donnant un baiser)*. Eh bien, meurs !

Il la poignarde.

Au même moment, la porte du fond est enfoncée. Le colonel d'Hervey se précipite sur le théâtre, suivi de domestiques.

LA CRESSONNIÈRE/*LE COLONEL D'HERVEY*. Infâme !... Que vois-je ?... Adèle !... Morte !...

FRÉDÉRICK/*ANTONY*. Oui ! morte ! Elle me résistait, je l'ai assassinée !...

Il jette son poignard aux pieds du colonel.

Le rideau tombe.

QUATORZIÈME TABLEAU

*Les loges et le devant de rideau après la représentation d'*Antony

*La troupe victorieuse d'*Antony *vient saluer devant le rideau. Harel, Bérénice applaudissent avec frénésie. Soudain, Frédérick fait un pas vers le public et demande le silence.*

FRÉDÉRICK. Mesdames et messieurs, laissez-moi profiter du succès de ce soir pour vous annoncer une grande nouvelle.

La salle s'apaise, ravie, impatiente. Bérénice a un regard entendu avec Harel. Elle pense que Frédérick va parler d'eux.

FRÉDÉRICK. On prête les pires défauts aux comédiens. On nous dit fourbes, hypocrites, menteurs, intéressés, avares, flatteurs, cruels, on nous attribue autant de vices que de feuilles à une frisée. Je voudrais rétablir la vérité : on a raison ! Nous ne sommes pas des hommes mais des pantins, des simulacres d'hommes. Lorsqu'on nous voit agir, nous suivons les indications du régisseur. Lorsqu'on nous entend parler, nous récitons les phrases de l'auteur. Lorsqu'on nous blesse, nous ne saignons pas. Lorsqu'on nous tue, nous ne mourons pas. Si l'on nous dit « je t'aime », nous préparons notre prochaine réplique. Et quand nous le disons à notre tour, nous tendons l'oreille vers l'éventuel applaudissement. Une âme de comédien, qu'est-ce que c'est, mesdames et messieurs ? Un courant d'air, un souffle froid qui va se réfugier dans des habits d'emprunt, et qui, sitôt qu'il en est délogé, court vite parasiter un autre costume. Pourquoi ? C'est que ça n'est pas sûr d'exister, un comédien, c'est un bipède frappé d'une sorte d'infirmité originelle : l'inconsistance. Certains d'entre vous se pincent parfois dans la journée pour vérifier qu'ils sont bien éveillés ; eh bien, notre pinçon à nous, c'est la gloire. Est-ce que j'existe ? Pour m'en assurer, il faut qu'on m'applaudisse. On m'acclame, donc je suis. La gloire, il nous faut cette douleur, cette course loin de soi, cette envie frénétique de transformer l'univers entier en un miroir labyrinthique qui atteste de notre existence, oui, tout l'univers comme un placard d'affiches où s'étale notre nom, en gros, au-dessus du titre.

Mesdames et messieurs, j'ai une grande nouvelle à vous annoncer. Non, nous ne sommes pas recommandables. Pendant des siècles, l'Église nous refusait ses sacrements ? Elle savait ce qu'elle faisait. Les fossoyeurs nous enterraient à part ? Ils prenaient de bonnes précautions ! Un homme normal va tenter d'être lui-même ; nous, nous nous efforçons d'être les autres. Aimer un comédien, c'est aimer qui ? Personne et tout le monde. Un destin de fille à soldats !

Bérénice accuse le coup, commençant à comprendre que ce discours lui est adressé. Le reste de la salle est assez interloqué par la violence de Frédérick.

FRÉDÉRICK. Dire à un comédien : « je t'aime », c'est aussi sot que de complimenter un caméléon sur sa bonne mine. Nous ne sommes pas fréquentables, mesdames et messieurs, il faut nous faire vivre entre nous, copuler entre nous, nous reproduire entre nous. Nous savons jouer la comédie de l'amour, certes, mais quand il s'agit d'aimer à notre tour... Nous ne pouvons pas garder un rôle trop longtemps, nous finissons toujours par le jouer mal, puis l'ennui nous fait fuir. La vie réelle exige d'avoir du poids, de la consistance ; or la scène nous demande d'être légers. *(En direction de Bérénice.)* Laissez-nous la scène, nous vous laissons la vie. *(Avec ivresse.)* Car nous, nous ne sommes pas doués pour *la* vie, nous sommes doués pour *les* vies, les vies multiples, contradictoires, diverses. Libertin de pensée, menteur de profession, infidèle de tempérament, le comédien n'a qu'une maîtresse, la salle, cette présence ombreuse, cette grosse patte de chat qui palpite, imprévisible, et d'un instant à l'autre peut caresser ou griffer. Voilà le seul rendez-vous quotidien qui nous intéresse, la salle, celle où nous nous précipitons tous les soirs après des journées de somnambules, la salle aux terribles bravos qui nous récompensent et nous rendent, épuisés, à nous-mêmes, cette salle où nous voulons vivre et où nous rêvons de mourir, comme Molière, pour que notre dernier geste, lui aussi, soit encore un spectacle. La salle, vous, notre seule fidélité, notre seul amour indéfectible.

Mesdames et messieurs, je vous annonce ce soir un heureux événement : mon prochain mariage. Et je vous présente ma femme.

Il emmène Précieuse, interloquée, devant la salle.
Bérénice se raidit.
Murmures dans la salle.

FRÉDÉRICK. Oui, je sais, les journaux ont annoncé, ces jours-ci, un mariage fantaisiste et peu crédible. N'y prêtez pas foi une seconde. Je ne peux épouser que dans la roulotte un membre de la roulotte. Il faut nous laisser entre nous, vous disais-je. La vraie vie, le grand amour, c'est un voyage trop exotique, nous n'en sommes pas capables.

Le visage de Précieuse s'éclaire de bonheur. Elle saute au cou de Frédérick. La salle et la troupe font un ban d'honneur.

FRÉDÉRICK. Nous allons nous marier cette nuit, mais je vous rassure, dès demain nous allons nous tromper copieusement l'un l'autre car, dès demain, soyez-en certains, nous ferons déjà ménage à trois : elle, moi et vous !

Les hourras fusent. Des fleurs et des cotillons tombent. Des serpentins s'enroulent autour du couple de fiancés tendrement enlacés. Précieuse et Frédérick s'unissent dans un baiser interminable.

Dans sa loge, Bérénice, le visage ravagé par les larmes, a compris que son histoire d'amour prenait fin devant une foule en liesse.

Le duc d'York apparaît derrière elle et lui pose doucement, tendrement, un châle sur les épaules.

Il l'aide à se relever.

Elle s'effondre contre lui et pleure sur son épaule, humiliée, épuisée, ravagée.

La troupe salue et resalue encore, indifférente au drame de Bérénice.

Soudain, un rayon de lumière isole Frédérick de la foule environnante, et on l'entend murmurer avec désespoir en regardant la loge vide.

FRÉDÉRICK. Bérénice... Bérénice...

Il n'est plus qu'un petit homme cassé en deux, un enfant qui pleure.

NOIR

QUINZIÈME TABLEAU

Dix ans plus tard...
La mansarde de Frédérick,
puis...
le plateau des Folies-Dramatiques

Dans une mansarde assez pauvre, Pipelet, le concierge, est seul en scène. Il lit à haute voix un faire-part de deuil encadré d'un filet noir.

PIPELET *(lisant).* « Frédérick Lemaître a la douleur de vous annoncer la perte que l'art dramatique vient de faire en la personne de M. Robert Macaire, ancien forçat libéré, décédé subitement au théâtre des Folies-Dramatiques où on l'a enterré dans le trou du souffleur. » *(Il tourne la carte, l'examine et s'exclame pensivement.)* Cela fait dix ans, déjà.

Frédérick, vieilli, malade, se déplaçant avec douleur, sort du cabinet de toilette pour se remettre dans son fauteuil. Il répète d'une voix abîmée.

FRÉDÉRICK. Dix ans...

PIPELET. La vie a les doigts sales, monsieur Frédérick. Demain, le boulevard du Temple va fermer, la plupart des théâtres seront démolis. Le gouvernement veut élargir les rues, empêcher les émeutes, déclencher des opérations immobilières. Ça me crispe l'estomac.

FRÉDÉRICK. Ne t'inquiète pas, Pipelet, tant qu'il restera deux imbéciles et un bout de planche, le théâtre survivra.

Et il tousse. Pipelet veut l'aider. Frédérick le repousse et continue à tousser seul.

PIPELET *(voulant faire diversion).* Comment vous trouvez-vous ici ?

FRÉDÉRICK. Je n'ai jamais quitté cet immeuble. Enfant, j'habitais la loge de la cour avec ma mère qui était repasseuse. À trente ans, j'ai accédé au deuxième, à l'étage noble, celui des balcons : j'avais un appartement qui occupait toute la surface du bâtiment. Après une première saisie d'huissier je suis allé m'installer au troisième, dans un appartement divisé. Puis, faute d'avoir payé mes dettes, au quatrième. Mais le loyer pesait lourd. Me voilà en mansarde, désormais. j'aurai fait tous les étages. Quelle ascension ! Au fur et à mesure que je dégringolais, je montais.

PIPELET. Allons, allons, ne dites pas ça.

FRÉDÉRICK *(simplement).* Je ne suis pas triste. D'autant que je sais désormais, après cette mansarde, quelle sera ma prochaine étape.

PIPELET. Ah oui ?

FRÉDÉRICK *(avec un sourire).* Les nuages...

PIPELET. Monsieur Frédérick, ne dites pas cela.

FRÉDÉRICK *(avec humour).* Je ne me fais pas de soucis. Je suis mort déjà tant de fois... et à chaque fois, je me suis relevé... et sous les applaudissements...

Il se met à tousser cruellement.

FRÉDÉRICK. Un cancer des cordes vocales... c'est logique pour un comédien... tu mourras par où tu as péché... *(Soudain, il attrape le bras de Pipelet et le serre.)* Dis-moi, elle va venir, n'est-ce pas, elle va venir ?

PIPELET *(gêné).* Je ne sais pas, monsieur Frédérick. J'ai envoyé un de mes fils à l'hôtel où la duchesse d'York se trouve de passage, j'espère qu'il parviendra à la joindre à temps.

FRÉDÉRICK. Elle a de beaux enfants, m'a-t-on dit ? Un fils et une fille. Je suis fier.

À cet instant, Bérénice entre silencieusement, conduite par le dernier fils de Pipelet, Robespierre, un enfant de dix ans.

Elle est habillée avec élégance et discrétion, toujours aussi belle.

Cependant, un voile de tristesse a couvert ses traits.

Elle aperçoit Frédérick sans qu'il la voie.

Bouleversée, elle détourne la tête pour cacher ses larmes.

FRÉDÉRICK. Qu'est-ce que j'entends ? C'est elle ?

Bérénice fait des signes de dénégation à Pipelet.

PIPELET. Non, monsieur Frédérick. C'est mon dernier qui me rejoint. Il... il voudrait vous réciter une fable de La Fontaine... « La cigale et la fourmi ». Allons, va, Robespierre.

Et il pousse son fils vers Frédérick.

L'enfant prend la main de Frédérick, commence à réciter la fable.

ROBESPIERRE.

La cigale ayant chanté tout l'été se trouva fort
dépourvue
lorsque la bise fut venue :
pas un seul petit morceau
de mouche ou de vermisseau.
Elle alla crier famine
chez la fourmi sa voisine,
la priant de lui prêter
quelque grain pour subsister
jusqu'à la saison nouvelle.
– Je vous paierai, lui dit-elle,
avant l'août, foi d'animal,
intérêt et principal.
La fourmi n'est pas prêteuse ;
c'est là son moindre défaut.
Que faisiez-vous au temps chaud ?
dit-elle à cette emprunteuse.
– Nuit et jour, à tout venant,
je chantais, ne vous déplaise.
– Vous chantiez ? J'en suis fort aise :
eh bien, dansez maintenant !

Puis Robespierre se met à glousser.

FRÉDÉRICK *(interrompant l'enfant).* Pourquoi ris-tu ?

ROBESPIERRE, LE FILS PIPELET. Ce que dit la fourmi, c'est drôle...

FRÉDÉRICK. Non, c'est cruel, plutôt. Faut-il la laisser mourir de faim, la cigale ? Tu l'entends dans les champs quand tu te promènes, elle chante en plein midi, quand il fait si chaud ; elle chante la nuit, quand tu dors ; elle chante pour tout le monde, les enfants, les passants, et, quand il n'y a personne, pour le soleil et les étoiles. Il n'est peut-être pas très joli, son petit cri, mais elle le donne de tout son cœur. Eh bien, parce qu'elle ne sait faire que ça, chanter l'été, il faudrait donc qu'elle meure l'hiver ?

Il frissonne et tousse.
Il caresse la tête de l'enfant.

FRÉDÉRICK *(sombre).* Non, tu as raison. Fais comme la fourmi, oublie la cigale, ne deviens pas comédien, jamais. Ça ne sert à rien, un comédien : ça ne sait pas aimer. *(Il se penche vers l'enfant.)* Une fois, j'ai rencontré une femme que j'aurais pu préférer à toutes les autres, longtemps. Alors j'ai menti. Je ne voulais lui infliger ni moi ni ma vie.

Frédérick renverse la tête en arrière, déchiré par ce souvenir.
Bérénice s'approche doucement.

BÉRÉNICE *(dans un souffle).* N'était-ce pas, justement, une preuve d'amour ?

FRÉDÉRICK. Bérénice ?

Bouleversés, les deux amants se retrouvent, osant à peine se regarder, se toucher.
Pipelet, ému, détourne la tête.
Bérénice, à genoux auprès de Frédérick, lui embrasse passionnément les mains.

BÉRÉNICE. Pardonne-moi, Frédérick.

FRÉDÉRICK *(à bout de souffle).* Te pardonner ? Mais quoi ?

BÉRÉNICE. D'être partie. J'ai compris, ce soir-là, que tu te forçais à me tromper, à m'humilier. Je savais que tu n'aimais pas Précieuse. J'aurais pu protester, te démasquer. Et pourtant je suis partie.

FRÉDÉRICK. Bérénice...

Ils s'embrassent.

BÉRÉNICE. J'ai senti que, si j'insistais, j'allais t'obliger à croire que la vie pouvait être aussi réelle que le théâtre.

FRÉDÉRICK. Bérénice...

Ils s'embrassent de nouveau mais Frédérick, rompu par l'émotion, a une faiblesse.

BÉRÉNICE. Il ne se sent pas bien.

PIPELET. Il est épuisé, madame la duchesse. D'après les médecins, il n'aurait pas dû tenir aussi longtemps. Il a vécu... parce qu'il vous attendait.

Bérénice embrasse tendrement Frédérick puis elle se retourne et frappe ses mains de façon sonore.

Plusieurs hommes en livrée entrent silencieusement dans la mansarde.

Deux d'entre eux déposent Frédérick sur une civière.

PIPELET. Qu'est-ce que vous faites, madame la duchesse ?

BÉRÉNICE. Je l'emporte.

PIPELET. Où ?

BÉRÉNICE. Boulevard du Temple. Aux Folies-Dramatiques.

PIPELET. Mais... il n'en a plus que pour quelques heures. Il va mourir.

BÉRÉNICE. Justement. Où voulez-vous que meure Frédérick Lemaître ? Au dernier étage d'un immeuble de rapport ? Il mourra sur scène.

Les autres hommes se disposent autour du corps. Ils allument des flambeaux.
Frédérick entrouvre les yeux.

FRÉDÉRICK. Oh... regarde, Bérénice... la rampe !

Les éléments du décor de mansarde montent subitement dans les cintres.

On se retrouve sur le plateau nu des Folies-Dramatiques où Frédérick et Bérénice, étrangement gardés par les porteurs de torches, reviennent sur les premiers lieux de leurs amours.

Harel, grossi et vieilli, déboule sur la scène et s'approche de Frédérick.

HAREL. Oh, mon vieux Lemaître...

FRÉDÉRICK *(se sentant un peu mieux).* Harel ? *(Il se laisse embrasser par le directeur.)* Nous n'étions pas fâchés ?

HAREL. Si. Depuis dix ans. Mais les brouilles de théâtre...

Il fait un baisemain respectueux à Bérénice.

FRÉDÉRICK. Comment vont les affaires ?

HAREL. Mal, naturellement. Il y a cent mille moyens de gagner de l'argent et moi il a fallu que je préfère la seule manière sûre de me ruiner. Au fait, vous êtes libre présentement ?

FRÉDÉRICK *(avec un humour sinistre).* Provisoirement. Mais j'ai quelques difficultés de voix.

HAREL. Je vais appeler Cussonnet, il va nous trousser une intrigue qui tourne autour d'un personnage muet. Dites, savez-vous que désormais Cussonnet écrit des tragédies en vers pour la Comédie-Française ?

FRÉDÉRICK. Des succès ?

HAREL. Non, pas du tout : des bides. Mais des bides à la Comédie-Française, s'il vous plaît !

Harel, Frédérick et Bérénice rient ensemble.

FRÉDÉRICK. Je n'ai jamais compris pourquoi leurs échecs étaient respectables et nos succès suspects. La gloire doit passer pour canaille, la gloire est peuple, pas fréquentable.

HAREL. Napoléon avait compris le caractère des Français en inventant la Légion d'honneur. Ils courent tous après.

FRÉDÉRICK *(faiblement).* J'ai dû courir dans le mauvais sens.

HAREL *(gêné).* Bon, je vais chercher Cussonnet.

FRÉDÉRICK. Ne te fatigue pas, Harel, je sais très bien que je suis fini. Et que demain on va démolir ton théâtre...

HAREL. Vous savez ?

FRÉDÉRICK *(avec l'esquisse d'un sourire).* Tu as dû en tirer une bonne somme ?

HAREL *(déprimé).* Oui. *(Subitement sincère.)* Mais sans théâtre, qu'est-ce que vous voulez que j'en fasse...

Frédérick a de nouveau une faiblesse.

FRÉDÉRICK. Oh...

BÉRÉNICE. Frédérick... *(À voix basse.)*... Je t'aime...

FRÉDÉRICK *(trouvant la force de jouer comme elle).* Chut... madame la duchesse... moi aussi...

Mlle George, en robe noire, avec un panier de fleurs, est montée en hâte de la rue.

HAREL. C'est Mlle George. Maintenant, elle en est réduite à vendre du muguet sur le boulevard.

MLLE GEORGE *(très émue).* Il est là ?

Elle s'approche.

Mais Frédérick, déjà parti ailleurs, ne la reconnaît pas et ne perçoit qu'une soutane noire.

FRÉDÉRICK *(faiblement).* Bonsoir, monsieur l'abbé.

MLLE GEORGE. Bonsoir, Frédérick.

FRÉDÉRICK *(doucement).* Je n'ai rien à vous dire, monsieur l'abbé.

Mlle George pose son panier et s'agenouille auprès de lui.

FRÉDÉRICK. Si, une chose : votre bon Dieu, il ne sait pas s'y prendre. Très mauvais dramaturge. La pièce commence, on ne s'en rend pas compte ; la pièce finit, on ne s'en rend pas compte non plus. Et entre les deux ? De l'agitation. Confus. Pas de situation, pas de but, pas de sens. Rien que des péripéties. *(Il regarde Bérénice et sourit.)* Oui, oui... les personnages sont parfois réussis... mais la pièce, monsieur l'abbé ! La pièce est mauvaise ! Au moins, au théâtre, les pauvres deviennent riches au dénouement, les riches meilleurs, les méchants sont punis. Ici, on corrige la vie. Mais chez vous ? Le coquin triomphe et l'innocent trépasse. C'est cela qui manque à votre création, elle n'est pas assez naïve, pas assez niaise. Moi, j'aurai œuvré dans le niais toute ma vie. Le niais, c'est l'autre nom de la justice et de la bonté. Voilà ce que j'avais à vous dire, monsieur l'abbé, vous et moi, nous vendons de l'illusion, nous avons le même fonds de commerce, mais moi je pense au public. *(Il ajoute plus bas.)* Eh... George... je t'ai reconnue...

Et il lui fait un clin d'œil.

Mlle George, bouleversée, lui embrasse les mains passionnément.

Il ferme alors les yeux, sa tête part sur le côté.

BÉRÉNICE. Il s'en va...

Elle pose son visage contre le sien.

Frédérick rouvre les yeux et regarde la grande salle vide.

FRÉDÉRICK. Je me regrette déjà.

Puis il ferme les paupières et meurt en tenant contre son cœur celle qu'il aime.

Au fond de la scène, un étrange couple entre lentement.

Il s'agit, en rêve, de Frédérick enfant qui entre pour la première fois sur le plateau des Folies-Dramatiques.

Par la main, il tient sa mère qui vient livrer du linge. Il découvre le plateau avec un visage admiratif.

Il avance, ébloui, les yeux écarquillés, en contemplant amoureusement le théâtre.

FRÉDÉRICK ENFANT. Oh maman, c'est si beau... J'aimerais tant rester ici.

FIN

Frédérick ou Le boulevard du Crime
d'Éric-Emmanuel Schmitt

Création le 22 septembre 1998
à Paris, Théâtre Marigny.

Mise en scène : Bernard Murat

Décor : Nicolas Sire

Costumes : Bernadette Villard

Lumière : Laurent Castaingt

Effets spéciaux : Jean-Pierre Benoit

Distribution

Jean-Paul Belmondo, Micheline Dax, Philippe Khorsand, Florence Darel, Jean Davy, Pierre Vernier, Laurent Spielvogel, Cécile Magnet, Bernard Dumaine, Gaston Vacchia, Urbain Cancelier, Valardy, Bradley Cole, Jacques Faugeron, Théodora Mytakis, Bernard Valdencige.

Production

Jean-Marc Ghanassia, Théâtre Marigny, Théâtre des Variétés, Atelier Théâtre Actuel, Laura Pels Production INC., Théâtre de la Gaîté-Montparnasse, François de La Baume.

Hôtel des Deux Mondes

« Rien ne m’est sûr que la chose incertaine. »

François VILLON.

PERSONNAGES

JULIEN PORTAL
LE MAGE RADJAPOUR
LE DOCTEUR S...
LE PRÉSIDENT DELBEC
LAURA
MARIE

LE JEUNE HOMME EN BLANC (rôle muet)
LA JEUNE FEMME EN BLANC (rôle muet)

Décor unique

Avant tout, un bruit très étrange, comme celui d'un immense courant d'air...

Ce vent d'une puissance infinie donne l'impression d'avoir la force de tout aspirer sur son passage, de pouvoir emporter n'importe quoi sur les ailes de son souffle, des humains, des bateaux, des arbres, des maisons...

Ce mugissement enfle, gonfle, râle, s'arrondit jusqu'à l'insupportable puis disparaît en quelques secondes. Sur ses derniers murmures, on entend le bruit d'un ascenseur qui s'arrête.

La scène s'éclaire.

Salle de réception d'un hôtel.

D'un confort discret, sous une lumière tamisée et artificielle, cette réception offre les traditionnels fauteuils autour des tables basses, le bureau – pour l'instant vide – et distribue ses éventuels pensionnaires vers deux couloirs qui mènent aux chambres, l'un surmonté de la lettre V, l'autre de la lettre A.

Le voyant lumineux au-dessus de l'ascenseur indique que quelqu'un est en train d'arriver. Tintement. Les battants s'ouvrent.

Un peu hagard, comme choqué, Julien, un homme encore jeune, couvert d'un imperméable clair, se frotte la tête d'une main, s'appuyant de l'autre sur les parois de l'ascenseur. Après s'être massé le front, il mobilise ses forces et passe lentement le seuil. Il marche de façon peu assurée, comme s'il venait de subir un accident qui l'aurait déséquilibré.

Il regarde un instant autour de lui, puis s'approche du comptoir de la réception. Un employé longiligne habillé en blanc apparaît immédiatement et lui sourit gentiment.

Julien s'appuie sur le bureau.

JULIEN. Où suis-je ?

Pour toute réponse, l'homme lui tend doucement une clé. Julien la saisit.

JULIEN. Vous avez raison, je vais aller me reposer.

L'homme fait un signe. Une femme en blanc, tout aussi souple et silencieuse, apparaît et s'approche de Julien. Comme si elle lui avait parlé, Julien lui répond.

JULIEN. Oui, j'ai des bagages, ils sont dans ma voiture mais... *(Il cherche ses clés dans les poches de son imperméable et ne les trouve pas. Avec découragement :)* Laissez tomber... nous verrons ça plus tard...

L'employée le prend par le bras et commence à le conduire vers le couloir V. Julien s'arrête subitement et se retourne.

JULIEN. Vous avez besoin de mon nom, peut-être... si quelqu'un m'appelle...

Le jeune homme lui montre alors le registre de l'hôtel.

JULIEN. Ah... vous l'avez déjà inscrit... bien... *(Il semble assez déconcerté.)*... oui, vous avez raison, je vais aller me reposer...

L'employée le soutient solidement. Ils disparaissent dans le couloir V.

Du couloir A viennent alors deux personnages.

En robe de chambre soyeuse, le Mage Radjapour regarde dans le hall.

LE MAGE. Je vous dis qu'il y a un nouveau !

Le Président le suit, un homme sec, conventionnel, vêtu avec la discrétion sévère des hommes qui s'estiment avant tout respectables.

LE PRÉSIDENT. Mais non, je n'ai rien entendu.

LE MAGE. Normal, vous êtes aussi sourd qu'une batterie de cuisine.

LE PRÉSIDENT *(vexé).* Pardon ?

LE MAGE. Vous voyez ! *(Il se tourne vers l'employé de la réception.)* Raphaël, quelqu'un vient d'arriver, n'est-ce pas ?

Le jeune homme sourit.

LE MAGE *(y lisant une approbation).* Ah, il m'avait bien semblé.

LE PRÉSIDENT *(surpris).* Vous l'appelez Raphaël, vous ? Moi, je l'appelle Gabriel.

LE MAGE. Et il vous répond ?

LE PRÉSIDENT. Naturellement.

LE MAGE. Donc nous avons tous les deux raison.

LE PRÉSIDENT. Sûrement pas. *(Se tournant vers la réception :)* Gabriel, vous appelez-vous Raphaël ou Gabriel ?

Le jeune homme a déjà disparu sans un mot.

LE MAGE *(s'asseyant).* Pourquoi ne pouvez-vous pas supporter que nous ayons raison tous les deux ?

LE PRÉSIDENT. Parce que vous dites une chose, et que j'en dis une autre.

LE MAGE. Eh bien ?

LE PRÉSIDENT. La vérité est nécessairement l'une ou l'autre chose mais pas les deux. Ou bien. Ou bien. Ou bien vous avez raison et j'ai tort. Ou bien j'ai raison et vous avez tort.

LE MAGE. Votre vérité ne peut tolérer la mienne ?

LE PRÉSIDENT. Évidemment.

LE MAGE. Je vois... Un peu comme une femme mariée : ça ne se partage pas.

LE PRÉSIDENT. Je n'ai jamais partagé la Présidente avec qui que ce soit.

LE MAGE. Je vous crois d'autant plus que vous m'avez montré sa photo hier.

LE PRÉSIDENT *(vexé).* Pardon ?

LE MAGE *(répétant comme s'il parlait à un sourd).* Vous m'avez montré sa photo hier !

Le Mage déplie son journal et commence à lire. Cela ne retient pas le Président de parler.

LE PRÉSIDENT. Avez-vous vu le Docteur S... aujourd'hui ? *(Le Mage va pour répondre.)* Moi, toujours pas. J'ai formulé expressément une demande de rendez-vous ce matin et l'on n'y a toujours pas répondu. Est-ce qu'on peut traiter les gens comme ça ? Je vous le demande ? *(Le Mage va pour répondre.)* C'est totalement inadmissible. Des dossiers précis et exhaustifs ont pourtant été constitués sur chacun d'entre nous, le Docteur S... devrait savoir à qui il a affaire. Croyez-vous que ce docteur soit seulement compétent ? *(Le Mage va pour répondre.)* Je constate qu'aujourd'hui on forme les médecins en dépit du bon sens, on les truffe de connaissances comme on gave une dinde de Noël mais on ne leur apprend pas l'essentiel : les usages. Avec cette médecine moderne, nous n'avons plus affaire à des gens cultivés mais seulement à des barbares qui détiennent des informations. N'êtes-vous pas de mon avis ? *(Le Mage ouvre la bouche.)* Naturellement, c'est la pourriture de cette génération, ils n'ont jamais eu faim ni froid, ils n'ont jamais connu la guerre, ils ont le cul dans le beurre depuis leur naissance, alors n'est-ce pas !

LE MAGE. Président, est-ce que vous appréciez les réponses que je donne à vos questions ?

LE PRÉSIDENT. Pardon ?

LE MAGE *(comme s'il était sourd)*. Est-ce que vous aimez mes réponses ?

LE PRÉSIDENT. Qu'est-ce que vous me chantez là ? J'apprécie beaucoup votre conversation mais taisez-vous lorsque je vous parle.

Le Mage pousse un soupir et reprend son journal.

LE MAGE. Le bruit que je fais en lisant ne vous dérange pas ?

LE PRÉSIDENT. Pardon ?

À cet instant entre Marie.

MARIE. J'ai bordé quatre fois mon lit, astiqué cinq fois le lavabo, défroissé mes rideaux, ch' sais vraiment plus quoi faire de moi. Vous n'auriez pas des petits travaux, ch'sais pas, des boutons à recoudre ? Il n'est pas défait, votre ourlet ?

LE PRÉSIDENT *(normalisant leur rapport).* Madame, avez-vous été reçue par le Docteur S... ?

MARIE. Non. J'avais demandé pourtant.

LE PRÉSIDENT. C'est inadmissible. On nous traite comme des femmes de ménage !

LE MAGE *(choqué).* Président !

MARIE *(ravie).* Il s'est pas trompé, le monsieur, j'suis bien femme de ménage.

LE PRÉSIDENT. Ah !

LE MAGE. Monsieur le Président, personne n'a de recommandation ici.

LE PRÉSIDENT. L'égalitarisme, je suppose ? La lèpre républicaine s'est infiltrée partout. On ne considère plus qui est qui. La valeur d'un homme n'a plus d'importance.

LE MAGE. Pour moi, ce qui fait la valeur d'un homme, c'est qu'il est un homme, rien d'autre.

LE PRÉSIDENT. Sottise ! Dangereuse sottise !

MARIE *(au Mage).* Monsieur a raison : on ne peut tout de même pas comparer un Président et une femme de ménage.

LE PRÉSIDENT. Ah, vous voyez ! Même elle, elle le reconnaît ! Et, chère madame, quelle est la différence, à votre avis ?

MARIE. Ben...

LE PRÉSIDENT. Si, si, j'insiste. Pour instruire notre ami *(plus fort)* et le Docteur S... s'il nous entend, quelle est, de votre point de vue, la différence entre un Président et une femme de ménage ?

MARIE. De mon point de vue ? Ben d'abord c'est une histoire de bureau...

LE PRÉSIDENT *(l'encourageant).* Oui ?

MARIE. Un Président salit le bureau, une femme de ménage le nettoie.

LE MAGE *(amusé).* Continuez.

MARIE. Pis c'est une façon de parler aussi. Un Président cause à tous les gens comme s'ils étaient de la merde, alors qu'une femme de ménage comme si c'était elle, la merde.

LE MAGE. Et puis ?

MARIE. Un Président, ça a tout un attelage de titres qui ronflent devant et derrière son nom : Monsieur le Président Truc, Directeur général de la Société immobilière des Actions Bidule, Membre du Conseil d'administration de Chose, Officier de la Légion d'honneur...

Une femme de ménage, ça n'a que son nom, et

même pas, ça le perd très vite pour garder qu'un prénom. Et encore... ça a intérêt à s'appeler déjà Marie, sinon, vu que les patrons n'ont pas de mémoire, ça le deviendra très vite.

LE MAGE *(se tournant vers le Président).* Effectivement, il est étonnant que, malgré ces essentielles différences, le Docteur S... ne vous ait pas reçu.

Entre alors Julien. Il semble aller un peu mieux.

JULIEN. Bonjour.

Les autres se lèvent pour l'accueillir.

JULIEN. Je suis Julien Portal.

LE MAGE. Laissez-moi vous présenter monsieur le Président Delbec, madame Martin.

MARIE. ... Marie Martin. Marie, comme par un fait exprès.

LE MAGE. Et moi-même, Mage Radjapour.

JULIEN. Excusez-moi, je vais vous paraître stupide : je ne sais pas très bien ce que je fais ici. Je ne me souviens pas d'avoir réservé une chambre dans cet hôtel et pourtant, lorsque je suis arrivé, mon nom était inscrit sur le registre. Où est le responsable ? Où sommes-nous exactement ?

LE MAGE. Qu'entendez-vous par « exactement » ?

JULIEN. Quelle ville ? Quelle route ?

LE MAGE. Je n'en sais rien.

JULIEN. Comment ? Vous venez aussi d'arriver ?

LE MAGE. Oh non. Je suis le plus vieux pensionnaire de cet hôtel. Je me suis installé ici il y a six mois.

JULIEN. S'il vous plaît, je me sens l'esprit très confus ce matin, je n'arrive pas à me faire comprendre. Comment s'appelle l'hôtel ?

Les trois clients se taisent. Julien les regarde un à un. Ils ne disent rien.
Julien se refrotte le crâne.
Marie lui pose la main sur l'épaule.

MARIE. Vous avez eu un accident de voiture ?

JULIEN. Oui... non... *(Il réfléchit intensément.)* Je ne sais pas. J'étais sur l'autoroute, oui, il faisait nuit. Même si j'avais bien arrosé mon repas, je contrôlais ma voiture, une Parodéo, le dernier modèle, la C 6, vous connaissez ?

LE MAGE. Je ne distingue que deux sortes de voitures : celles qui ont une pancarte « Taxi » sur le toit et celles qui n'en ont pas.

JULIEN. Je roulais vite mais j'étais maître de mon véhicule. Je rentrais chez moi.

MARIE. Quelqu'un vous attendait ?

JULIEN *(tête baissée)*. Non.

MARIE. Faut toujours avoir quelqu'un qui vous attend... seul moyen d'éviter les accidents.

JULIEN *(indigné)*. Mais je n'ai pas eu d'accident.

Ils le regardent avec gentillesse, mais encore plus de scepticisme.

JULIEN *(protestant).* Je n'ai pas eu d'accident ! Je n'ai pas eu d'accident.

Ils se taisent. Julien se rassoit.

JULIEN. J'ai dû me rendre compte que je somnolais lorsque je suis entré me reposer dans ce motel.

LE MAGE. Un motel ! Qu'il est drôle ! Un motel !

Marie et le Mage ne peuvent s'empêcher de rire. Le Président se force à se joindre à leur hilarité.

À cet instant, le jeune homme en blanc traverse la pièce. Il les regarde une seconde avec un sourire tendre.

Ils cessent immédiatement de ricaner.

MARIE *(un peu honteuse).* Vous avez raison, Emmanuel, on n'est pas gentils d'se moquer.

LE PRÉSIDENT *(surpris).* Vous l'appelez Emmanuel, vous ?

L'employé est reparti.

JULIEN. Pouvez-vous m'aider ?

LE MAGE *(à Julien).* En vérité, croyez-en mon expérience, vous n'avez qu'un seul moyen de comprendre où vous êtes, c'est de demander à chacun d'entre nous ce qu'il faisait juste avant d'entrer ici.

Marie approuve de la tête. Après quelques instants, le Président aussi.

LE PRÉSIDENT. Si ça peut vous aider...

JULIEN. C'est absurde...

LE MAGE. Il n'y a pas d'autre moyen.

MARIE. Il a raison. *(À Julien.)* Demandez-moi. *(Julien ne réagit pas.)* Mais demandez-moi, nom de Dieu ! *(Julien fait une grimace interloquée que Marie interprète positivement.)* Il m'a demandé. *(Elle soupire d'aise et commence son récit.)* Marie, mes parents, ils m'ont appelée, Marie. Fichue bonne idée, ça ! J'ai torché et torchonné toute ma vie. Ils m'ont collé le nom de Marie sur le front parce qu'ils savaient que le balai, l'éponge et la serpillière, ç'allait être mon rayon. Papa, il était ouvrier agricole, bel homme, très brun, très poilu, rasé de près le matin et déjà bleu à midi et ça vous savez c'que ça veut dire : tous ces poils qui poussent, qui percent, c'est la force de l'homme, ça veut dire qu'il y a beaucoup de sperme à l'intérieur, ça veut dire qu'il veut baiser tout le temps. Maman, elle pondait un petit frère ou une petite sœur tous les printemps. Y en avait douze derrière moi. Alors il fallait que je l'aide beaucoup, parce qu'elle était toujours un peu fatiguée. Heureusement, comme le treizième, Pascalito, il est venu pas bien normal – qu'il avait une face épatée de tournesol et qu'il faisait rien à temps comme les autres –, les parents, ils ont dit partout que ça venait de c'qu'il était tombé du char de betteraves, et Papa il a mis la capote. Moi, je pense que Maman, à force, elle avait dû casser le moule.

LE PRÉSIDENT *(horrifié).* Raccourcissez, enfin, raccourcissez.

MARIE. Ch'sais pas faire court. Vu qu'on m'laisse jamais parler, quand par hasard je cause, je peux plus m'arrêter.

Bref, toujours est-il que je torchonnais du chant du coq jusqu'au petit rot du dernier, qu'j'avais jamais une seconde à moi pour rêver, c'qui fait que, pour mes dix-huit ans, le premier gars qui m'a un peu touché la culotte au bal, je l'ai laissé me rouler dans sa vieille tôle et que j'ai quitté la maison pour emménager avec lui et ma petite. J'l'avais choisi parc'qu'il ressemblait à Papa, question système pileux, mais Papa y travaillait, lui, et y pouvait nourrir tous ses enfants, tandis que moi, le mien, l'était bon à rien, le poil, il l'avait aussi dans la main. Fainéant comme ça, c'est qu'on est mort, normalement ! Vlan, c'était reparti : il a fallu que je refasse des ménages, pour le nourrir lui, puis les deux autres après – j'ai eu que des filles, j'suis bonne qu'à ça – et, en retour, même pas un merci, rien, ni un câlin, ni un saute-moi dessus, rien, ça non plus il avait pas l'courage. C'est vrai qu'un peu de chiennerie, même si c'est bâclé, ça fait que la femme se sent toujours une femme.

LE PRÉSIDENT. Mais abrégez !

MARIE. Ch'sais pas, j'vous dis.

LE PRÉSIDENT. On vous demande la fin, pas le début.

MARIE. Y a rien à raconter, dans ma vie, alors quand je la raconte, je raconte tout, fallait pas me demander. Enfin, toujours est-il qu'un jour il est parti chercher du tabac et puis qu'il est jamais revenu, ce qu'était pas plus mal au fond sinon que ça m'a pas aidée à me sentir plus belle. Enfin, mes filles ont grandi. Je sais pas de qui elles tenaient, ces trois-là, peut-être de leur grand-père, toujours est-il qu'elles avaient le feu au cul que c'était pas imaginable, qu'elles changeaient d'homme plus vite que de culotte et que j'ai eu tous les problèmes du monde à les mettre en ménage et à les faire arrêter de courir le saucisson. Y a un mois, j'ai enfin pris ma retraite anticipée.

Toute ma vie, je m'étais dit que mon dernier patron, le dernier jour, j'y dirais merde. Au lieu de ça, en rangeant mes balais et mes pelles, j'ai été prise de lourdeur, je me suis mise à frissonner, et tout d'un coup, comme ça, au milieu d'un salon qu'était même pas chez moi, j'ai valdingué les quatre fers en l'air sur le tapis. À l'hôpital, ils ont été très gentils. J'en revenais pas que ce soit si bien l'hôpital. Tout propre, tout blanc sans que ce soit moi qui gratte et qui torchonne. Les repas préparés. Des jeunes gens souriants. J'crois que les plus beaux jours de ma vie, je les aurai passés à l'hôpital. Ils m'ont dit que j'avais le cœur fatigué, usé, anormalement pour mon âge. Ils m'ont prescrit une maison de repos. Quand je suis entrée là, dans un ancien château, La Ferronnière, au milieu d'un parc, avec tout le monde qui faisait attention à moi et qui me servait du madame en veux-tu en voilà, j'ai vraiment eu l'impression d'être devenue une princesse. Même le jardinier, tous les matins, y m'apportait une rose dans ma chambre en me faisant bien bas une révérence cul fendu que j'en devenais toute rouge. Hier, je suis descendue dans le grand escalier en m'accrochant bien à la rampe, je me suis dit qu'ici, enfin, j'étais bien, que j'allais enfin réfléchir à tout ce que j'avais pas eu le temps de penser, la vie, la mort, Dieu, tout ça, j'ai eu le sentiment que j'avais les yeux et les poumons qui se dégageaient, qu'une nouvelle vie allait commencer, ça vibrait autour de moi comme si j'entendais la respiration des choses, je me suis dit : « Ce doit être ça être heureuse », et vlan !

JULIEN. Vlan ?

MARIE. J'ai refait une attaque.

JULIEN. Et depuis ?

MARIE. Ch'suis là.

JULIEN. C'est une clinique, ici ? Ce n'est pas un hôtel ?

LE MAGE. Attendez. À vous, cher Président.

LE PRÉSIDENT. Je serai bref. Mon dernier souvenir avant de me retrouver ici remonte à avant-hier. Je sortais de chez moi, comme chaque matin, à huit heures pétantes. J'ai poussé la grille et j'ai aperçu un cycliste qui roulait sur le trottoir. C'était un jeune, naturellement. Il a agité le grelot ridicule de son vélo. J'ai pensé : « Ce petit crétin va s'arrêter, il n'a pas le droit de rouler sur le trottoir. » J'ai fait deux pas, puis j'ai été subitement soulevé, projeté contre un banc, j'ai senti que mon crâne heurtait l'angle de pierre. Voilà.

LE MAGE. Il venait de la gauche ?

LE PRÉSIDENT. Évidemment !

LE MAGE. Vous êtes une victime du règlement.

LE PRÉSIDENT. J'ai toujours respecté toutes les lois. C'est ce décérébré sur pédales qui ne les a pas suivies.

JULIEN *(au Mage)*. Et vous ?

LE MAGE. Coma diabétique.

JULIEN. Où sont les médecins ? Les infirmiers ? Pourquoi nos chambres ne sont-elles pas équipées d'appareils pour les soins ?

LE MAGE. Nous ne nous trouvons pas dans un hôpital.

JULIEN. Enfin ! Nous ne sommes pas aux urgences ?

LE PRÉSIDENT. Non.

LE MAGE. Réfléchissez.

MARIE. Dans quel couloir êtes-vous ? Le couloir A ou le couloir V ?

JULIEN. Celui-ci.

LE MAGE. Le couloir V ? Alors vous n'avez pas eu d'accident !

JULIEN. Naturellement, je n'ai pas eu d'accident, c'est ce que je vous disais. *(Réfléchissant.)* Que signifie le couloir V ? Pourquoi un couloir V, un couloir A ?

LE MAGE. Vous allez sans doute rencontrer le Docteur S...

JULIEN. Vous me dites que nous ne sommes pas dans un hôpital et cependant il y a un docteur.

MARIE. S... Le Docteur S...

JULIEN. Je veux le voir immédiatement.

LE PRÉSIDENT. Ah, mon cher, on ne rencontre pas le Docteur S... comme ça.

LE MAGE. Il suffit même de le vouloir pour ne pas le pouvoir.

MARIE. Vous êtes sûr de ne pas vous être balancé exprès contre votre platane ?

JULIEN. Quel platane ? De quoi parlez-vous ?

LE MAGE. Vraiment ? Avec tout ce que nous nous sommes dit, vous ne comprenez pas ? Coma... Crise cardiaque... Accident de la route... Vous ne faites pas le rapport entre nos derniers souvenirs ?

JULIEN *(se levant et regardant autour de lui).* Vous voulez dire que...

Ils approuvent de la tête.

LE MAGE. Nos derniers souvenirs sont tous, malheureusement, des... derniers souvenirs.

JULIEN *(osant à peine prononcer ce qu'il pense).* C'est ici ? Nous sommes... morts ?

Les trois autres éclatent de rire.

JULIEN *(se mettant à crier).* Mort ! Je suis mort !

Les trois autres rient encore.

JULIEN *(secouant le Mage).* Mais répondez, nom de Dieu ! Je suis mort et cela vous fait rigoler.

LE MAGE. Remarquez que si vous l'êtes, nous le sommes aussi.

Et, irrésistiblement, cela déclenche un nouveau fou rire chez les trois pensionnaires.

JULIEN. Je suis tombé chez des fous, je ne reste pas une seconde de plus ici.

Le Président a un rire à part. Julien, en colère, se précipite vers l'ascenseur.

MARIE. Il va encore y avoir de la casse.

Julien cherche frénétiquement le bouton de l'ascenseur.

JULIEN. Je veux sortir.

LE MAGE. On ne peut pas appeler cet ascenseur.

JULIEN *(furieux)*. Très bien. Je prendrai l'escalier de service.

LE MAGE. Il n'y en a pas.

JULIEN. Vous êtes fou à enfermer, vous.

LE MAGE *(joyeusement)*. C'est fait !

Nouveau fou rire des pensionnaires.
Julien se précipite dans un couloir.

MARIE. C'est toujours aux enterrements que je pique des fous rires.

Julien, écumant de rage, repasse en courant.

JULIEN. Je le trouverai !

Il sort dans l'autre couloir.

LE MAGE *(en haussant les épaules)*. Il doit essayer.

MARIE. C'est normal qu'il n'y croie pas : il s'est pas vu partir...

LE MAGE. La première nuit ici, j'avais même essayé de creuser le sol de ma chambre.

Julien revient, essoufflé, en nage, dans la réception.

JULIEN. C'est scandaleux ! Pas d'issues et des fenêtres opaques qui ne s'ouvrent pas. Si vous ne m'indiquez pas la sortie immédiatement, je vais briser les vitres et je me jette de l'étage.

LE MAGE *(sans même se retourner)*. Naturellement.

MARIE. Je vous avais dit qu'il y aurait de la casse !

Julien disparaît dans le couloir V, il rejoint sa chambre et on l'entend projeter les meubles contre la fenêtre.

MARIE. J'aime pas qu'on casse. Ça me fend le cœur. Des pauvres objets qui y sont pour rien.

LE MAGE. Quelle importance ?

MARIE. Ça doit être une déformation professionnelle. Dans le ménage, on est tellement habitué à rester seul dans les maisons et à prendre soin des choses qu'on finit même par leur parler. Quand on frotte l'argenterie, on pense qu'on lui fait sa toilette. Quand on met de la cire sur une table, on a l'impression de la nourrir. Quand on casse, on a l'impression d'avoir fait mal à une personne, on s'excuse, on bredouille, on porte les débris à la poubelle en se sentant coupable.

Julien fait irruption, épuisé, défait.

JULIEN. C'est insensé ! Les vitres ont résisté. Je me trouve en prison ou quoi ? Cet endroit n'est pas réel !

LE MAGE. Vous n'y êtes pas entré de votre plein gré, vous n'en sortirez pas de votre plein gré.

Julien se sent subitement faible. Le Mage se précipite pour le soutenir.

LE MAGE. Allons...

JULIEN *(blanc).* Ce n'est pas vrai... je ne suis pas mort... je ne suis pas mort...

MARIE. Il commence à réaliser.

Ils l'assoient au milieu d'eux.

JULIEN *(fébrile).* Pourtant je suis vivant, bien vivant.

LE MAGE. Oh, vous avez déjà connu des situations plus étranges. Dans vos rêves, vous êtes vivant aussi, vous avez un corps, vous vous baignez dans une eau bleue et cependant vous êtes nu dans votre lit.

JULIEN *(se touchant).* Je vis...

LE MAGE. Pour vous prouver que vous vivez, il faudrait vous tuer. Oui. Si vous réussissez, c'est que vous étiez bien vivant avant. Par contre, si vous échouez, cela pourra encore signifier deux choses : soit que vous êtes déjà mort, soit que vous êtes immortel.

JULIEN. Je deviens fou.

LE MAGE. C'est aussi une solution.

LE PRÉSIDENT *(ironique).* C'est une solution.

Le jeune homme et la jeune femme en blanc entrent soudain dans la pièce, comme s'ils précédaient quelqu'un d'important.

LE MAGE. Ah, le Docteur S... va venir.

LE PRÉSIDENT *(se levant).* J'avais pris rendez-vous !

Les deux jeunes gens regardent intensément le Mage, Marie et le Président. Ceux-ci semblent entendre quelque chose.

MARIE *(déçue).* Ah bon.

LE MAGE *(idem).* D'accord.

LE PRÉSIDENT *(indigné).* Enfin, j'étais ici avant monsieur. *(Se tournant agressivement vers Julien.)* Qu'est-ce que vous faites dans la vie, vous ?

JULIEN *(d'une voix blanche).* Rédacteur en chef d'un journal sportif.

LE PRÉSIDENT. Alors ! Vous ne trouvez pas que le président de trois grandes sociétés, ça vaut plus qu'un rédacteur en chef ? Non ?

Les employés insistent.
Les trois anciens pensionnaires se lèvent. Le Mage se penche gentiment vers Julien.

LE MAGE. C'est à vous que veut parler le Docteur S...

JULIEN. Qui vous l'a dit ?

LE MAGE. Mais Raphaël !

LE PRÉSIDENT. Mais Gabriel !

MARIE. Emmanuel !

Ils quittent la pièce.
Le jeune homme et la jeune fille les suivent.
Julien attend.
Une femme entre. Elégante mais sévère, elle porte des dossiers sous son coude, comme un médecin qui ferait son tour de visite à l'hôpital.

LE DOCTEUR S... Julien Portal ?

JULIEN. Oui ?

LE DOCTEUR S... Bonjour, je suis le Docteur S...

Julien a un mouvement de surprise. Le Docteur S... a un sourire qui le met à l'aise. Elle lui fait signe de s'asseoir.

LE DOCTEUR S... *(doucement).* Avez-vous peur ?

JULIEN. Un peu.

LE DOCTEUR S... Avez-vous compris où vous vous trouvez ?

JULIEN. Dites-moi que ce n'est pas vrai !

LE DOCTEUR S... À deux cents à l'heure, vous êtes sorti de la route pour percuter un arbre.

JULIEN *(incrédule)*. Je n'en ai aucun souvenir.

LE DOCTEUR S... Naturellement, vous dormiez. *(Feuilletant ses papiers.)* Laissez-moi consulter votre dossier.

JULIEN *(pour lui-même)*. Un arbre... J'ai fini écrasé contre un arbre. Heureusement que j'étais seul...

LE DOCTEUR S... *(machinalement)*. Un bon point pour vous.

Julien, comme s'il se réveillait d'une torpeur, regarde attentivement le Docteur S... Ses yeux d'homme à femmes se mettent à briller.

JULIEN. Je ne vous imaginais pas comme ça.

LE DOCTEUR S... C'est-à-dire ?

JULIEN. Belle.

Elle sourit puis se replonge dans son dossier.

LE DOCTEUR S... Quarante ans. Né dans une famille aisée. Bonnes études. Pas de grosse opération chirurgicale. Aucune maladie grave.

JULIEN *(cynique)*. Je suis un mort en bonne santé.

LE DOCTEUR S... Diverses tentatives professionnelles. Une certaine instabilité vous fait quitter vos places au bout de deux ans. Pas marié.

JULIEN. Vous m'acceptez quand même ?

LE DOCTEUR S... Je ne vous juge pas, je fais votre bilan.

Elle croise les jambes.

JULIEN *(la regardant avec désir et étonnement).* Si j'avais pu imaginer que ma mort aurait de belles jambes...

LE DOCTEUR S... Vous essayez de me séduire ?

JULIEN. Qu'est-ce qu'on gagne ? Qu'est-ce qu'on perd ?

LE DOCTEUR S... Ne prenez pas ces manières avec moi. Votre dossier mentionne que vous avez couru frénétiquement les femmes...

JULIEN. Elles courent vite.

LE DOCTEUR S... Vous encore plus. Vous couriez derrière, puis devant une fois que vous les aviez eues. Vous les avez toutes abandonnées.

JULIEN. Est-on coupable de prendre très vite conscience qu'un couple n'a pas d'avenir ?

LE DOCTEUR S... *(ironique).* Rapide en tout.

JULIEN. Je ne suis jamais tombé sur la femme qui m'aurait rendu fidèle.

LE DOCTEUR S... Comme si cela dépendait d'elle.

JULIEN *(énervé).* J'ai beaucoup fait jouir, j'ai beaucoup fait pleurer, c'est le même lot. La plupart des femmes que j'ai rencontrées ne voulaient pas l'amour, mais des histoires d'amour. *(Se levant soudain avec rage.)* De quoi parlons-nous ? Vous n'allez pas me noter ? Vous n'allez pas me faire croire que ça existe, cette vieille légende de paradis, d'enfer, des âmes qu'on pèse et du Jugement dernier ? Je refuse que vous me condamniez. Je suis mort ! Est-ce que ce n'est pas suffisant ?

LE DOCTEUR S... Vous vous trompez complètement. *(Calmement.)* D'abord, je suis le Docteur S... Ensuite, vous n'êtes pas mort.

JULIEN *(secoué).* Quoi ?

LE DOCTEUR S... Naturellement.

JULIEN *(exultant).* Je le savais bien ! Je le savais bien ! Oh, nom de Dieu ! *(Il boxe des ennemis invisibles.)* Je suis vivant ! Vivant !

Subitement, il semble avoir vingt ans.

LE DOCTEUR S... *(le regardant avec amusement).* Je n'ai pas dit cela non plus.

JULIEN. Quoi ?

LE DOCTEUR S... Que vous êtes vivant.

Julien se ferme. Il ne veut plus rien entendre.

JULIEN. Écoutez, je ne veux même plus essayer de comprendre ce qu'on raconte ici. Puisque je tiens debout, je peux partir ?

LE DOCTEUR S... Ça ne dépend pas de vous.

JULIEN. Vous comptez m'en empêcher ?

LE DOCTEUR S... *(doucement).* Ni de moi.

JULIEN. Écoutez, docteur Machinchose, je ne sais pas très bien comment je suis arrivé dans votre clinique, sans doute ai-je dû m'endormir au volant, me planter dans un arbre, perdre connaissance le temps qu'on me transporte ici. Maintenant, je me sens tout à fait bien, je n'ai aucun besoin de vous, et je vous tire ma révérence, salut. *(Il appuie frénétiquement sur le bouton de l'ascenseur.)* Et dites à cet ascenseur de venir.

LE DOCTEUR S... Tenez-vous à recommencer votre circuit ? L'ascenseur ? Les escaliers introuvables ? Les vitres qui ne se brisent pas ?

Sur un geste, le Docteur S... a fait apparaître ses deux aides. Ils se postent à l'entrée de chaque couloir, pour empêcher Julien de passer.

Elle lui fait signe de se calmer.

JULIEN. C'est insensé ! Je me trouve en prison ou quoi ?

LE DOCTEUR S... Vous êtes en danger, Julien, en grave danger. Nous devons parler. Vous allez comprendre.

D'un autre geste de la main, elle envoie les deux employés au fond de la pièce. Ils font glisser un pan de mur et apparaître un panneau lumineux, comme un étrange tableau de bord invisible au public.

LE DOCTEUR S... Il y a moins d'une heure, votre voiture, lancée à plus de deux cents à l'heure, est entrée dans un arbre. Je préfère ne pas vous décrire l'état de la carrosserie dont vous étiez si fier. Je préfère ne pas non plus vous décrire votre état.

JULIEN. Qu'est-ce que vous racontez !

Le Docteur S... le prend par la main et l'entraîne vers le tableau lumineux.

LE DOCTEUR S... L'ambulance vient de vous amener, inconscient, tuméfié, les genoux cassés, plusieurs côtes enfoncées, au service des urgences de l'hôpital Descartes. Une équipe hautement qualifiée s'active autour de vous pour tenter de vous sauver la vie. Ils ne sont pas très optimistes. Ils retiennent leur souffle, le vôtre. Ils font le maximum.

Elle lui montre le tableau où l'on devine des voyants lumineux qui clignotent, des indicateurs qui montent et descendent.

LE DOCTEUR S... Tous les hommes et les femmes qui occupent une chambre ici sont en train, sur la Terre, de vivre des heures cruciales. Veillés par des médecins, des infirmières ou leurs familles, infiltrés de tuyaux, de sérum et d'électrodes, ils sont dans ce que là-bas vous appelez le coma. C'est-à-dire entre la vie et la mort. C'est-à-dire ici.

Elle le ramène vers les fauteuils. Il est devenu somnambulique.

LE DOCTEUR S... C'est ici que vous devrez attendre, à l'Hôtel des Deux Mondes. Ici, vous êtes délivré des douleurs que votre corps endure là-bas.

JULIEN *(presque convaincu).* Je ne vous crois pas. Vous voulez me faire gober que mon corps est ailleurs ?

LE DOCTEUR S... Avez-vous mal à votre cheville ? Vous vous étiez pourtant fait une terrible entorse, il y a deux jours, vous étiez très enflé, vous ne pouviez même plus marcher. Souffrez-vous en ce moment ?

Julien bouge son pied sans difficulté.

LE DOCTEUR S... Vous voyez. Votre corps de chair et de nerfs, votre corps vulnéré, est en salle de réanimation. Vous êtes ici pour attendre.

JULIEN. Attendre quoi ?

LE DOCTEUR S... Que votre sort se règle. Soit on vous sauve et l'ascenseur vous descendra sur terre. Soit on échoue à vous réanimer, et l'ascenseur vous mènera vers le haut.

Julien reçoit cette révélation comme un coup. Sonné, il regarde lentement autour de lui.

JULIEN. Là-haut ?

LE DOCTEUR S... C'est assez de nouvelles pour le moment.

JULIEN. La mort ?

LE DOCTEUR S... Ce que vous appelez la mort.

JULIEN. Plus rien ?

LE DOCTEUR S... La suppression de cette vie-ci. *(Un temps.)* Mon travail consiste à vous donner l'information nécessaire pour organiser votre passage.

JULIEN. Qui vous emploie ?

Le Docteur S... voit le signal du couloir A s'éclairer et s'éteindre. Elle s'apprête à sortir.

JULIEN. Qu'est-ce que cela signifie, couloir A et couloir V ?

LE DOCTEUR S... Comment ? Vous n'avez pas deviné ? Couloir A pour Accidentés, couloir V pour Volontaires, autrement dit les suicidés.

JULIEN. Vous vous êtes trompée ! Vous m'avez placé au couloir V. Je ne me suis pas suicidé, j'ai eu un accident !

LE DOCTEUR S... Ah, oui ?

JULIEN. Je ne me suis pas jeté volontairement contre cet arbre !

LE DOCTEUR S... Ah oui ? *(Intense.)* Monsieur Portal, non seulement tout à l'heure vous aviez de l'alcool dans votre sang, mais cela fait des années que vous buvez. Vous avez essayé d'autres drogues, plus douces, plus violentes, plus rares, mais l'alcool a toujours été ce qui vous a le mieux permis de vous fuir. Vos affaires étaient en train de s'écrouler, votre journal périclitait, vous vous en moquiez éperdument, votre comportement semblait de plus en plus aberrant aux yeux de vos collaborateurs, depuis des mois vous aviez largué toutes les amarres et vous filiez visiblement à votre perte. Alors comprenez bien que le matin où l'on vous trouve, plein comme une bouteille, écrasé à deux cents à l'heure contre un arbre, on conclut que c'est un suicide, un suicide long et programmé depuis longtemps.

Julien en reste bouche bée.

JULIEN. Un long suicide ? Moi ?

LE DOCTEUR S... Oui, l'alcool : le suicide des lâches. *(Brisant l'entretien.)* Maintenant, je vous prie de m'excuser, je n'ai pas que vous comme patient.

Elle sort.

Julien s'assoit et demeure muet sous le choc de ce qu'il vient d'apprendre.

Le Mage passe la tête dans la pièce. Il a posé sur son crâne un turban oriental orné d'une pierre de lune. Il vérifie que Julien est seul, puis s'approche en lui tendant sa carte.

LE MAGE. « Mage Radjapour, voyance en tout genre, extralucidité sur commande, astrologie, consultation de vos ancêtres, tables tournantes, entrailles de poulet, méditation transcendantale, Mage Radjapour, toutes les sciences millénaires de l'Orient et du Moyen-Orient. » *(Un temps.)* Évidemment, mon premier nom était Marcel. Marcel Pelucha. Né rue des Filles-du-Calvaire, République, Paris. Comment des chromosomes et des ovules, ces petites bêtes intelligentes, peuvent-ils à ce point se tromper ? *(Un temps.)* Voulez-vous que je vous lise l'avenir ?

Julien sort agressivement de son abattement.

JULIEN. Vous vous foutez de moi ?

LE MAGE. Un peu. Mais il y a des gens qui ne demandent que ça. Ils me paient même.

JULIEN. Sûrement pas ici.

LE MAGE. Même ici ! Vous ne pouvez pas imaginer la cagnotte que je me suis faite depuis six mois. Le seul problème, c'est que cet argent ne me sert à rien présentement, et que l'avenir est incertain. Enfin, ça occupe.

Julien frappe les murs.

JULIEN. C'est révoltant !

LE MAGE *(le prenant pour lui).* Oh, oh, six mois de coma, ça me donne des excuses, tout de même !

JULIEN. Non, je parlais de cet endroit ! De cette attente !

LE MAGE. Bah ! Cachot pour cachot, quelle différence ? D'ici ou d'ailleurs, on ne s'évade que par la fenêtre de la mort, et on ne sait jamais sur quoi elle donne.

Julien tourne en rond comme un fauve en cage.

LE MAGE. En bas, on savait qu'on mourrait, mais on tournait le dos à la voie ferrée, on refusait de voir le train, on se disait que le prochain ne serait pas pour nous. Ici, l'horaire se précise. *(Il lui tapote le dos.)* Eh bien, figurez-vous que c'est beaucoup plus agréable. Si ! On devient gourmand, on profite. Maintenant, je me délecte de chaque moment comme d'un bonbon, je le déplie, je le savoure.

JULIEN. Comment peut-on se distraire ici ?

LE MAGE. Justement, voici ce qui change tout : ici, on ne se distrait pas, on s'occupe. D'abord, on rencontre des tas de gens. Si vous avez la chance de rester longtemps en service de réanimation *(réaction choquée de Julien),* vous pourrez constater que ça défile beaucoup. Tous les jours, ça entre, ça sort. Et puis on papote, là, comme nous le faisons ; je ne dis rien d'important, ni même d'intelligent, vous non plus, mais nous papotons, ça veut dire que j'existe, que vous aussi, et que se tissent entre nous des rapports humains. C'est charmant, non ?

JULIEN. À quoi bon ? Où cela vous mène-t-il d'avoir des rapports humains avec des gens que vous ne reverrez sans doute jamais ?

LE MAGE *(jouant les vexés).* Si vous n'aimez fréquenter que ce qui dure, allez parler aux roches, aux pierres, aux montagnes. Mais je doute, si elles sont aussi intransigeantes que vous, qu'elles vous adressent seulement la parole.

Il se lève pour sortir.

JULIEN *(avec un sourire).* Touché.

LE MAGE *(revenant).* Voyez comme la vie peut être amusante... Oh, pardon !... *(Se corrigeant.)* Voyez comme le coma peut être gai !

Julien se laisse tomber sur un siège.

JULIEN *(soupirant).* Je suis déprimé. J'ai toujours été déprimé.

LE MAGE. Un enfant gâté, peut-être ?

JULIEN. Pourquoi dites-vous cela ?

LE MAGE. Parce que vous n'êtes pas franchement laid, parce que vous n'avez pas l'air tout à fait pauvre : un enfant qui s'ennuie au milieu des jouets qu'on lui a donnés.

JULIEN. Vous me méprisez ?

LE MAGE. Pas du tout. Je suis ravi que les riches aient aussi des problèmes.

JULIEN. Je ne comptais pas vous faire pitié.

LE MAGE *(doucement).* Le manque d'appétit, c'est peut-être le pire des maux. Naître repu, avoir la bouche pleine avant d'avoir crié, recevoir des baisers avant de les avoir demandés, dépenser de l'argent avant de l'avoir gagné, ça ne rend pas très combatif. Nous, les mal partis, ce qui nous rend le monde appétissant, c'est qu'il est plein de choses que nous n'avons pas. La vie n'est belle que parce qu'elle est un peu au-dessus de nos moyens...

JULIEN *(avec un sourire étonné).* Vous m'avez compris.

LE MAGE. Par contre, ce que, vous, vous n'avez pas compris, c'est que pour vous, pour nous, les ventres pleins comme les ventres vides, la vie est toujours au-dessus de nos moyens.

JULIEN. Pardon ?

LE MAGE. Parce qu'elle ne nous appartient pas.

Il montre l'ascenseur en direction du haut.

JULIEN *(lentement).* Il faut qu'on me la retire pour que j'en voie le prix.

LE MAGE. Ça a toujours été le problème du Paradis. Paradis, ce n'est écrit qu'après la pancarte « Sortie ».

Marie entre comme une trombe.

MARIE *(exaspérée).* Non, c'est pas possible, j'ai vraiment un grelot à la place du cerveau ! Depuis hier, je me dis qu'il serait temps, maintenant, que je pense à des choses importantes, profondes. Au lieu de ça, je fais une fixette sur le mur de ma chambre qui a une tache que j'arrive pas à faire partir. Est-ce que tout le monde ici est aussi conne que moi ?

LE MAGE. Ça se discute.

MARIE. Je sais bien que j'ai le crâne trop étroit pour y laisser rentrer les grandes pensées. Mais tout de même. J'aurais préféré l'avoir carrément plus obtus, voyez, être stupide à ne pas m'en rendre compte. J'ai une sœur comme ça. Bête à ce point, normalement, ça ne parle même pas, ça bouffe du foin. Mais elle, elle cause, elle cause... Rien ne la surprend, rien ne la retient. C'est comme ça qu'il faudrait être. Moi, je suis juste assez intelligente pour être mal à l'aise.

Julien a recommencé à tourner comme un fauve.

JULIEN. Nous sommes tous comme ça.

MARIE. Non, pas ceux qui ont fait des études, ceux qui réfléchissent.

JULIEN. Qu'est-ce qu'ils savent de plus ?

MARIE. Je ne sais pas. Mais quand ils savent, ils savent. Et quand ils ne savent pas, ils savent qu'ils ne savent pas. Ils pataugent pas comme moi. Si j'avais droit à un deuxième tour, c'est ça que je ferais : philosophe. *(Avec nostalgie.)* « Marie Martin, philosophe première classe. » *(Elle rit.)*

JULIEN *(violent).* Être philosophe, est-ce que ça empêche de mourir ?

MARIE. Non, mais ça doit aider à vivre. *(Elle s'approche de l'ascenseur.)* À votre avis, qu'est-ce qu'il y a, là-haut ?

JULIEN. Mais rien.

MARIE. Vous y êtes allé ?

JULIEN. Non.

MARIE. Alors !

JULIEN. C'est la mort. Ça ne vous suffit pas, comme information ?

MARIE. Non, j'ai encore jamais été morte. La mort, c'est le genre de bazar qu'on connaît pas du tout, juste par ouï-dire, et encore, par l'oreille gauche, vu que personne n'en est revenu. *(Au Mage.)* Vous qui faisiez les tables tournantes, ils vous disaient bien des choses, les morts ?

LE MAGE. Bien sûr.

MARIE. Quoi, par exemple ?

LE MAGE *(blasé).* Qu'ils détestaient leur belle-mère, qu'ils étaient amoureux de leur secrétaire, qu'ils avaient raté leur vie, qu'ils aimeraient bien reprendre le piano, le crochet, le tricot... Des idioties.

MARIE. Rien d'autre ?

LE MAGE. Être mort ne vous rend pas plus sage.

MARIE. J'aurais cru. *(Un temps.)* Tout de même, ils ne vous parlaient pas de la façon dont ça se passe là-haut ?

LE MAGE. Non.

MARIE. M'enfin, tout de même, ils vous causaient, ça veut dire qu'ils existaient, enfin je veux dire que, d'une manière, ils étaient pas morts.

LE MAGE. Peut-être...

MARIE. Comment, peut-être ? Ils vous parlaient, oui ou non ?

JULIEN *(avec violence).* Mais ce n'était que son imagination !

MARIE. Évidemment ! C'est avec ça que parlent les morts !

LE MAGE. Parfois, effectivement, j'entendais des voix, des mots au fond de ma tête. Mais cela m'arrive aussi la nuit au cours de mes rêves, comme tout le monde. Ça ne prouve rien.

MARIE. Mmmm... Ça prouve que vous n'étiez pas un vrai mage.

LE MAGE *(avec un sourire).* Qui sait ?

Julien décide de participer à la conversation pour cesser de tourner.

JULIEN. Arrêtez de plaisanter ! Nous savons tous très bien comment ça se passera. Marie, est-ce que vous avez des souvenirs d'avant votre naissance ?

MARIE. Non.

JULIEN. Eh bien, après votre mort, ce sera pareil.

MARIE. C'est-à-dire rien ?

JULIEN. Rien. Absolument rien. Le néant.

MARIE. Minute ! Entre-temps, entre avant moi et après moi, il s'est passé quelque chose : moi ! J'ai existé.

JULIEN. Oui, un match a eu lieu, un match qui aurait dû ne pas avoir lieu et qui a eu lieu quand même, un match idiot, inutile, sans conséquence, une erreur.

MARIE *(méfiante)*. Vous dites ça juste pour moi, ou en général ?

JULIEN. Je le dis pour vous, pour moi, pour le Mage, pour chacun. L'humanité n'est qu'une partie qui finit toujours mal et à laquelle je n'ai pas demandé à participer.

MARIE. Ouais. Vous critiquez parce que vous pensez qu'il n'y a rien là-haut.

JULIEN. Évidemment. Si je n'avais pas été angoissé par l'idée du néant, je me serais peut-être plus accroché aux choses... aux gens aussi. Lorsque j'entamais un projet, je pensais tout de suite : « À quoi bon ? » Pourquoi investir du temps, de l'énergie, pour faire de la poussière... Et lorsqu'une femme me criait : « Je t'aimerai toujours », je songeais encore... à la poussière.

MARIE. Et quand vous bandiez ?

LE MAGE *(choqué)*. Marie ! Voyons !

MARIE. Ben quoi, vous n'avez pas envie de lui poser la question, vous ?

LE MAGE. Si, mais...

MARIE *(à Julien)*. Répondez à la question que le Mage n'ose pas vous poser parce qu'il est bien élevé. Et quand vous...

LE MAGE. Chut !

MARIE. Quand vous... chut... alors... aussi... poussière ?

JULIEN *(riant)*. Non, pas du tout. Avec les femmes, c'est même ce que je faisais le mieux.

MARIE. Forcément, ça dure pas trop longtemps.

LE MAGE. Marie !

MARIE *(tapotant l'épaule de Julien)*. Heureusement pour vous et pour elles que vous aviez des amnésies de... poussière.

JULIEN. Même en marchant dans la rue, je ne croyais pas à la réalité.

Je voyais passer des manteaux, des chapeaux, des chaussures ; les humains, je les vidais de leur chair, je voyais déjà le squelette, je songeais que tout disparaîtrait un jour. J'avais une main, à l'intérieur de moi, qui me retenait d'entrer dans la vie : c'était l'idée de la mort. Si l'on m'avait certifié qu'il y a une vie après la vie, j'aurais changé, sûrement...

LE MAGE. C'est étrange : ce qui vous empêchait d'apprécier la vie, c'était de penser qu'elle se terminait ?

JULIEN *(hésitant)*. Oui...

MARIE *(compatissante, à Julien)*. Mon pauv' monsieur, c'est triste d'avoir faux partout. Vous vous faisiez une mauvaise idée de la vie – que vous connaissiez – à cause de la mort – que vous ne connaissiez pas ?

LE MAGE *(malicieusement)*. L'ombre faisait de l'ombre à la lumière.

MARIE *(concluant, en tapotant l'épaule de Julien).* Je vois : vous avez fait le tour de tout sans être allé nulle part. Dans votre genre, vous êtes aussi conne que moi. Peut-être qu'il y a un jardin, là-haut, comme on nous apprenait lorsqu'on était petits, avec des fleurs, des arbres... Moi, j'aimerais un jardin... et puis au moins je serais sûre qu'on me demandera pas de faire le ménage...

JULIEN. Mais arrêtez. Il n'y a rien ! Rien ! Nous savons bien que la mort est une fin.

MARIE. Ah oui ? Alors dites, monsieur Je-sais-tout, vous aviez prévu que vous vous retrouveriez un jour ici ? Vu le temps que vous avez mis à le comprendre, tout à l'heure, soit vous l'aviez oublié, soit c'était bien imité !

Julien est provisoirement mouché.
Le Président entre en râlant.

LE PRÉSIDENT. J'imagine que tout le monde a été reçu par le Docteur S..., à part moi ?

LE MAGE. Cher Président, personne ne lui a parlé, sinon le nouveau venu, ce qui fut notre cas à tous. Égalité, cher Président, égalité : cela signifie que tout le monde est traité de la même façon, non pas qu'il y a un complot tramé contre vous.

Le Président hausse les épaules et s'assoit.

LE PRÉSIDENT. J'ai dû quitter ma chambre, je ne supporte plus leurs conversations.

JULIEN. À qui ?

LE PRÉSIDENT. Madame la Présidente et mes fils.

JULIEN *(très étonné).* Comment ? Ils se trouvent ici, avec vous ?

LE MAGE *(expliquant à Julien).* Lorsque les pensionnaires retournent dans leur chambre, ils peuvent entendre ce qui se dit, en bas, à l'hôpital, autour de leur lit. Il suffit de se mettre les mains sur les oreilles pour écouter.

MARIE. Vous avez de la chance d'avoir toute votre famille autour de vous.

LE PRÉSIDENT. Bah ! Pour entendre ce que j'entends !

MARIE. De quoi parlent-ils ?

LE PRÉSIDENT *(comme une évidence).* D'argent ! De quoi d'autre ? Ils veulent tout vendre.

MARIE. Vous leur laissez du bien ?

LE PRÉSIDENT *(vexé).* Évidemment ! Pour qui me prenez-vous ?

MARIE *(riant).* Oh, moi, je ne serai pas la plus riche du cimetière !

LE MAGE *(riant aussi).* Moi non plus !

MARIE. J'ai tout bouffé !

LE MAGE. Tout bu ! *(Il rit.)* Je n'ai jamais pu supporter la vision d'un portefeuille plein, je dépensais. *(Regardant le Président.)* Je n'avais pas la mentalité pour devenir riche, pas les ongles assez crochus.

LE PRÉSIDENT *(agressif).* Pourtant, vous êtes malhonnête ! Généralement, on s'enrichit lorsqu'on est malhonnête.

LE MAGE *(avec un sourire).* Ça, vous le savez mieux que moi.

LE PRÉSIDENT *(vexé).* Pardon ?

LE MAGE. Je lis la presse, monsieur le Président Delbec. Je n'ai pas oublié le fameux scandale des fausses factures Delbec.

LE PRÉSIDENT. Pure calomnie !

LE MAGE. Ni « l'étrange attribution des marchés Delbec ».

LE PRÉSIDENT. Ragots politiques ! Et je n'accepte pas d'être tancé par un devin de fête foraine !

LE MAGE. Chez moi, la malhonnêteté est gravée sur la plaque, une profession de foi, loyale, irréprochable. Imaginez tout à coup que je raconte la vérité : « Non, madame, je ne vois pas votre avenir dans les cartes. Vu la figure que vous vous trimballez et l'agressivité avec laquelle vous parlez au moindre bipède chaussé, je suis à peu près certain que vous ne rencontrerez plus jamais l'amour. » Mes clients me paient, mais ils me paient pour quoi ? Pour que je leur fasse plaisir ; pour, en sortant de mon salon, avoir encore envie de vivre, éprouver de l'espoir ce soir et de l'entrain demain. Je suis intègre, moi, monsieur. Si, par hasard, j'ai réellement un pressentiment comme il m'est arrivé parfois en reniflant la mort sur un client, je ne dis rien, absolument rien. Je ne suis que scrupules. Tandis que vous, monsieur le Président, vous prenez l'allure de la respectabilité pour mener vos magouilles et vous enrichir aux dépens des autres.

LE PRÉSIDENT. Je retourne dans ma chambre. Je préfère encore écouter comment mes lavettes de fils veulent dépenser mon argent.

Il sort.

JULIEN. De quoi est-il président ?

LE MAGE. Il est né président. À la crèche, il avait un blazer, une cravate sombre, des lunettes, une raie bien nette dans ses cheveux de nourrisson et il clamait déjà entre deux biberons : Je suis Président. Et ça a marché !

Le Docteur S... revient, suivie de ses deux aides. Marie l'intercepte par le bras et la supplie.

MARIE. Docteur S..., donnez-moi de mes nouvelles.

LE DOCTEUR S... Je vous en donnerai lorsque j'en aurai, madame Martin. Pour l'instant, votre état reste... stationnaire. *(Traversant la pièce pour rejoindre l'autre couloir.)* Excusez-moi.

MARIE. Stationnaire... *(Elle se laisse tomber dans un fauteuil, découragée.)* Ça, ça veut dire que je ne bouge pas, je fais la planche lardée de tuyaux et de bips-bips, je rôtis lentement, je me maintiens dans le pire.

Le Mage lui tapote l'épaule avec gentillesse.

LE MAGE. Allons, du courage. Regardez-moi : ça fait six mois.

MARIE *(sincèrement).* Six mois comme ça, je ne tiendrai pas, faudra qu'on me débranche. *(S'excusant auprès du Mage de sa brutalité.)* C'est pas utile que je reste plus longtemps à attendre. Je suis pas bonne à réfléchir. Faut que j'aie les mains occupées, c'est ça qui me remplit le cerveau. Si j'ai rien à faire, j'ai peur.

Julien s'approche d'elle et s'assoit presque tendrement à ses côtés.

JULIEN. Pourquoi ?

MARIE. Je sais pas. Je me sens en faute. « Est-ce que j'ai le droit de rien foutre comme ça ? » je me dis.

JULIEN. Vous ne vous aimez pas.

MARIE. Vous connaissez quelqu'un qui s'aime, vous ?

Julien et le Mage se posent sincèrement la question avant de répondre.

JULIEN. Non.

LE MAGE. Non.

JULIEN *(un temps).* Je suis sûr que vous avez donné beaucoup d'amour à vos filles.

MARIE. Ben naturellement, c'est dans la nature, ces choses-là. Puis, j'aurais pu en donner plus, de l'amour, si y avait eu plus de monde qui en avait voulu. *(Un temps.)* Ça vient de moi, aussi : je suis meilleure avec les petits qu'avec les grands. Les petits bouts de chou roses, avec leur bouche rigolarde et leurs yeux ronds qui vous dévorent d'amour, je sais toujours quoi leur dire, comment leur faire plaisir, puis les toucher, leur donner les petits bisous, les petites caresses, ce qu'il faut... Avec les grands, je suis pétrifiée. Je sais plus. J'ai l'impression qu'ils vont se rendre compte...

JULIEN. De quoi ?

MARIE. Que je suis pas bien intéressante.

Elle retient une larme avec son mouchoir. Le Mage et Julien respectent sa douleur.

JULIEN *(doucement).* Qui vous a dit que vous n'étiez pas intéressante ?

MARIE. Ch'sais pas. Personne. Mais personne m'a dit le contraire, non plus. C'est surtout ça qui m'a manqué, une gentillesse par-ci, par-là. On peut pas dire que j'aie poussé aux compliments.

Le Président revient, portant son calepin de téléphone à la main.

LE PRÉSIDENT. Non, non, non... Il faut absolument que j'arrête ça. Ils veulent vendre, tout vendre.

JULIEN. Et alors ?

LE PRÉSIDENT. Ce n'est absolument pas le moment de vendre. Le marché est au plus bas. La Bourse déprime. Ils vont me faire perdre de l'argent. Il faut que je donne un coup de fil à ma banque. *(Il sonne à la réception.)* J'exige de parler au Docteur S... Vous entendez ? Je l'exige !

JULIEN *(à Marie).* Ce sont des pensées sublimes comme celles-ci que vous voudriez avoir ?

Marie pouffe.

LE PRÉSIDENT *(continuant à frapper le timbre).* Ce n'est pas parce que mon sang coule dans les veines de ces petits crétins snobs et prétentieux que je vais les laisser dilapider mon capital. D'ailleurs, qu'est-ce qui me prouve seulement qu'ils sont bien mes fils ?

LE MAGE. Ils sont cons, très cons ?

LE PRÉSIDENT. Oui.

LE MAGE. Alors ils sont de vous !

LE PRÉSIDENT *(vexé).* Pardon ?

Etouffant de rage mais incapable de répliquer, le Président cogne le timbre.

Le Docteur S... apparaît, suivie de ses deux assistants. Elle traverse la pièce sans prêter vraiment attention aux hôtes.

LE PRÉSIDENT. Ah, Docteur S... ! *(Elle passe devant lui.)* Docteur S..., je viens de vous sonner !

LE DOCTEUR S... *(sans se retourner).* On ne me sonne pas, monsieur.

LE PRÉSIDENT. Mais j'exige...

LE DOCTEUR S... *(d'un ton sans réplique).* Vous n'avez rien à exiger. Je vous parlerai lorsque votre tour sera venu.

Mouché, le Président se tait. Le Docteur S... est sortie.

Les pensionnaires ont assez apprécié que le Président soit remis à sa place.

Le Mage s'adresse à voix basse à Julien, créant une certaine complicité.

LE MAGE. Vous devriez interroger le Président. Le Président est quelqu'un qui peut tout vous expliquer avec des arguments irréfutables, autrement dit un crétin exhaustif.

JULIEN. Président, venez parmi nous. *(Le Président, pour garder une contenance, les rejoint.)* Peut-être allez-vous pouvoir nous aider... Nous nous demandions ce qui se passerait après la mort.

On comprend que Julien et le Mage partagent une joie mauvaise à se payer la tête du Président.

LE PRÉSIDENT. Eh bien quoi, vous n'avez pas reçu d'éducation religieuse ? Vous n'avez donc rien appris ?

JULIEN. Rien.

LE PRÉSIDENT. Vous monterez au ciel et, là, vous serez jugé en fonction de vos mérites respectifs. Un enfant vous dirait cela. Mes petits-fils, en tout cas.

JULIEN. Et vous, vous ne craignez pas ce moment-là ?

LE PRÉSIDENT. Je m'y suis préparé.

JULIEN. Vous avez la conscience sans tache ?

LE PRÉSIDENT. Évidemment.

LE MAGE. Mais vos petites magouilles d'argent, président Delbec, vous ne craignez pas qu'au moment du Jugement... ?

LE PRÉSIDENT. Il faudrait les prouver, monsieur.

LE MAGE. Écoutez, le secret bancaire suisse ou luxembourgeois, je ne crois pas que, là-haut, cela soit respecté. Hum ? Quarante ans de trafics, de fausses factures ?

LE PRÉSIDENT. Peccadilles.

JULIEN *(ironique).* Vous vous pardonnez.

LE MAGE *(idem).* Il se pardonne.

LE PRÉSIDENT *(montrant le ciel).* Il me pardonnera.

LE MAGE. C'est extraordinaire. J'ai longtemps cru que les personnes qui se confessaient développaient une grande conscience morale, et, au lieu de cela, je m'aperçois que certaines se confessent comme on vomit, pour se décharger et puis recommencer.

Une violente sonnerie retentit. Tous, sauf Julien, ont un mouvement d'effroi.

JULIEN. Que se passe-t-il ?

Le Docteur S... fait irruption, traverse la pièce, constate qu'un voyant lumineux clignote au rouge sur le tableau de bord invisible.

LE MAGE. Un de nous va partir.

JULIEN. Mais où ? En haut ou en bas ?

LE MAGE. On ne l'apprend qu'au dernier moment. Dans l'ascenseur.

Le Docteur S... se retourne vers les hôtes.

LE DOCTEUR S... Pouvez-vous me laisser seule ?

Tous poussent, spontanément, un soupir de soulagement. La sonnerie continue, plus forte, obsédante, angoissante.
Au dernier moment, à l'entrée du couloir A, le Docteur S... retient Marie.

LE DOCTEUR S... Madame Martin, voulez-vous bien rester avec moi ?

Les autres se regardent avec surprise.
Les employés vêtus de blanc entrent. Dans leur langage muet, ils font signe aux pensionnaires non concernés de ne pas rester une seconde de plus.

Le Docteur S... s'approche de Marie qui, légèrement tremblante, sourit quand même.

MARIE. C'est mon tour ?

LE DOCTEUR S... Oui.

MARIE. C'est une bonne nouvelle, j'espère ?

LE DOCTEUR S... Je n'ai pas le droit de vous le dire.

MARIE *(tremblante)*. Pas de nouvelles, bonnes nouvelles.

LE DOCTEUR S... Je vais vous conduire à l'ascenseur.

Le Docteur S... la prend par le bras, l'aidant à entrer dans la cabine.

MARIE. Oui, il faut m'aider parce que j'ai le cœur fragile. *(Un temps.)* C'est amusant, n'est-ce pas, d'avoir le cœur si fatigué ? C'est la seule chose dont je ne me sois jamais vraiment servie.

LE DOCTEUR S... Allons, ne craignez rien.

MARIE. C'est pas fatigué, qu'il faudrait dire dans mon cas, c'est rouillé.

LE DOCTEUR S... Adieu, madame Martin.

MARIE. Adieu, docteur. Et bonne continuation.

Les portes se referment.
Les pensionnaires passent la tête pour savoir ce qu'il va advenir de Marie.
Après quelques secondes, la flèche indique le haut. L'ascenseur monte...
La sonnerie a cessé.
Un temps de silence consterné.

Le Mage, le Président, Julien rentrent progressivement dans la réception, tout en continuant à fixer les deux portes.

Julien est trop choqué pour dire quoi que ce soit.

LE MAGE. Pauvre femme.

LE PRÉSIDENT *(inquiet, au Mage).* Vous qui êtes là depuis longtemps, quand la journée commence comme ça, cela signifie-t-il que tout le monde va partir par le haut ?

LE MAGE. Non.

LE PRÉSIDENT. Tant mieux.

LE MAGE. C'est tout l'effet que ça vous fait, à vous ?

LE PRÉSIDENT *(réfléchissant).* Peut-être même que si ça commence par un client qui monte, cela signifie que le suivant descendra.

LE MAGE. Vous me faites songer à ma tante Zoé qui, tous les matins, lisait avec délectation les décès dans le journal. Chaque fois qu'elle y trouvait quelqu'un de sa génération, elle glapissait joyeusement : « Tiens ! Un de plus ! », comme si voir partir ses contemporains la rendait, elle, plus vivante.

LE PRÉSIDENT *(gaillardement inconscient).* C'est amusant ce que vous me dites, ça me fait exactement le même effet.

LE MAGE. Vous ne pensez qu'à vous !

LE PRÉSIDENT *(haussant les épaules).* Évidemment. À qui d'autre ?

LE MAGE *(indiquant le Président à Julien).* Cher ami, j'ai trouvé l'homme qui s'aime.

Julien, sous le coup de l'angoisse, se met à chercher fébrilement une issue.

JULIEN. Je ne tiendrai pas ici.

Le Docteur S... regarde une nouvelle lumière s'allumer sur le tableau de bord. Elle se tourne vers ses assistants.

LE DOCTEUR S... Quelqu'un arrive.

LE MAGE. Oh, un nouveau ! Quelle chance !

LE DOCTEUR S... *(à ses assistants).* Restez ici. Je vais chercher son dossier.

Elle sort.

Julien, surpris par cette diversion, cesse de tourner et regarde l'ascenseur.

Le Mage et le Président s'installent dans les sièges, comme au théâtre.

Ils attendent.

Le terrible bruit d'aspiration cyclonique que l'on a entendu avant l'arrivée de Julien recommence. Il grandit, s'épanouit. Lorsqu'il est à la limite de l'insoutenable, il baisse subitement. Tintement. Les portes s'ouvrent.

Une charmante jeune fille blonde se tient dans la cabine. Nullement surprise, elle sourit.

Elle a quelque chose d'une apparition, comme la Vénus de Botticelli sortant des eaux nacrées.

Julien semble fasciné.

Elle descend légèrement de l'ascenseur. Elle sourit aux pensionnaires et au personnel.

LAURA. Bonjour.

Le Mage se lève pour l'accueillir.

LE MAGE. Bonjour. N'ayez pas peur.

LAURA *(éclatant de rire).* Pourquoi voulez-vous que j'aie peur ?

LE MAGE. Je vous présente Julien...

Laura regarde Julien avec intérêt. Julien détourne brusquement son regard, comme s'il tenait volontairement à rompre l'enchantement.

LE MAGE. Monsieur le Président... euh... *(faisant semblant de chercher)...* le Président...

LE PRÉSIDENT. Delbec !

LE MAGE *(jouant les sourds).* Pardon ?

LE PRÉSIDENT *(criant).)* Delbec !

LE MAGE. Et moi-même, Mage Radjapour.

LAURA. Je suis ravie d'être ici.

Ils marquent leur étonnement.

LE PRÉSIDENT. Où croyez-vous être, malheureuse ?

LAURA *(avec un petit rire).* Le simple fait de pouvoir marcher normalement, sans appareils, sans crispations, sans douleurs, suffit à me renseigner. Et puis, être débarrassée de tous ces tuyaux, ces sondes, ces cathéters... *(Elle esquisse un petit pas de danse.)* J'ai envie de danser.

LE MAGE *(aux deux autres).* La pauvre enfant, j'ai peur qu'elle croie être morte.

Le Docteur S... entre et sourit en la voyant.

LE DOCTEUR S... Bonjour, Laura.

LAURA. Bonjour, Docteur S...

Etonnement des pensionnaires. Julien fait un pas vers elle.

JULIEN. Comment ? Vous vous connaissez ?

LE DOCTEUR S... Laura a déjà fait un séjour ici.

LAURA. J'ai même failli en faire deux. La première fois, au moment où j'ai perdu connaissance, j'ai quitté mon corps et emprunté le couloir en spirale. J'étais légère, légère, et je montais, en rotation, comme aspirée, vers une lumière que je distinguais mal ; seulement, je suis redescendue juste avant d'arriver au palier éblouissant.

LE DOCTEUR S... Oui, ça n'avait été qu'un profond évanouissement.

LAURA. La deuxième fois, j'ai passé trois jours ici. Cette fois-ci...

LE DOCTEUR S... Nous verrons.

Julien ne peut pas résister à la curiosité.

JULIEN. Êtes-vous gravement malade ?

LAURA *(sans aucun pathos).* La santé n'est pas mon fort.

Ils se regardent. Julien détourne de nouveau la tête.

LE DOCTEUR S... Laura, pouvons-nous aller dans votre chambre ?

LAURA. Oh, non !

LE DOCTEUR S... Je dois vous dire des choses très confidentielles.

LAURA. Ma santé n'a rien de confidentiel. Depuis l'enfance, je suis habituée à ce qu'on en parle, qu'on tienne des conférences autour de mon lit ou de mon fauteuil, qu'on publie des bulletins, que tout le monde s'en occupe. C'est peut-être pour ça que je m'y intéresse si peu et que je n'en parle jamais...

LE DOCTEUR S... *(insistant).* Laura, s'il vous plaît, allons dans votre chambre.

LAURA *(doucement ferme).* Non. Qu'avez-vous à m'apprendre ? Que mon cœur ne bat presque plus ? Qu'il menace maintenant de s'arrêter si on ne me greffe pas immédiatement ? Je le sais déjà. Que je dépends de la bonne volonté du hasard, qu'il faut que quelqu'un meure rapidement, brusquement et proprement pour que je lui vole son cœur ? Je le sais aussi.

LE DOCTEUR S... *(avec un sourire).* Vous n'avez pas changé.

LAURA. Pourquoi voulez-vous que je prenne un air grave lorsqu'on me parle de ma santé ? Ce serait irrespirable. Advienne ce qui arrivera.

LE DOCTEUR S... À tout à l'heure, ma petite Laura.

LE PRÉSIDENT *(se levant).* Docteur, est-il possible que je...

LE DOCTEUR S... Non.

Le Docteur sort, suivie de ses assistants.

LE MAGE. L'égalité, mon cher, l'égalité.

LE PRÉSIDENT. Jamais rien connu de si humiliant.

LAURA *(se tournant vers Julien).* Qu'est-ce que vous aimez faire dans la vie ?

JULIEN *(surpris).* Euh... je ne sais pas... Et vous ?

LAURA. C'est décevant comme réponse.

JULIEN *(se refermant).* Je suis un homme décevant.

Et il part s'isoler dans un coin du hall.
Elle se retourne légèrement vers le Mage et le Président.

LAURA. Qu'est-ce que vous faisiez avant que j'arrive ?

LE MAGE. Comme d'habitude... on disait du mal les uns des autres, on mordait un peu pour se faire les dents.

LAURA. On continue ?

LE MAGE. On ne vous connaît pas encore assez pour bien dire du mal de vous.

LAURA. J'ai une idée.

LE MAGE. Dites.

LAURA. Vous allez être choqués.

LE MAGE. Dites.

LAURA. Voici : j'aimerais bien que l'un de vous me fasse un peu la cour.

LE PRÉSIDENT. Ridicule !

LAURA. Vous ne voulez pas ? Juste pour rire... Vous comprenez, à cause de ma santé, les garçons n'ont jamais été entreprenants avec moi. Alors qu'ici... puisque rien n'est réel... puisque rien ne dure... vous pourriez peut-être faire semblant.

JULIEN. Semblant de quoi ?

LAURA. Moi, je fais semblant d'être normale – regardez, je peux bouger, tourner sur moi, danser – et vous *(au Mage)*, vous *(au Président)* ou vous *(à Julien)*, vous faites semblant d'avoir un flirt avec moi. Oh, s'il vous plaît, dites oui !

LE PRÉSIDENT. Non.

LAURA. Juste pour rire.

LE MAGE. D'accord. Je vais vous faire un brin de cour.

LAURA. Un brin ?

LE MAGE. Un baobab.

Laura s'assoit, ravie.

Le Mage s'approche de Julien et lui glisse à voix basse, très rapidement.

LE MAGE. Faites-le, vous. J'ai la nette impression qu'elle préférerait un brin de votre cour à mon baobab.

JULIEN. Ne comptez pas sur moi.

LE MAGE. C'est elle qui compte sur vous.

JULIEN. Je ne veux pas.

LE MAGE. Pourquoi ? Vous ne savez pas ?

JULIEN. Je connais tous ces mots-là par cœur, je les ai vomis cent mille fois, j'en suis malade d'avance.

LE MAGE. Pour lui faire plaisir.

JULIEN. À quoi bon ?

LE MAGE. Alors quand vous devez faire la cour à quelqu'un pour vous faire plaisir, vous trouvez les mots ; mais lorsqu'il s'agit de faire plaisir à quelqu'un d'autre, vous n'êtes plus là.

Julien se renferme sur lui-même, sans répliquer.

Le Mage s'approche de Laura et s'assoit à côté d'elle.

LE MAGE. Dites-moi, mon enfant, je commence par la lune, les étoiles, les fleurs, les animaux, ou bien je passe directement à vous ?

LAURA. Moi, directement.

LE MAGE. Soit.

Il se racle la gorge, cherche quelque chose à dire, mais ne trouve pas. Gêné, il se racle de nouveau la gorge. On voit qu'il voudrait se lancer dans un discours lyrique qui lui échappe. Il ne cesse de croiser et décroiser ses jambes.

Le Président le regarde de manière goguenarde. Julien hausse les épaules.

Le Mage réessaie une troisième fois, mais l'inspiration n'est toujours pas au rendez-vous.

LAURA *(concluant)*. Oh, comme vous la mimez bien !

LE MAGE *(surpris)*. Quoi ?

LAURA. La gêne.

Le Mage a un regard de triomphe pour le Président et Julien.

Encouragé, il tente à nouveau de bredouiller un compliment mais il demeure bouche ouverte, muet. Laura le félicite avec chaleur.

LAURA. Oui, c'est bien.

LE MAGE *(gêné).* Je ne fais pas semblant.

LAURA *(appréciant).* Ah oui, c'est bien.

LE MAGE *(insistant à voix basse).* Je ne fais pas semblant.

LAURA. Oui, oui, c'est totalement grisant. Vous savez, pour moi, c'est la première fois.

Le Mage a un regard de triomphe pour les deux autres qui haussent les épaules.

LAURA. Encore !

Le Mage, assez minablement, ne trouve qu'un terrible lieu commun.

LE MAGE. Vous êtes très jolie, mademoiselle.

LAURA. Oh, mais vous aussi, vous êtes très joli.

Le Président et Julien éclatent de rire, avec une méchanceté jubilante.

Le Mage se tourne vers eux, furieux.

LE MAGE. Vous n'avez pas autre chose à faire ? Ailleurs ?

Laura le calme en lui attrapant doucement la main.

LAURA. Vous la mimez bien aussi.

LE MAGE. Quoi donc ?

LAURA. La bêtise. On devient toujours bête quand on est amoureux.

Le Mage a de nouveau un regard de triomphe vers les deux autres.
Le Docteur S... entre.

LE DOCTEUR S... Laura, messieurs, je voudrais maintenant que vous me laissiez seule avec...

LAURA. C'est tout à fait hors de question. Le Mage vient de me demander en mariage. N'est-ce pas ?

LE DOCTEUR S... Laura, je suis sérieuse.

LAURA. Mais moi aussi. *(Soudain triste.)* Enfin, j'aimerais bien.

LE DOCTEUR S... Je dois parler à Julien.

Julien a un frisson de peur. Les autres s'éloignent, respectueux.
Laura se dirige docilement vers le couloir A. En passant devant Julien, elle ne peut s'empêcher de lui parler.

LAURA. Vous avez bien fait de refuser ce jeu. Sur terre, je serais sans doute tombée folle amoureuse de vous.

Et, sans lui laisser le temps de réagir, elle sort pour rejoindre le Mage.

LE DOCTEUR S... Julien, vous venez d'entrer en salle d'opération. L'équipe détecte plusieurs hémorragies internes.

JULIEN. Je vais m'en remettre ?

LE DOCTEUR S... Ils font tout pour. *(Un temps.)* Vous passez un moment très difficile.

JULIEN. Pourquoi me dites-vous cela ?

LE DOCTEUR S... Pour ne pas vous le cacher.

Elle va pour sortir.

JULIEN. Comment ? C'est tout ?

LE DOCTEUR S... C'est assez, non ?

Elle sort, laissant Julien seul, englué dans une douloureuse angoisse.
Laura apparaît à la porte du couloir et le regarde, devinant ses pensées. Elle lui parle avec simplicité, sans aucune coquetterie.

LAURA. N'ayez pas peur.

JULIEN *(agressif)*. Je voudrais vous y voir !

LAURA. Mais vous m'y voyez.

JULIEN *(comprenant)*. Excusez-moi. *(Avec un sourire contraint :)* Rien de plus commun que de se croire unique.

LAURA. Si vous étiez obligé de voyager dans une malle, préféreriez-vous que la malle soit piquée de clous ou garnie de satin ?

JULIEN. Satin.

LAURA. Alors n'ayez pas peur. Puisque de toute façon vous ne savez pas ce qui va vous arriver, préférez le satin aux clous. Soyez confiant.

JULIEN. Avez-vous une idée de ce qu'il y a au-dessus ?

LAURA. J'ai de l'espoir.

JULIEN *(découragé).* Comment peut-on être aussi optimiste ?

LAURA. Quand on ne peut pas faire autrement. Je me suis habituée à mettre de l'énergie partout, sans doute parce que je n'en ai pas dans mes muscles. J'aime la vie d'un amour non réciproque, mais d'amour fou. J'aime la mort aussi.

Julien n'ose pas s'avouer qu'il est assez troublé par elle.

JULIEN. Vous devez plaire aux hommes.

LAURA. Non, je leur fais peur, aux hommes. On ne peut pas imaginer qu'un garçon sérieux tombe amoureux de moi. Tout le monde sait que je n'en ai pas pour longtemps à vivre. Tout le monde sait que je ne pourrai sans doute pas porter un enfant, ni le mettre au monde. Sur terre, je suis un simulacre de femme, un fantôme. Je n'offre pas d'avenir. Là-bas, ils vivent comme s'ils étaient immortels : ils n'aiment pas, ils investissent.

JULIEN. Je ne vous crois pas.

LAURA. Un jeune homme, une fois, m'a fait la cour. Il me téléphonait, il me rendait visite, il m'envoyait des fleurs, il me disait que j'étais la femme la plus importante de sa vie. J'ai presque failli le croire. Puis une amie m'a révélé son histoire : la sœur jumelle de ce garçon était morte de maladie quelques années avant, il n'arrivait pas à en faire le deuil, il voulait réparer. Vous comprenez ? À travers moi, c'est à une autre qu'il s'adressait. J'étais transparente. *(Un temps.)*

J'ai refusé de le recevoir. *(Un temps.)* Et le pire est que ça le rendait très malheureux.

JULIEN. Et maintenant ?

LAURA. Il est marié avec une jeune femme normale, il attend un bébé et nage dans le bonheur. Son amour pour moi faisait simplement partie de son deuil. *(Un temps.)* Je hais la pitié ! Je ne veux pas la pitié ! Je suis salie par la pitié ! *(Un temps.)* Croyez-vous que je sois trop orgueilleuse ?

La sonnerie retentit. Le tableau clignote.
Julien et Laura ont un sursaut de surprise.
Le Docteur S... et ses deux assistants accourent. Elle jauge la situation puis se tourne vers Julien.

LE DOCTEUR S... Julien, c'est votre tour.

Julien est pris de panique. Son sang le quitte. Une peur animale le fige.

JULIEN. Moi ?

LE DOCTEUR S... Oui. Venez vers l'ascenseur.

Julien ne bouge pas.
Les deux assistants l'encadrent et l'emmènent vers l'ascenseur. Le Docteur S... lui pose la main sur l'épaule pour l'apaiser. Mais Julien ne peut supporter cette sonnerie stridente ni cette absurde attente. Il tremble.

JULIEN *(pour lui)*. Je vais mourir. Je suis persuadé que je vais mourir.

Il se dégage soudain de l'étreinte du Docteur S... et se tourne vers Laura comme on cherche une issue.

JULIEN. J'ai peur.

LAURA. Il ne faut pas. Moi, je n'ai jamais peur.

JULIEN. J'ai peur. Laura ! Parlez-moi !

LAURA. Qu'est-ce que vous voulez que je vous dise ?

JULIEN *(fiévreux).* Parlez-moi de vous. Vite, de vous ! Dépêchez-vous, je n'ai plus qu'une minute. Où habitez-vous ?

LAURA *(répondant avec la même urgence).* Une grande maison au bord de la mer, avec des fenêtres aussi larges que l'horizon.

JULIEN. Il y a une plage ?

LAURA. Oui, longue, blanche et bleue. J'adore qu'on me promène longuement sur l'allée de la plage.

JULIEN. Et puis ? Qu'aimez-vous faire ?

LAURA. Rêver. Écouter de la musique. Et en écoutant la musique, écouter le silence autour.

JULIEN. Et puis ?

LAURA. Et puis lire, voracement, pour vivre toutes les vies que je ne vivrai pas.

JULIEN. Et puis ?

LAURA. Et puis il me semble... que j'aimerais être amoureuse.

JULIEN *(avec angoisse).* Oh, moi aussi. *(Soudain, en la regardant, il s'exclame avec feu et franchise :)* Vous êtes belle !

LAURA *(inquiète).* Pourquoi me dites-vous ça ?

La sonnerie retentit mais l'ascenseur n'est toujours pas arrivé. Julien profite de ses derniers instants.

JULIEN. Parce que je le pense depuis que je vous ai vue mais que je ne m'étais pas donné la peine de vous le dire. *(Avec fièvre :)* Lorsque les portes de l'ascenseur vous ont laissée apparaître, je vous ai trouvée étonnante, étrange, magnifique, comme une perle d'huître sauvage. J'ai pensé : Je ne suis pas beau mais quelle importance puisqu'elle est belle pour deux ?

LAURA. Taisez-vous.

JULIEN. Puis le Docteur S... vous a appelée Laura, deux syllabes simples comme bonjour, « bonjour, Laura », deux notes qui demandent à la bouche de prendre la forme d'un baiser. J'ai pensé : Je ne suis que Julien mais quelle importance puisqu'elle est musicale pour deux ?

LAURA. Taisez-vous.

JULIEN *(reprenant de l'assurance sans s'en rendre compte)*. Ensuite, je vous ai écoutée tenir tête au Docteur S..., on aurait dit une figure de proue qui, souriante, affrontait les embruns, l'écume et la tempête. J'ai pensé : Je ne suis pas courageux mais quelle importance puisqu'elle est brave pour deux ?

LAURA. Taisez-vous.

JULIEN. Et sitôt que j'ai aperçu toute cette force, j'ai senti sa faiblesse aussi, la faiblesse qui vient de la tension de la force, de cette force qui peut se briser tout d'un coup, alors je me suis dit que vous aviez peut-être besoin d'une main. *(Souriant.)* Dans une autre vie, une vie que je ne raterais pas, j'aurais deux mains à votre service.

Voilà ce que je ne vous ai pas dit. Et, à cet instant même, il y a encore des choses que je ne vous dis pas : que je voudrais être avec vous dans la grande maison au bord de la mer, écouter avec vous la musique et le silence, et vous faire lire un peu moins pour vous faire vivre un peu plus.

LAURA. Taisez-vous.

JULIEN. Parce que soudain, là, en face de vous, je me sens pris d'une fièvre, une fièvre fulgurante, une fièvre qui me donne de l'air, de l'appétit, de l'enthousiasme, une fièvre à soulever la Terre, à vous rendre vos jambes, à vous broyer entre mes bras, à faire sonner pleines toutes les heures, à écarter la mort, à... *(un temps)*... c'est curieux, je n'ai presque plus peur.

La sonnerie s'arrête. Le silence est brutal.
Julien et Laura demeurent stupéfaits, déconcertés.
Le Docteur S... revient calmement vers Julien.

LE DOCTEUR S... C'était une fausse alerte. Votre heure n'est pas encore venue. Ce sont des choses qui arrivent parfois. Rarement. Un incident a dû se produire pendant votre opération.

Julien et Laura sont encore plus accablés.

LE DOCTEUR S... Je vous laisse.

Julien et Laura restent un instant immobiles, comme épinglés par le destin.

Le Docteur S... se retourne au moment de sortir, réfléchit, et finit par dire.

LE DOCTEUR S... Je suis désolée de ce malentendu.

Elle pense avoir dit ce qu'il fallait et sort.
Julien et Laura se regardent, pétrifiés.

JULIEN *(en écho).* Désolée...

Il éclate d'un rire nerveux. Il en est comme secoué. Laura s'en inquiète. Il a l'air fou.

LAURA. Julien !

JULIEN *(hystérique).* Désolée ! Désolée ! Un malentendu !

Il se jette avec rage sur les fauteuils et les renverse. Il a besoin d'exprimer la violence qui l'habite. Il met la pièce à sac.
Puis il se laisse tomber par terre, les épaules secouées par des sanglots nerveux.

JULIEN. Trop tard. Je l'ai dit. C'est trop tard.

LAURA *(doucement).* Quoi donc ?

JULIEN. Que je t'aime !

LAURA *(paniquée).* Non, tu ne l'as pas dit !

JULIEN. Si ! Si !

LAURA. Non, tu n'as parlé que des choses concrètes, de détails, tu voulais vivre dans une grande maison au bord de la mer, écouter de la musique, non...

JULIEN. Si ! Ces mots-là, mes lèvres les ont prononcés cent fois toutes seules, comme un exercice qui appartient à la gymnastique du sexe, mais, pour la première fois, là, je les ai sentis passer : ça brûle.

LAURA *(frissonnante, luttant contre son émotion).* Tu n'as rien dit.

JULIEN. Je l'ai dit. Je te le dis.

Il la regarde intensément. Il se relève, s'approche et l'embrasse doucement. Elle frémit sous ce baiser. Elle l'interrompt pour demander :

LAURA. Tu n'as pas pitié, n'est-ce pas ?

JULIEN. Pas une seconde.

Ils s'embrassent encore. Elle s'abandonne contre lui.

LAURA *(les larmes aux yeux).* C'est injuste. Jusqu'ici, je n'avais jamais eu peur, et maintenant j'ai si peur.

JULIEN. Peur de quoi ?

LAURA. Peur de te perdre.

Le Mage revient et les surprend enlacés.

LE MAGE. Oh, désolé...

JULIEN *(joyeusement).* Décidément, depuis que tout va bien, tout le monde est désolé.

LE MAGE *(à Laura).* Quelle déception ! Moi qui pensais vous avoir fait une cour brillante !

Ils rient tous les trois.
Le Docteur S... apparaît.

LE DOCTEUR S... Je voudrais parler à Julien.

LAURA *(inquiète).* Ne me le prenez pas.

Le Docteur S... sourit gentiment à Laura.

LAURA *(impérieuse).* Il reste ici. Moi aussi. Plus personne n'a envie de guérir.

Le Mage la prend doucement par le bras.

LE MAGE. Bon, je reprends mon emploi : confident. C'est habituellement mon rôle dans les histoires d'amour. *(Ironique.)* Sans doute dû à mon physique avantageux.

Ils sortent.
Le Docteur S... s'approche de Julien.

LE DOCTEUR S... Je sais ce qui s'est passé. Pendant un instant, vous avez failli sortir du coma.

JULIEN *(souriant).* Oui. C'est bien ce qui s'est passé. Le brouillard s'est dissipé. *(Soudain.)* Et Laura ?

LE DOCTEUR S... Je ne peux rien dire.

JULIEN. Qu'en pensent-ils, là-bas ?

LE DOCTEUR S... Il faut qu'on trouve un cœur à lui greffer. C'est la dernière solution.

JULIEN. Y a-t-il une chance ?

LE DOCTEUR S... « Chance » est le mot. Il faut que quelqu'un meure pour qu'elle vive. Quelqu'un qu'on amène à l'hôpital Saint-Louis. Et cela dans les heures qui viennent.

JULIEN. Et vous ne savez pas ?

LE DOCTEUR S... Je ne sais jamais qui va mourir maintenant ou demain.

JULIEN. Mais on vous informe ?

LE DOCTEUR S... *(avec malice).* On ?

JULIEN. Oui, Dieu, le Diable ou le Destin, que sais-je ? Il y a bien un Grand Livre où tout est écrit. *(Presque violent.)* Qu'y a-t-il dans vos dossiers ?

LE DOCTEUR S... *(les gardant contre elle).* Des éléments.

JULIEN. Alors !

LE DOCTEUR S... Juste quelques éléments. Votre nature. Votre santé. Votre histoire. Mais pas vos choix. *(Soudain plus précise :)* Vous arrivez au monde chargés de données, alourdis d'une hérédité, d'une famille, d'un milieu, attachés à un village, un pays, une langue, une époque, tout vous distingue, tout vous sépare, tout vous différencie, mais une seule chose, une seule, vous rend identiques : vous êtes libres. Libres, comprenez-vous ? Libres d'abîmer votre corps, libres de vous ouvrir les veines, libres de ne pas guérir d'un chagrin d'amour, libres de vous laisser pourrir dans votre passé, libres de devenir héroïques, libres de prendre de mauvaises décisions, libres de rater votre vie ou de hâter votre mort. Croyez-moi, il n'y a pas de Grand Livre du Destin, seulement quelques indications sur une fiche. Des données. Ce qu'on ne peut pas calculer, c'est votre liberté.

JULIEN. Qu'est-ce que vous me chantez ! Je ne vois pas bien ce que Laura pourrait choisir. Elle est née avec un organisme qui ne fonctionne pas.

LE DOCTEUR S... Elle pouvait choisir de ne pas le supporter, de jouer les malades, plonger dans la dépression et, très vite, s'enfoncer dans la mort. Elle a choisi d'aimer la vie quand même, d'être joyeuse, légère, amoureuse de tout. Sa naissance l'avait mise dans l'ombre, elle a préféré la lumière. Toute personne qui a croisé Laura se souvient d'elle comme d'un soleil.

JULIEN. Je l'aime.

Le Docteur S... se dirige vers le couloir V puis se retourne gentiment vers Julien.

LE DOCTEUR S... Je l'avais compris.

JULIEN. C'est idiot, n'est-ce pas ?

LE DOCTEUR S... D'aimer ? Jamais. *(Un temps.)* Par contre, vous devez, par honnêteté, vous demander si vous aimez réellement Laura... ou bien si vous n'en êtes tombé amoureux que parce que c'était impossible.

Julien demeure foudroyé par cette remarque.

LE DOCTEUR S... Je vais la voir. Laissez-la-moi quelques instants.

Elle sort par le couloir A.
Le Président la croise et la voit disparaître.

LE PRÉSIDENT. Naturellement, le Docteur S... s'en va lorsque j'arrive !

Il se laisse à son tour tomber dans un fauteuil, devant Julien. Il semble subitement perplexe.

LE PRÉSIDENT. Je me demande si je ne me suis pas totalement trompé.

JULIEN *(dans sa pensée)*. Moi aussi.

LE PRÉSIDENT. On parle, on croit distribuer les bonnes cartes et l'on se reçoit brutalement le jeu dans la figure.

JULIEN. Oui.

LE PRÉSIDENT. J'ai fait fausse route.

JULIEN *(réagissant soudain).* Quoi ? Même vous ? *(Presque amusé.)* Une épidémie de remises en question contamine cet hôtel.

LE PRÉSIDENT. Mon jeune ami, seuls les crétins ne changent pas d'avis. Et croyez-moi : j'en ai bien connu.

JULIEN. Je n'en doute pas.

LE PRÉSIDENT *(poursuivant sa pensée).* Je n'aurais jamais dû déclarer que je faisais partie du Panther's Club. Le Docteur S... a dû vouloir y entrer un jour et mes collègues n'ont pas accepté ce petit professeur d'une clinique de banlieue. Depuis que j'ai prononcé le mot « Panther's Club », il me regarde de travers. Il me fait payer son échec.

JULIEN. Monsieur le Président, soyez sérieux : croyez-vous vraiment qu'on se soucie du Panther's Club ici ?

LE PRÉSIDENT *(sans douter une seconde).* Évidemment. Tout le monde voudrait faire partie du Panther's Club. Je ne connais personne qui n'ait un jour fait des pieds et des mains pour entrer au Panther's Club.

JULIEN *(se levant).* Monsieur le Président, je n'ai jamais rêvé d'entrer au Panther's Club.

LE PRÉSIDENT *(choqué).* Ah ?

JULIEN. Jamais. Et je n'en rêverai jamais.

LE PRÉSIDENT *(comprenant soudain).* J'y suis ! Vous préférez l'Otary's Club !

JULIEN. Non.

LE PRÉSIDENT. Je vous dis que le Docteur S... s'est définitivement fermé lorsque je me suis réclamé du Panther's Club.

JULIEN. Monsieur le Président, avez-vous compris ce que fait le Docteur S... du matin au soir ? Diriger les êtres humains vers la vie ou la mort ? Passer les destins.

LE PRÉSIDENT *(éclatant de rire).* Non ? Vous avez cru la petite théorie de ce Mage Radjapour sur l'endroit où nous nous trouvons ?

JULIEN. Euh... oui.

LE PRÉSIDENT *(riant).* Un lieu entre la Terre et le ciel, où nous attendrions que notre sort se décide ? Vivre ou mourir ? Par l'ascenseur ? Un hôtel entre deux mondes ?

JULIEN. Oui.

LE PRÉSIDENT *(riant).* Quelle naïveté !

JULIEN. Pourtant, lorsque je suis arrivé, j'ai cru que vous aussi vous ajoutiez foi à cette...

LE PRÉSIDENT. Je fais semblant. L'enturbanné le croit. Les pensionnaires le croient. Le Docteur S... les laisse croire pour pouvoir continuer son travail. Moi-même, je ferai semblant jusqu'au bout. Il ne faut pas les contrarier.

JULIEN. Alors où sommes-nous, selon vous ?

LE PRÉSIDENT. Dans un asile d'aliénés.

JULIEN. Ah ?

LE PRÉSIDENT. C'est évident. Il n'y a que des fous ici.

Julien ouvre les bras, amusé.

JULIEN. Et qu'est-ce que vous y faites ?

LE PRÉSIDENT. Une erreur d'aiguillage. Après ma chute, l'ambulance qui m'a emporté a dû se tromper de service. C'est ce que je me tue à répéter depuis deux jours au Docteur S...

JULIEN. Et comment expliquez-vous que je ne souffre pas de mon entorse ? Que Laura puisse tourner, virer, elle qui ne se déplace d'ordinaire qu'en fauteuil ?

LE PRÉSIDENT. Les pouvoirs de l'autosuggestion.

JULIEN. Et que, dans votre chambre, vous entendiez converser votre épouse et vos fils ?

LE PRÉSIDENT. Effectivement, ça, c'est étrange... Mais il doit y avoir une explication.

JULIEN. L'explication, c'est justement ce que vous niez.

LE PRÉSIDENT. Allons, mon jeune ami, soyons sérieux. Un tel endroit est totalement impossible. Il n'est mentionné nulle part. Si vous aviez fait vos études religieuses, vous le sauriez comme moi : nous montons directement devant Dieu.

JULIEN. Peut-être que votre Dieu n'est qu'à l'étape suivante...

LE PRÉSIDENT. Ineptie. Ce n'est pas dans les textes.

JULIEN. Regardez bien autour de vous, cet ascenseur, cette réception, ces...

LE PRÉSIDENT. Tout ça n'existe pas. Je suis formel, tout ça n'existe pas.

JULIEN. Moi non plus je n'existe pas ?

LE PRÉSIDENT *(sur son élan de mauvaise foi).* Évidemment ! Je suis formel !

JULIEN. Comment pouvez-vous nier ce qui vous entoure ! Je suis là, vous êtes là, nous sommes là. Comment faut-il vous conjuguer la réalité ? Comment pouvez-vous passer à côté des choses et des gens sans les voir ?

LE PRÉSIDENT. Mais très simplement, mon cher, c'est une question d'éducation : cela s'appelle avoir des convictions.

JULIEN. Monsieur le Président, vous vous rendez tout de même compte que quelque chose vous échappe.

LE PRÉSIDENT. Naturellement. Mais, mon jeune ami, lorsque quelque chose nous échappe, à quoi devons-nous nous accrocher ? À nos convictions.

JULIEN. Finalement, vous êtes plus sûr de vos convictions que de ce que vous voyez.

LE PRÉSIDENT. Naturellement, mon jeune ami. Le chemin est obscur, brouillé, confus, c'est pour cela que nous avons nos convictions, comme un bâton et une lanterne pour nous conduire. Sinon, à quoi cela servirait-il ? Vous raisonnez trop.

JULIEN *(exaspéré).* Et vous, vous raisonnez comme un tambour. Ça sonne parce que c'est creux.

LE PRÉSIDENT *(choqué).* Pardon ?

JULIEN *(répétant comme le Mage).* C'est creux !

LE PRÉSIDENT *(haussant les épaules).* Pffuit... Quelle muflerie ! M'étonne pas que vous préfériez l'Otary's.

Le Mage entre, tenant Laura à son bras. Ils rient. Ils ont l'air très joyeux.

LAURA *(au Mage).* Quel dommage que vous n'ayez pas été là, la dernière fois.

LE MAGE. J'espère que vous allez rester longtemps parmi nous.

LAURA *(regardant Julien).* Je l'espère aussi.

Julien se lève. Lui et Laura s'approchent lentement l'un de l'autre et se regardent.

Le Président, agacé, sort. On entend claquer la porte de sa chambre.

JULIEN. C'est plus difficile, maintenant.

LAURA. Oui.

JULIEN. Je ne sais plus trop quoi dire.

LAURA. Oui.

Julien, se sentant observé, se retourne vers le Mage.

JULIEN. Nous ne vous dérangeons pas, au moins ?

LE MAGE. Ah, mais pas du tout. Vraiment, pas une seconde. *(Il déplie son journal.)* Je vais en profiter pour lire mon journal.

LAURA. Laisse-le. C'est un doux.

Ils se regardent de nouveau.

JULIEN. C'est un amour sans avenir.

LAURA. L'avenir ne compte pas.

JULIEN *(tendrement).* Tu as raison.

Ils se regardent, ils se touchent les mains.

LAURA. Voilà, on y arrive, on n'a plus besoin de parler.

Le Président déboule, furieux comme à son habitude, et fonce sur le Mage. Il lui arrache le journal des mains.

LE PRÉSIDENT. Voulez-vous bien me passer la page boursière !

Il arrache le feuillet et laisse tomber le reste par terre.

LE MAGE *(ironiquement).* Je vous en prie, faites.

LE PRÉSIDENT *(cherchant dans les colonnes).* Mon crétin de fils aîné prétend que les actions Robina ont baissé ! *(Il trouve la ligne et s'exclame :)* Mais c'est le même journal qu'hier !

LE MAGE. Naturellement. Et qu'avant-hier. Je l'avais lors de mon arrivée, il y a six mois. Je le lis tous les jours.

LE PRÉSIDENT. C'est idiot.

LE MAGE. Tttt... ttt... vous parlez sans savoir... mais moi qui désormais le connais par cœur, je peux vous l'assurer : *Le Républicain indépendant* du 12 avril, on n'a jamais fait mieux !

LE PRÉSIDENT. Comment pouvez-vous relire continuellement le même journal ?

LE MAGE. Je ne prétends pas éprouver chaque fois une réelle sensation de surprise, mais de l'intérêt, oui, beaucoup d'intérêt pour ce qui arrive à cette pauvre femme de cent quatre-vingts kilos qui vient de perdre son travail pour surpoids et qui a six enfants à élever. Chaque jour je me demande : avec quoi va-t-elle désormais les nourrir ? Et ce cher Premier ministre, dont le parti vient de perdre les élections, chaque jour je m'inquiète : comment va-t-il faire pour gouverner ?

LE PRÉSIDENT. Ah, ça, c'est déjà de l'histoire ancienne, je peux vous le dire. Figurez-vous que...

LE MAGE. Non, s'il vous plaît. Si vous me donnez la réponse aujourd'hui, comment voulez-vous que demain je me pose encore la question ?

LE PRÉSIDENT. Enfin, vous vouliez avoir les informations...

LE MAGE. Je n'aime pas les informations, sinon je ne lirais pas les journaux. J'aime le suspense, j'aime le feuilleton de la vie, j'aime me demander ce qui se passera demain, j'aime imaginer que quelque chose est en train de se produire. Si je voulais apprendre, je lirais des livres d'histoire.

LE PRÉSIDENT. Non, mais vous êtes fou !

LE MAGE. Si vous incarnez la raison, je veux bien prendre le rôle du fou.

LE PRÉSIDENT *(vexé)*. Pardon ?

LE MAGE. C'est affligeant de constater à quel point vous manquez de repartie. Tout ce que vous trouvez à répondre lorsque je vous pique, c'est « pardon ».

LE PRÉSIDENT. Pardon ?

LE MAGE. Vos protestations sont si plates qu'un jour, vous l'aurez cherché, je ne vous embêterai même plus.

LE PRÉSIDENT. Pardon ? *(Se reprenant.)* J'estime qu'on ne doit jamais perdre un ami pour un mot d'esprit.

LE MAGE. Sauf que les mots sont plus fidèles que les amis.

On entend la sonnerie qui annonce un départ.
Le Docteur S..., suivie de ses assistants, entre rapidement et se dirige vers le tableau.
Tout le monde la regarde avec anxiété.
Julien serre Laura contre lui.

LE DOCTEUR S... Monsieur le Président, c'est votre tour.

LE PRÉSIDENT *(satisfait).* Enfin ! Il était plus que temps de mettre fin à cette erreur scandaleuse.

LE DOCTEUR S... Monsieur le Président, comprenez bien que je n'ai ni le droit ni le pouvoir de vous traiter différemment des autres, non plus que je n'ai l'opportunité de hâter quoi que ce soit.

LE PRÉSIDENT *(subitement radouci par ces excuses).* C'est bien, c'est bien, maintenant tout est arrangé, n'en parlons plus. J'étais pressé, c'est tout. Il faut que j'aille remettre les pendules à l'heure à la maison.

LE DOCTEUR S... J'espère que ce séjour de réflexion vous aura été profitable, cher Président.

LE PRÉSIDENT *(spontanément).* Oui, je pense que je vais refaire mon testament.

LE DOCTEUR S... *(sans vraiment écouter).* Très bien.

LE PRÉSIDENT. Je laisserai le minimum à la Présidente, je déshériterai mes fils et je créerai une fondation.

LE DOCTEUR S... *(sans écouter).* Très bien.

LE PRÉSIDENT. Une fondation qui portera mon nom, la Fondation Delbec, et qui aura pour objet d'entretenir ma mémoire.

LE DOCTEUR S... Voulez-vous bien prendre place dans l'ascenseur, monsieur le Président ?

Il s'approche d'elle et murmure :

LE PRÉSIDENT. Vous savez – si vous voulez –, je peux vous épauler pour entrer au Panther's Club.

LE DOCTEUR S... Pardon ?

LE PRÉSIDENT *(avec un petit air suffisant).* Ils n'ont rien à me refuser, ils ont des ascenseurs à me renvoyer.

Le Docteur S... fait signe à ses assistants d'aider le Président.
Il garde son petit air avantageux et fait un clin d'œil au Docteur.

LE PRÉSIDENT. Alors ? C'est dit ? Je vous parraine ?

LE MAGE. Le Docteur préfère l'Otary's.

LE PRÉSIDENT *(s'étouffant de rage).* Argh ! J'en étais sûr ! J'en étais sûr ! L'Otary's ! Cet endroit est un repaire de terroristes !

Les portes commencent à se refermer. Soudain inquiet, le Président proteste.

LE PRÉSIDENT. Mais où m'emmenez-vous ? Vous n'avez pas le droit ! Je vous dénoncerai ! Laissez-moi sortir ! À l'aide !

Les portes sont closes. On n'entend plus les cris du Président.

Tout le monde regarde attentivement les flèches au-dessus de l'ascenseur pour apprendre où le Président va partir.

Après quelques secondes, la flèche indique la Terre. Fin de sonnerie. Bruit de la cabine qui descend.

JULIEN *(outré)*. Quoi !

LE MAGE. Non, il y retourne ! *(Au Docteur S...)* Dites-moi que ce n'est pas vrai ! Il a droit à un second tour ?

LE DOCTEUR S... Il s'est remis de son choc. Le Président jouit d'une très bonne santé.

LE MAGE. Forcément ! Il n'y a pas de vraie santé sans égoïsme.

LE DOCTEUR S... N'oubliez pas qu'il n'a été renversé que par un vélo.

LE MAGE. Donnez-moi l'adresse du cycliste que je lui achète un tank.

JULIEN. Alors, vous faites mourir Marie et vous réanimez le Président...

LE DOCTEUR S... Je ? Ça n'a aucun rapport. La mort n'est ni un châtiment ni une récompense. Chacun de vous voit dans sa mort une affaire personnelle. C'est ridicule. Nul n'y échappe. Pour parler votre langage, je dirais que je n'ai jamais rencontré quelqu'un qui méritait de mourir.

JULIEN. Ah oui ? Vous ne recevez pas d'assassins ?

LE DOCTEUR S... Généralement, ils meurent de mort violente. Pour le Président, il n'est pas encore l'heure.

LE MAGE *(soudain violent).* Et pour ma fille ? Pour ma fille, à vingt ans, c'était l'heure ?

Julien et Laura se retournent avec surprise vers le Mage.

LE DOCTEUR S... *(s'approchant de lui, doucement).* Vous savez très bien ce que j'en pense, nous en avons déjà parlé. À dix ans, vingt ans, quatre-vingts ou cent ans, c'est toujours la même vie qu'on perd.

LE MAGE *(se calmant immédiatement).* Excusez-moi.

LE DOCTEUR S... La vie est un cadeau qui est fait à tout le monde. Et la mort est également donnée à tout le monde. Le Président est une personne comme une autre.

LE MAGE. Je veux bien respecter tout le monde. J'ai simplement du mal à respecter ceux qui ne respectent personne.

Le Docteur S... ressort.

JULIEN. Votre fille ? Vous aviez une fille ?

LE MAGE *(se reprenant).* Moi ? Non.

Julien comprend qu'il ne doit pas insister. Laura sourit avec intelligence.
Ils s'assoient tous les trois ensemble.

LE MAGE. Alors dites-moi, mon petit, est-ce qu'en bas ils vont vous sortir de l'état où vous êtes ?

LAURA. Ça ne dépend plus d'eux. Ils attendent un cœur qu'on puisse me greffer.

JULIEN. Tu es inquiète ?

LAURA. Pas du tout.

LE MAGE. Vous êtes très forte.

LAURA. Puisque je n'ai pas de santé dans mon corps, j'ai tenté d'en avoir ailleurs.

Julien lui prend la main et l'embrasse. Elle se laisse faire avec volupté.

LAURA *(doucement).* Je n'ai aucun mérite. Être si souvent souffrante, si souvent allongée ou assise, m'a forcée à réduire mes ambitions. Puisque je ne peux pas me promener, une seule fleur m'enivre autant qu'une journée de promenade dans des jardins de roses. Un rayon de soleil qui glisse entre les fentes du store me donne un vrai bain de plage, je le laisse descendre sur moi, chauffer mon cou, s'égarer sur mon épaule, sur ma poitrine, où il me rend plus lourde l'étoffe du corsage, j'ai froid lorsqu'il s'écarte et va se planter définitivement sur la plinthe. Le bruit de la pluie et des orages sur le toit m'a fait parcourir toutes les mers du globe, découvrir la tempête, le bateau frappé par les flots, la récompense d'une côte gris ardoise au matin lorsque tout s'est apaisé. Je peux m'occuper des heures avec un bout de laine, je ne connais que certains chatons pour en profiter autant que moi. *(Julien l'embrasse de nouveau.)* En fait, le bonheur est au creux de la main. Il suffit de rester immobile, de devenir amnésique, oublier tout de la veille et du lendemain.

Si l'on arrive à se faire minuscule en se calant bien dans le présent d'une chaise placée devant la fenêtre, on savoure l'univers entier. Un grand bonheur n'est composé que de toutes petites choses. *(Elle regarde Julien.)* En ce moment, tu ne peux pas imaginer comme je suis proche de toi, pleine de toi, collée à chaque centimètre de ta peau, accrochée à ton souffle. J'épouse tes muscles, je sens ta force, j'imprime tout de toi.

JULIEN. Nous faisons l'amour ?

LAURA. Oui.

Ils se regardent intensément. Le Mage, se sentant subitement voyeur, se cache derrière son journal.

JULIEN *(grisé).* Est-il possible qu'il y ait autant de profondeur dans une seconde ? Que ce soit si épais ?

LAURA *(idem).* Il peut y avoir une éternité dans une seconde.

Soudain, elle se contracte et se met à sangloter. Julien se précipite pour l'entourer de ses bras. Le Mage cesse sa lecture.

JULIEN. Que se passe-t-il ?

LAURA. Je ne sais pas... tout d'un coup, c'est devenu trop fort... je suis épuisée...

JULIEN. Viens, nous allons nous allonger dans ma chambre.

Ils se lèvent. Julien la soutient pour sortir, elle est à bout de nerfs.

LAURA. On va nous séparer, Julien, ça va être terrible, on va nous séparer.

JULIEN *(apaisant)*. Allons, il faut avoir confiance.

LAURA. Rien ne dure, Julien, je le sais. On va nous arracher.

JULIEN. Viens.

Il lui prend la main et ils sortent.
Le Mage les regarde sortir. Les employés viennent d'entrer et suivent aussi le départ du couple.
Le Mage se retourne vers les jeunes gens en blanc.

LE MAGE. Dites-moi, les anges ont-ils aussi des histoires d'amour ?

En réponse, les deux employés se regardent tendrement.

LE MAGE. Eh bien, mes salauds, vous ne vous ennuyez pas ici ! *(S'approchant.)* Mais... pour le sexe, comment faites-vous ?

Les deux anges se consultent, étonnés, sans avoir l'air de bien comprendre.

LE MAGE *(satisfait)*. Ah, il y a quand même une justice ! *(Il répond à leur question muette.)* Moi ? Non, pas tellement, on ne peut pas dire que j'aie été un grand amoureux. Pourquoi ? *(Il regarde sa tête dans un miroir.)* Je n'ai jamais été persuadé que ça, ça pouvait inspirer de grandes passions. *(Réaction très étonnée des anges.)* Si ? Décidément, toute ma vie, je me suis trompé d'étage. *(Bouffonnant.)* On en reparle un de ces soirs, si vous voulez...

Le Docteur S... entre.

LE DOCTEUR S... Je voudrais vous voir.

LE MAGE. Ah, vous avez des nouvelles de moi, là-bas ?

LE DOCTEUR S... Oui.

Elle s'assoit auprès de lui. Elle semble un peu découragée. Il lui sourit gentiment.

LE DOCTEUR S... Ce que je vais faire sort de mes attributions. Selon le règlement, je n'ai pas le droit de vous informer. Mais vous êtes ici depuis six mois et... je me suis attachée à vous.

LE MAGE. Mmm... ça sent le brûlé, ce que vous me dites.

LE DOCTEUR S... *(brusquement).* Il n'y a aucun progrès notable dans votre état. L'équipe médicale songe à vous débrancher.

Le Mage accuse le choc.

LE DOCTEUR S... Je suis désolée. C'est un rude coup.

LE MAGE. Vous pouvez le dire : se faire débrancher, comme un séchoir à cheveux... *(Un temps.)* Je n'avais pas vraiment réalisé que j'étais tombé si bas, que ma vie ne tenait qu'à un fil dans une prise, à la merci d'un infirmier qui s'y prendrait les pieds. *(Un temps.)* Qu'attendent-ils ?

LE DOCTEUR S... La permission.

LE MAGE. Ça, c'est trop fort. Qui peut la leur donner ?

LE DOCTEUR S... Votre neveu. C'est le seul parent qui vous reste.

LE MAGE. Mon Dieu, ce petit morveux qui avait toujours des coulées jaunâtres sous le nez... J'espère qu'il se souviendra de tous les bonbons à la fraise que je lui ai achetés... et des Noëls que nous avons passés ensemble. J'espère qu'il ne s'est jamais rendu compte que j'ai toujours triché aux cartes avec lui.

LE DOCTEUR S... Pour l'instant, ils ne le trouvent pas, ils n'arrivent pas à le joindre.

LE MAGE *(avec un sourire).* Le cher petit finit ses études aux États-Unis. *(Épanoui.)* C'est grand, les États-Unis.

LE DOCTEUR S... N'ayez pas de faux espoirs. Ils le contacteront. Et vous ne sortirez pas de ce coma.

LE MAGE. J'ai compris.

Elle lui tapote l'épaule. Il prend sa main. Il sourit. Julien entre en trombe et se précipite vers le Docteur S...

JULIEN. Un instant. Docteur, j'ai quelque chose à vous demander. Mais je voudrais être certain que vous me répondrez oui.

LE DOCTEUR S... *(lâchant la main du Mage).* Alors c'est déjà non.

JULIEN. Accordez-moi une seconde. *(Elle s'arrête pour l'écouter.)* Je voudrais que, quoi qu'il arrive, Laura et moi, nous fassions le même trajet dans l'ascenseur. Vous comprenez ? Que nous retournions ensemble sur terre. Ou que nous partions ensemble... là-haut.

LE MAGE. Vous n'avez plus peur ?

JULIEN. Je n'ai plus peur que d'une chose : la perdre.

LE MAGE. Croyez-vous qu'il y ait quelque chose, là-haut ?

JULIEN. Avant, le hasard me suffisait pour expliquer un univers qui m'écœurait, oui, un brassage, une mixture de molécules, ça devait être la recette de cette mauvaise soupe. Mais lorsque je regarde Laura... Des molécules qui se culbutent au hasard auraient créé Laura ? Les chocs qui font les graviers et la fumée seraient responsables de la beauté de Laura, du sourire de Laura, de l'esprit de Laura ?

LE DOCTEUR S... Peut-être.

JULIEN. Non. Maintenant j'ai une raison d'être optimiste, elle s'appelle Laura.

LE DOCTEUR S... Que vous aimiez la vie, tant mieux. Mais n'avez-vous pas peur de la mort ?

JULIEN *(en tremblant)*. Moins.

LE DOCTEUR S... Un Dieu qui vous fait être peut aussi être un Dieu qui vous fait disparaître.

JULIEN *(hésitant)*. À quoi bon être une fois si ce n'est pour être toujours ?

LE DOCTEUR S... C'est déjà bien que les choses soient. Pourquoi voudriez-vous qu'elles durent ?

JULIEN. On ne nous a pas donné l'intelligence pour la supprimer, sinon c'était un cadeau inutile, empoisonné. Une matière qui pleure sur elle-même, est-ce encore de la matière ? La conscience, est-ce juste une chair qui saigne ou bien ce qui s'élève au-dessus de la viande ?

LE DOCTEUR S... C'est le rasoir de la conscience : permet-elle de désespérer ou d'espérer ? Est-elle conscience d'une tragédie ou conscience d'un mystère ?

JULIEN. Je fais le pari. Savoir qu'on meurt est un signe.

LE MAGE. De quoi ?

JULIEN. Le signe qu'on ne fera pas que mourir.

LE DOCTEUR S... Tout est obscur, pourtant.

JULIEN. Là où je voyais de l'obscurité, je veux voir une promesse de lumière.

LE DOCTEUR S... Et tout cela, vous le devez à Laura ?

JULIEN. Qu'est-ce qu'un miracle ? Ce qui donne la foi. Laura est mon miracle.

LE DOCTEUR S... *(amusée).* Évidemment...

JULIEN. Un miracle suffit. Maintenant, je suis confiant, je veux espérer dans ce que je ne comprends pas. *(Suppliant.)* Laissez-nous partir ensemble.

LE DOCTEUR S... Je voudrais pouvoir vous dire oui.

JULIEN. Dites oui.

LE DOCTEUR S... Je n'ai aucun pouvoir. *(Un temps.)* Aucun.

JULIEN *(abattu).* Ah...

LE DOCTEUR S... Le sort de Laura dépend des circonstances. Je ne commande pas aux circonstances.

JULIEN. Bien sûr... bien sûr... *(Il se dirige lentement vers le couloir A.)* Je retourne voir Laura... je suis idiot de passer tant de temps loin d'elle. *(Hagard.)* Merci.

Il disparaît.
Épuisée par cet échange, le Docteur S... se laisse tomber sur une chaise.

LE MAGE. Rude métier.

Le Docteur S... se tait.

LE MAGE *(comprenant).* S'occuper des autres, gagner leur confiance, et puis, subitement, leur avouer qu'on n'a aucun pouvoir.

Le Docteur S... se tait toujours mais lui sourit.

LE MAGE. Vous me plaisez, docteur. Au début, je vous trouvais rude. Je vous en voulais de ne même pas nous donner de réponses.

LE DOCTEUR S... Vous ne vouliez pas de réponses, vous vouliez vous nourrir d'illusions.

LE MAGE. Eh oui, des convictions, comme le Président. L'arme des faibles et des inquiets, les convictions. Même les convictions négatives valaient mieux qu'un doute. J'avais besoin qu'on me dise : c'est comme ceci, pas comme cela.

LE DOCTEUR S... Puis vous avez appris à vous contenter d'hypothèses.

LE MAGE. Comme c'est bon ! Jouer avec les hypothèses comme avec des bulles de savon. Et lorsqu'on ne sait plus, imaginer encore.

Le Docteur S... se dispose à sortir.
Le Mage se lève brusquement, sort une carte de sa veste, et, impérieux, la tend au Docteur.

LE MAGE. Voici le numéro de téléphone de mon neveu. Qu'on l'appelle pour me débrancher.

LE DOCTEUR S... C'est inutile. Ce qui arrivera arrivera. Je n'ai pas à communiquer cette information.

LE MAGE. Docteur, je vous en supplie, il faut faire vite. Laura se trouve à Saint-Louis, comme moi. La manœuvre est toute simple : il suffit d'arracher un fil, de me prendre un petit morceau de chair à l'intérieur de la poitrine, et de le descendre à l'étage en dessous.

LE DOCTEUR S... Vous me demandez quelque chose d'interdit.

LE MAGE. N'en n'avez-vous pas assez de voir défiler les gens, les voir prendre conscience de tout ce qu'ils ont raté ou réussi, les voir peut-être devenir meilleurs, et puis, hop, tout cela ne sert à rien ? Vous n'en avez pas assez que le destin soit une loterie ? Que le brassage soit le seul critère ? Pourquoi ce grand silence de Dieu ? Dieu est-il lui-même dans le coma ? Pourquoi ne répond-il pas ? Dieu est en état de choc ? Ranimez-le ! Faites quelque chose ! Depuis des siècles, on parle de lui à son chevet : qu'il se réveille ! Ou bien, s'il s'en fout vraiment, s'il roupille définitivement, remplacez-le, vous ! Jouez la Providence !

LE DOCTEUR S... Ne soyez pas naïf. La Providence ! Que l'univers tienne compte de vos mérites, que le bon soit récompensé et le mauvais châtié, que la maladie punisse, que la bonté repousse la mort, oui, une justice, n'importe quoi qui ressemblerait à une justice, même une justice injuste, des dieux capricieux ou partisans, oui, même un dieu terriblement arbitraire ! Cela voudrait dire qu'il y a une volonté, un ordre, une pensée, quelque chose qui ressemble à de l'homme au-dessus de vous. Au lieu de ça, depuis toujours, la vie n'est que ce qu'elle est, sourde, aveugle, indifférente. La matière se fout de votre courage et de votre dignité.

LE MAGE. Et la volonté ? Ma volonté ? La vôtre ?

LE DOCTEUR S... Vous séjournez dans l'endroit du monde où la volonté est le moins présente.

LE MAGE. La liberté n'existe qu'à condition qu'on y croie et qu'on l'affirme. D'accord, l'ordre de la matière suit ses propres lois de composition et de décomposition, mais est-ce qu'une fois, une seule, vous ne voudriez pas mettre volontairement un petit grain de sable différent dans la machine indifférente ?

Silence du Docteur S...

LE MAGE. Un petit grain de sable... Un tout petit grain de sable... tout simplement... humain... pour en finir avec le hasard.

Silence du Docteur S...

LE MAGE. Et puis, docteur S..., imaginez : quelle volupté d'enfreindre le règlement...

LE DOCTEUR S... Pourquoi ne pouvez-vous vous empêcher de mêler des sottises à des réflexions intelligentes ? *(Elle se lève.)*

LE MAGE. Parfois, en vacances, lorsque j'étais petit, je grimpais dans le prunier du jardin, je regardais d'en haut tout l'univers de notre village et je me sentais galvanisé, différent, supérieur.

« Si je veux, pensais-je, je peux m'empêcher de respirer. » Et je retenais ma respiration. Et plus c'était difficile, plus je devenais rouge avec la chaleur qui enflait mes veines du cou, plus je me sentais fort, invulnérable. Évidemment, je finissais toujours par lâcher mais l'impression restait. D'autres jours, je me disais aussi : « Si je veux, je ne mourrai pas. » Ça me semblait facile, d'autant plus facile que, sur le moment, il n'y avait rien à faire. Plus tard, j'ai fini par saisir que je n'y échapperais pas. Inéluctable. Voici la première leçon de mon si long séjour auprès de vous : accepter l'inéluctable. Maintenant, je voudrais qu'on se serve de moi pour faire vivre la petite, mon cœur battra à la place du sien, j'aurai fait le cadeau de ma mort. Voici, cher docteur, ma deuxième leçon ici : aimer l'inéluctable.

Il pose la carte dans la main du Docteur S... et l'embrasse, le baiser faisant office de cachet.

Celle-ci se trouble, émue.

Elle voudrait répondre quelque chose. Elle ne peut pas.

Elle sort furtivement.

Laura et Julien entrent dans la réception. Le Mage se cache derrière son grand journal.

LAURA *(agitée).* Si, je t'assure. Je sais qu'on oublie ce qui s'est passé ici lorsqu'on revient sur terre. Je n'avais gardé aucune conscience de mon premier séjour, la mémoire ne m'est revenue que lorsque les portes de l'ascenseur se sont écartées. Julien, imagine que nous n'allions pas nous reconnaître sur terre ?

JULIEN. Je ne me fais pas de souci. Je te reconnaîtrai.

LAURA. Non ! Un jour, nous allons nous croiser, n'importe où, dans un couloir, dans une rue, et ton regard passera au-dessus de moi, tu ne m'apercevras même pas.

JULIEN. Impossible. Je te chercherai partout.

LAURA. Moi aussi. Cependant, je veux que tu t'entraînes.

JULIEN. Quoi ?

LAURA. Je sais une chose qu'ignore même le Docteur S... Lors de mon précédent séjour, j'avais commencé à apprendre le tango avec Juan, un homme qui se trouvait ici.

JULIEN *(la repoussant par un réflexe de jalousie).* Comment !

LAURA *(riant).* Il avait plus de quatre-vingts ans. Il était tellement heureux de se retrouver souple, décloué de ses rhumatismes, qu'il voulait danser. Je lui ai servi de partenaire. Je n'avais jamais dansé.

JULIEN. Soit.

LAURA *(subitement sérieuse).* Écoute. Lorsque je suis redescendue, j'ai oublié cet hôtel, et Juan, et les leçons de tango. Mais mon pied savait toujours les pas. Je les esquissais malgré moi. La conscience oublie tout de ce qui est arrivé ici, mais la peau en garde la trace. Nous devons nous entraîner. Je veux être certaine que nos corps se reconnaissent.

Impérieusement, elle pose les mains de Julien sur sa taille.

LAURA. Si tes mains ne sentent pas ça, ce n'est pas moi.

JULIEN. Je t'aime.

LAURA. Sens mes cheveux.

JULIEN. Un parfum d'herbe fraîchement coupée et une odeur de poire...

LAURA. Si tu ne sens pas ça, ce n'est pas moi.

JULIEN. Je t'aime.

LAURA. Regarde mes yeux.

JULIEN. Des fils verts et violets.

LAURA. Combien ?

JULIEN. Mais je ne sais pas... il y en a... plus de mille...

LAURA. S'il y en a moins de mille, ce n'est pas moi.

JULIEN. Je t'aime.

LAURA. Embrasse-moi.

Ils échangent un baiser qui les fait frissonner.

JULIEN. Rassure-toi. Je n'oublierai pas.

Elle se dégage de lui, exaspérée.

LAURA. Je suis idiote. Tu vas me chercher dans des tas de femmes qui ne seront pas moi, et, lorsqu'elles te souriront – elles te souriront toutes –, tu leur parleras, tu leur feras la cour, tu les embrasseras. Je vais obtenir le contraire de ce que je cherche. Non, non, il faut vite trouver autre chose.

JULIEN. Je vais t'apprendre un code. Un code secret.

Il s'approche d'elle et la prend amoureusement contre lui. Elle s'y blottit. Il fait ce qu'il annonce en parlant.

JULIEN. Je t'embrasse les oreilles : un, deux. Je t'embrasse le front : un, deux, trois, quatre. Je t'embrasse les yeux : un, deux, trois, quatre, cinq, six. Je t'embrasse les lèvres : un, deux, trois, quatre, cinq, six, sept, huit.

Laura, charmée par sa tendresse, semble un peu ivre.

LAURA. Oui, c'est très bien. Répétons.

Ils recommencent.

LAURA. Tu m'embrasses les oreilles : un, deux. Tu m'embrasses le front : un, deux, trois, quatre. Tu m'embrasses les yeux : un, deux, trois, quatre, cinq, six. Tu m'embrasses les lèvres : un, deux, trois, quatre, cinq, six, sept, huit.

Ils se séparent, grisés.

JULIEN. Encore une fois ?

À ce moment-là entre le Docteur S..., suivie de ses deux assistants.

LE DOCTEUR S... Julien, il faut que je vous parle dans votre chambre.

JULIEN. Bien.

Le Docteur S... passe devant le Mage et lui parle à mi-voix, pour n'être pas entendue des autres. Le Mage se lève.

LE DOCTEUR S... La carte est tombée par hasard de votre veste, un infirmier l'a ramassée et apportée au médecin.

LE MAGE. Par hasard ?

LE DOCTEUR S... Par hasard !

LE MAGE. Le hasard fait bien les choses.

LE DOCTEUR S... Parfois. *(Un temps.)* Ils appellent votre neveu. Celui-ci découvre avec surprise votre état. Il est embarrassé. Il dit qu'il n'est pas pour l'acharnement thérapeutique. Il dit aussi qu'il vous aimait beaucoup.

LE MAGE. Qu'il m'*aimait* beaucoup...

Frappé par cet imparfait, le Mage a une petite défaillance. Il se rattrape au dossier d'un fauteuil. Julien quitte la pièce avec le Docteur et les assistants.

LAURA *(surprise par la pâleur du Mage).* Vous ne vous sentez pas bien ?

LE MAGE. Si, si...

Il s'assoit.
Elle se met près de lui.

LE MAGE. Vous savez, j'avais une fille, autrefois, elle vous ressemblait un peu. Les mêmes petits yeux ironiques qui avaient l'air de se ficher du monde, la même impertinence dans le profil, cet air crâne de celle qui ne se laisse pas impressionner par la vie, les mêmes cheveux lourds, soyeux, comme de la bonne santé qui ruisselle... Quand je la regardais, je la trouvais tellement belle, tellement femme, que je me disais : « Ce n'est pas possible, elle n'a pas pu venir de toi. » Elle avait des pouvoirs magiques : lorsqu'elle entrait dans une pièce, elle faisait fondre toutes les médiocrités de l'existence. À l'époque, j'étais représentant de commerce, des journées de voyage, des nuits d'hôtel interchangeables, des clients qui me claquaient la porte au nez, mais au fond des ténèbres, il y avait ma veilleuse, ma lumière, ma fille. Mes affaires tout d'un coup sont devenues meilleures, j'ai décroché de gros contrats outre-Atlantique. Un jour, alors que j'étais au fin fond des États-Unis, dans un motel, elle m'a appelé. Elle avait la voix humide. « Papa, je suis un peu malade. » Elle a dû être internée à l'hôpital. J'étais obligé de rester de l'autre côté de l'Océan, je faisais pour mon entreprise la plus grosse affaire commerciale imaginable, j'étais ligoté à ce succès, je ne pouvais pas revenir. Et j'en éprouvais une certaine euphorie. Je sentais, au téléphone, sa voix toujours plus faible, mais je pensais qu'elle était jeune, et forte, et qu'elle retrouverait la santé et le moral sitôt que son père rentrerait. *(Un temps.)* Une maladie l'a fait mourir à vingt ans. Un virus. Une machine de guerre implacable qui grignote les forces, les chairs, et qui, un jour, ne vous laisse qu'un tout petit cadavre sur un lit. Je suis arrivé trop tard. Juste après.

Il s'arrête, brisé par l'émotion. Laura, spontanément, pose sa tête sur son épaule.

LE MAGE. J'ai quitté mon travail. J'ai fait tourner les tables, briller les boules de cristal. Je voulais qu'elle me parle, qu'elle n'ait pas disparu. Et je ne découvrais que du silence. Alors je suis devenu le Mage Radjapour, toujours coiffé de ce fichu turban d'opérette qui me servait d'abord de bâillon, pour m'empêcher de hurler de douleur. *(Un temps.)*

Les souvenirs que l'on garde d'un enfant mort sont comme enfermés dans un sanctuaire, protégés par la peine ; ils n'ont pas la même étoffe que les autres souvenirs. Infroissables. Intouchables. *(Un temps.)* Je n'ai rien su faire pour elle.

LAURA. Vous ne pouviez pas.

LE MAGE. Je n'étais même pas là.

LAURA. Vous ne pouviez pas.

LE MAGE. Je me sentais coupable. J'aurais voulu... réparer.

LAURA. Réparer ? On ne répare pas.

Il relève la tête et sourit.

LE MAGE. Si. Je l'ai fait. Un jour. Avec quelqu'un d'autre.

LAURA. Vraiment ?

LE MAGE. Oui.

Un temps.

LAURA. Ce jour-là dut être merveilleux.

LE MAGE *(les larmes aux yeux de bonheur)*. Merveilleux.

Laura s'approche de lui et parle très simplement, avec grâce.

LAURA. Je vous aime bien. Tout le monde se moque un peu de vous ici. Mais moi, je vous aime bien.

LE MAGE *(pleurant et souriant)*. Merci.

Elle se jette dans ses bras. Trop ému, un peu maladroit, il ne sait comment la serrer contre lui.

À ce moment-là, le Docteur S... entre prestement, suivie de ses deux assistants.

Elle va, à son habitude, vider la pièce mais, lorsqu'elle voit Laura dans les bras du Mage, elle s'arrête un instant.

Puis elle dit doucement.

LE DOCTEUR S... Laura, je suis obligée de vous demander de me laisser seule avec le Mage.

LAURA. Bien, docteur.

Laura quitte le Mage avec légèreté.

LAURA. À tout à l'heure ?

LE MAGE *(mettant la main sur son cœur)*. À tout à l'heure.

Laura disparaît.

Le Docteur S... est allée consulter le tableau de bord où une lumière clignote au rouge. La sonnerie retentit. Elle se retourne vers le Mage.

LE DOCTEUR S... Excusez-moi, nous sommes déjà en retard.

LE MAGE. Est-ce que cela va marcher ?

LE DOCTEUR S... Mettez-vous dans l'ascenseur.

Elle l'accompagne jusqu'à l'ascenseur qui s'ouvre.

LE MAGE. Docteur, je sais que vous n'avez pas le droit de me dire quoi que ce soit, mais est-ce que ça va marcher ?

Il est déjà dans la cabine.

LE DOCTEUR S... L'équipe médicale a décidé de greffer votre cœur à la place de celui de Laura.

LE MAGE. Merci.

LE DOCTEUR S... *(bouleversée).* Non, ne dites rien. Personne ne m'a jamais dit merci. Surtout en partant vers le haut.

LE MAGE *(avant que les portes ne se joignent).* Merci.

L'ascenseur est maintenant fermé. On voit la flèche du haut s'allumer. On entend le grand souffle du départ.

Fin de la sonnerie.

Le Docteur S... se tourne, inquiète, vers ses assistants qui ont compris qu'elle a enfreint la loi.

LE DOCTEUR S... Je sais. C'est contre la Règle.

La sonnerie retentit de nouveau.

LE DOCTEUR S... Allez vite chercher Laura.

Les assistants courent. Quelques secondes plus tard, ils reviennent, suivis de Laura et Julien enlacés.

LE DOCTEUR S... Laura, c'est à votre tour.

LAURA *(dans les bras de Julien, subitement effrayée).* Non, non, pas déjà.

LE DOCTEUR S... *(regardant avec inquiétude son tableau).* S'il vous plaît, Laura, il n'y a pas une seconde à perdre.

LAURA. Non, pas encore ! Et le Mage, j'aurais voulu embrasser le Mage !

Julien n'a pas l'air effrayé. Il conduit Laura à l'ascenseur et, là, l'étreint violemment.

Les assistants séparent lentement les deux amants et poussent doucement Laura vers la cabine.

JULIEN. Confiance, mon amour.

LAURA *(répétant fébrilement).* Un, deux : tu m'embrasses les oreilles. Un, deux, trois, quatre : tu m'embrasses le front. Un, deux, trois, quatre, cinq, six : tu m'embrasses les yeux. Un, deux, trois, quatre, cinq, six, sept, huit : tu m'embrasses les lèvres.

Elle est seule dans la cage, elle tremble.

Les portes se referment.

LAURA *(son cri étant étouffé).* Julien !

Les assistants, le Docteur S... regardent avec angoisse les deux flèches. Soudain la flèche descendante s'allume.

L'ascenseur part.

JULIEN *(hurlant de joie).* Oui ! Oui ! Oui !

Trop heureux, il embrasse le Docteur, les deux assistants qui ne s'opposent pas à cette démonstration.

JULIEN. Docteur, merci de m'avoir dit tout à l'heure ce qu'avait fait le Mage. Sinon je n'aurais pas eu le courage d'accompagner Laura jusqu'à l'ascenseur. C'était le deuxième miracle.

LE DOCTEUR S... *(regardant avec gêne ses assistants).* Taisez-vous.

Le Docteur S... s'appuie sur un mur pour reprendre son souffle.

LE DOCTEUR S... Rien ne se passe selon la Règle. Demain, ce sera différent !

Elle regarde alors les deux anges blancs qui sourient énigmatiquement.

Elle comprend le message, se détend et sourit à son tour.

LE DOCTEUR S... Vous avez raison : demain ne sera pas différent.

Elle retourne à son tableau et annonce à Julien.

LE DOCTEUR S... Ce sera bientôt votre tour.

JULIEN *(doucement).* Dans quel sens ?

LE DOCTEUR S... Je ne le sais pas.

JULIEN *(encore plus doucement).* Docteur, est-ce que vous connaissez, vous, ce qu'il y a là-haut ?

Le Docteur va pour répondre, mais se rend compte qu'elle est en présence de ses assistants.

Ceux-ci perçoivent sa gêne. Ils se consultent et disparaissent.

Le Docteur demeure seule avec Julien.

LE DOCTEUR S... *(secouant la tête).* Non.

JULIEN. Même vous ?

LE DOCTEUR S... Je ne connais que ma fonction. Vous recevoir. Vous faire attendre. Puis vous reconduire à l'ascenseur. *(Un temps.)* Je ne sais rien, je tiens la porte. *(Un temps.)* Je sais seulement que si l'on monte, le voyage devient irréversible.

JULIEN. Pourquoi vous appelle-t-on Docteur ?

LE DOCTEUR S... C'est ainsi que vous m'avez perçue aujourd'hui. Cela peut changer. Cela dépend des moments. *(Un temps.)* Vous, par exemple, vous m'avez prise pour une femme.

JULIEN. Pardon ?

LE DOCTEUR S... Le Président Delbec me voyait comme un homme.

JULIEN *(ahuri)*. Tout cela me dépasse !

LE DOCTEUR S... *(avec un sourire complice)*. Moi aussi. *(Un temps.)* Pour moi, comme pour vous, la mort n'est pas un fait, mais un mystère.

JULIEN. Vous en savez plus que vous ne m'en dites. *(Un temps.)* Si la vie est un don, qui nous a fait ce don ?

LE DOCTEUR S... À votre avis ?

JULIEN. Je vous le demande.

LE DOCTEUR S... Moi aussi.

JULIEN *(lentement)*. Dieu ? Ou la vie elle-même ?

LE DOCTEUR S... À cette question, même les réponses ont des points d'interrogation. Dieu ? La vie elle-même ? Qu'est-ce que cela change ? Dans tous les cas, cela veut dire que vous avez des dettes.

JULIEN. Des dettes ?

LE DOCTEUR S... On vous a fait un cadeau. Il faut le recevoir.

JULIEN. Bien sûr.

LE DOCTEUR S. Puis le soigner.

JULIEN. Oui.

LE DOCTEUR S... Et enfin le transmettre, le cadeau, donner la vie à votre tour : des enfants, des actes, des œuvres, de l'amour...

JULIEN. Bien sûr. *(Réfléchissant.)* Et comme ça, peut-être, à la fin de notre temps, lorsque le cadeau sera justement en train de s'épuiser, nous l'aurons peut-être, enfin, mérité...

LE DOCTEUR S... *(mystérieuse).* Peut-être...

JULIEN. Alors vous ne savez pas ce qu'est la mort ?

LE DOCTEUR S... La pire des choses qui pourrait arriver à cette question, c'est une réponse.

La sonnerie retentit.

LE DOCTEUR S... C'est votre tour.

Les deux assistants réapparaissent.
Les portes de l'ascenseur s'ouvrent.
Docilement, Julien s'y rend.

JULIEN. C'est curieux. Même si je devais mourir maintenant, je serais... serein.

LE DOCTEUR S... La confiance.

JULIEN. Pourtant, je n'en sais pas plus. Mais je suis moins effrayé par ce que j'ignore.

LE DOCTEUR S... La confiance est une petite flamme qui n'éclaire rien mais qui tient chaud.

Julien entre dans la cage mais là, subitement, il est pris d'inquiétude.

JULIEN. Docteur S..., si Laura et moi nous nous retrouvons sur terre, croyez-vous que nous nous reconnaîtrons ?

LE DOCTEUR S... Je le crois. Sitôt sorti de l'ascenseur, vous oublierez tout mais il existe sur terre une mémoire inconsciente de ce qui s'est passé en dehors de la Terre, une mémoire profonde, tapie dans les replis de l'esprit et qui se réactive au premier regard que deux individus s'adressent et qui les fait se reconnaître. Cela s'appelle le coup de foudre.

Les portes se referment sur Julien.

Le Docteur S... et les deux anges regardent au-dessus de l'ascenseur quelle flèche va s'allumer.

Mais la lumière augmente jusqu'au blanc incandescent, jusqu'à un blanc éblouissant, aveuglant, comme si l'hôtel s'évanouissait tout entier dans la clarté, avant que l'on ait pu savoir si Julien mourait ou redescendait sur terre.

Hôtel des Deux Mondes
d'Éric-Emmanuel Schmitt
Création le 23 septembre 1999
au Théâtre Marigny – salle Popesco

Mise en scène : Daniel Roussel

Décor : Philippe Miesch

Costumes : Sophie Perez

Lumières : Franck Thevenon

Son : Didier Beaudet

Distribution
Rufus : Le Mage Radjapour
Jean-Yves Bertheloot : Julien Portal
Laurence Côte : Laura
Catherine Arditi : Marie
Victor Lazlo : Le Docteur S...
Bernard Dheran : Le Président Delbec

Production
Jean-Marc Ghanassia,
Théâtre Marigny, Sofithéa, Bruno Metzger

Petits crimes conjugaux

La nuit dans un appartement.

Bruits de clés et de verrous.

La porte s'ouvre, faisant glisser deux ombres entourées par la lumière ocre du couloir.

La femme pénètre dans la pièce, l'homme reste sur le seuil, en arrière, une valise à la main, comme s'il hésitait à entrer.

Lisa se précipite sur les lampes et les allume vivement, l'une après l'autre, impatiente de rendre le lieu visible.

Une fois qu'elle a tout illuminé, elle désigne l'appartement, les bras ouverts, comme si elle avait préparé le décor d'un spectacle.

LISA. Alors ?

Il hoche la tête négativement. Inquiète, elle insiste.

LISA. Si ! Prends ton temps. Concentre-toi.

Il pose un regard consciencieux et exhaustif sur chaque meuble puis courbe le cou, vaincu, piteux.

LISA. Rien ?

GILLES. Rien.

Ne pouvant se satisfaire de cette réponse, elle lui fait poser sa valise, referme la porte et le prend par le bras pour le conduire jusqu'à un siège.

LISA. Voilà le fauteuil où tu aimes lire.

GILLES. Il m'a l'air épuisé.

LISA. Je t'ai proposé cent fois d'en changer le tissu mais tu m'as répondu que je devais choisir entre le tapissier et toi.

Gilles s'assoit dans le fauteuil. Il grimace de douleur.

GILLES. Il n'y a pas que le tissu à changer, il me semble qu'un des ressorts est plutôt agressif.

LISA. Le ressort intellectuel.

GILLES. Pardon ?

LISA. Tu prétends qu'un fauteuil n'est sain que s'il est inconfortable. Ce ressort qui te rentre dans la fesse gauche, tu l'appelles le ressort intellectuel, l'aiguillon de la pensée, le pic de la vigilance !

GILLES. Suis-je un faux intellectuel ou un véritable fakir ?

LISA. Assieds-toi à ton bureau.

Docile, il la suit mais considère la chaise avec méfiance, y passant préalablement la main. Lorsqu'il s'assoit, on entend le métal couiner. Il soupire.

GILLES. Ai-je aussi une théorie sur les sièges qui crissent ?

LISA. Évidemment. Tu refuses que j'y mette une goutte d'huile. Tu considères chaque grincement comme une sonnette d'alarme. Un tabouret rouillé participe activement à ton combat contre le relâchement universel.

GILLES. Aurais-je des théories sur tout ?

LISA. Presque. Tu ne supportes pas que je range ton bureau, appelant le chaos dans lequel tu entasses les papiers l'« ordre d'archivage historique ». Tu assures qu'une bibliothèque sans poussière est une bibliothèque de salle d'attente. Tu estimes que les miettes, ça n'est pas sale puisque nous mangeons le pain. Tu m'as même soutenu récemment que les miettes sont les larmes du pain qui souffre lorsque nous le déchiquetons ; conclusion : lits et canapés sont pleins de chagrin. Tu ne changes jamais les ampoules grillées sous prétexte qu'il faut porter le deuil de la lumière pendant quelques jours. Après quinze ans d'études et de proximité conjugale, je suis d'ailleurs parvenue à ramener tes multiples théories à une seule thèse, mais fondamentale celle-ci : ne rien faire dans une maison !

Il a un sourire désolé, très doux.

GILLES. Vivre avec moi est infernal ?

Surprise, elle se tourne vers lui.

LISA. Tu m'attendris lorsque tu poses cette question.

GILLES. Et ma réponse ?

Elle ne dit rien. Comme il attend, elle finit par concéder avec une tendresse pudique :

LISA. C'est sans doute infernal mais... d'une certaine façon... je tiens à cet enfer.

GILLES. Pourquoi ?

LISA. Il y fait chaud...

GILLES. Toujours, en enfer.

LISA. Et j'y ai ma place...

GILLES. Lucide Lucifer...

Apaisé par sa déclaration, il dirige son attention autour de lui en caressant les objets à sa portée.

GILLES. Étrange... j'ai l'impression d'être un nouveau-né adulte. Depuis... Depuis quand d'ailleurs ?

LISA. Quinze jours...

GILLES. Déjà ?

LISA. J'ai trouvé ça long.

GILLES. J'ai trouvé ça court. *(Pour lui-même.)* Me réveiller, un matin, à l'hôpital, la bouche molle comme si je sortais de chez le dentiste, des picotements dans les joues, un bandage autour de la tête, un poids dans le crâne. « Qu'est-ce que je fais là ? Aurais-je eu un accident ? Enfin, je suis vivant. » Le réveil comme un soulagement. Toucher mon corps comme si on venait de me le rendre. Je vous ai raconté le...

LISA *(le corrigeant).* Tu !

GILLES *(se reprenant).* Est-ce que je t'ai raconté le coup de l'infirmière ?

LISA. Le coup de l'infirmière ?

GILLES. Une infirmière pousse la porte. « Contente de vous voir les yeux ouverts, monsieur Sobiri. » Je me retourne pour voir à qui elle s'adresse, je découvre que je suis seul dans la chambre. Elle insiste. « Comment allez-vous, monsieur Sobiri ? » Elle a l'air sûre d'elle. Fatigué, je mobilise mes forces pour lui répondre quelques mots. Quand elle part, je rampe sur mon lit pour arracher la feuille de température : on y a inscrit ce nom, Gilles Sobiri. « Pourquoi m'appellent-ils comme cela ? Qui s'est trompé ? » Sobiri ne m'évoque rien. Mais, dans le même instant, je peine à donner une autre identité, il ne me revient que des noms d'enfance, Mickey, Winnie l'Ourson, Fantasio, Blanche-Neige. Je me rends alors compte que je ne sais plus qui je suis. J'ai perdu la mémoire. Cette mémoire-là. La mémoire de moi. En revanche, je me rappelle toujours mes déclinaisons latines, mes tables de multiplication, mes conjugaisons russes, mon alphabet grec. Je me les récite. Ça me rassure. Le reste va me revenir. Comment pourrait-on posséder parfaitement sa table de multiplication par huit – la plus difficile, tout le monde est d'accord – et oublier qui l'on est ? Je tente de ne pas paniquer. J'en viens même à me convaincre que c'est mon bandage qui, me serrant trop les tempes, comprime ma mémoire ; dès qu'on me l'ôtera, tout rentrera dans l'ordre. Médecins et infirmières se succèdent. Je leur apprends mon amnésie. Ils me considèrent gravement. Je leur explique ma théorie du bandage. Ils ne contrarient pas mon optimisme. Quelques jours plus tard, une autre infirmière, une belle femme, qui n'a pas mis sa blouse, entre dans ma chambre. « Canon, la nouvelle infirmière ! me dis-je. Mais pourquoi reste-t-elle en civil ? » Elle ne parle pas, elle me regarde en souriant, elle m'attrape la main et me caresse les joues. Je suis en train de me demander si on ne m'a pas envoyé une nurse très spéciale, une nurse avec mission spécifique, « service mâles en souffrance », une nurse de la brigade des putes, lorsque l'infirmière en civil m'annonce qu'elle est ma femme. *(Il se tourne vers Lisa.)* Au fait, en êtes-vous certaine ?

LISA. Certaine.

GILLES. Vous n'êtes pas en service commandé ?

LISA. Tu dois me tutoyer.

GILLES. Vous n'êtes pas... tu n'es pas...

LISA *(l'interrompant)*. Je suis ta femme.

GILLES. Tant mieux. *(Un temps.)* Et vous êtes... tu es certaine de nous avoir ramenés chez nous ?

LISA. Certaine.

Il considère une nouvelle fois la pièce où il se trouve.

GILLES. Sans vouloir tirer de conclusion hâtive, je crois que je préfère ma femme à mon appartement.

Ils rient. Un vrai désarroi doit percer sous l'humour de Gilles. Il souffre.

GILLES. Qu'allons-nous faire ?

LISA. Ce soir ? T'installer. Et reprendre la vie comme avant.

GILLES. Qu'allons-nous faire si la mémoire ne me revient pas ?

LISA *(troublée)*. Elle reviendra.

GILLES. Je suis à bout d'optimisme, j'ai fini mes tablettes.

LISA. Elle reviendra.

GILLES. Depuis quinze jours, on me serine ça, qu'il suffit d'un choc... Je vous ai vue, je ne vous ai pas reconnue. Vous m'avez apporté des albums photographiques, j'avais l'impression de feuilleter un annuaire. Nous rentrons ici, je me crois à l'hôtel. *(Douloureux.)* Rien ne m'est plus familier. Il y a des bruits, des couleurs, des formes, des odeurs, mais plus rien n'a de sens. Ça ne se raccorde pas. Il y a un univers, bien plein, bien riche, qui a l'air cohérent, mais j'y erre sans y trouver mon rôle. Tout est consistant sauf moi. Moi a disparu.

Elle s'assoit auprès de lui et saisit ses mains entre les siennes pour le calmer.

LISA. Le choc se produira. Les cas d'amnésie définitive sont très rares.

GILLES. D'après le peu que je sais de moi, je suis tout à fait le genre de gars à avoir une réaction « rare ». Non ? *(Suppliant.)* Qu'allez-vous faire...

LISA. Tu !

GILLES. Que vas-tu faire si je ne me retrouve pas ? Tu ne vas pas vivre avec mon double décérébré, un singe qui me ressemble ?

LISA *(s'amusant de son angoisse).* Pourquoi pas ?

GILLES. Pas si tu m'aimes, Lisa, pas si tu m'aimes !

Lisa cesse de rire.

GILLES. Si tu m'aimes, moi, tu n'aimes pas mon jumeau. Mon apparence ! Une enveloppe vide ! Un souvenir qui ne se souvient de rien !

LISA. Calme-toi.

GILLES. Si tu m'aimes, tu m'accepteras défiguré, infirme, vieux, malade, mais à la condition que je reste moi-même. Si tu m'aimes, tu me veux « moi », pas seulement mon reflet. Si tu m'aimes... tu...

Lisa, agacée, se relève et arpente la pièce.

GILLES. Est-ce que vous m'aimez ?

LISA. Tu !

GILLES. Est-ce que tu m'aimes ?

Le contemplant avec douleur, Lisa se tait. Gilles réfléchit, laissant un temps entre chaque phrase :

GILLES. Suis-je aimé ? Suis-je aimable ? Seulement aimable ? Me voilà inconnu. Même pour moi. Je ne suis même pas certain de m'apprécier, je manque de matériel...

Il hausse les épaules. Elle le fixe bizarrement. Elle voudrait parler mais elle se retient. Un temps.

GILLES. Est-ce que vous l'aimiez, lui ?

LISA. Qui lui ?

GILLES. Lui ! Moi quand j'étais encore moi ! Votre mari !

LISA. Calmez-vous.

GILLES. Ah, vous me vouvoyez ! Vous n'êtes pas ma femme ! Il faut que je parte d'ici.

LISA. Gilles, calme-toi. Je m'y perds dans tes questions. Je t'ai vouvoyé par réflexe.

GILLES. Réflexe ?

LISA. Réflexe grammatical ! Tu me vouvoies et tu me parles de lui pour toi. Je ne sais plus où j'en suis.

GILLES. Moi non plus.

LISA. Que me demandais-tu ?

GILLES. Si tu aimais ton mari.

Elle sourit. Gilles est choqué qu'elle ne réponde pas.

GILLES. Si vous ne l'aimiez pas, c'est le moment de vous en débarrasser. Profitez de ce que lui ne soit plus lui, c'est-à-dire qu'il soit moi, pour le foutre à la porte. Me foutre à la porte. Enfin nous foutre à la porte. Faites le ménage ! Vous n'osez pas m'avouer que notre couple n'était plus heureux ? C'est cela ? Alors, profitons-en et clarifions la situation. Je m'en vais. Dites-moi de partir et je pars. Ça me sera facile, je ne sais plus qui je suis, je ne sais plus qui vous êtes. L'occasion idéale ! Dites-moi de partir, s'il vous plaît.

Lisa s'approche de lui, étonnée de le voir dans un tel état.

LISA. As-tu pris tes médicaments ?

GILLES *(irrité).* Je souffre d'une façon qui n'est pas médicalisable ! Qu'est-ce que c'est que cette manie de vouloir me faire avaler une pilule dès que j'éprouve un sentiment ?

LISA *(éclatant de rire).* Gilles !

GILLES. Et tu te moques de moi, en plus !

LISA *(ravie).* Gilles, c'est merveilleux, tu vas mieux, tu te retrouves : c'est l'une de tes phrases fétiches : « Qu'est-ce que c'est que cette manie de vouloir me faire avaler une pilule dès que j'éprouve un sentiment ? » ! C'est toi. C'est bien toi. Tu n'as jamais supporté les gens qui fuient leurs colères, leurs chagrins, leurs angoisses ou leurs indignations en absorbant des sédatifs. Tu as une théorie : notre époque est devenue tellement douillette qu'elle tente de médicaliser la conscience mais elle ne parviendra pas à nous guérir d'être des hommes.

GILLES *(agréablement surpris)*. Ah oui ?

LISA. Tu ajoutais que la sagesse consiste non pas à s'abstenir de sentir mais à tout ressentir. Comme cela vient.

GILLES. Vraiment ? Alors en ménage comme en métaphysique, ma devise consiste toujours à... ne rien faire ?

Joyeuse de le retrouver fugitivement, elle l'embrasse sur le front.

Gilles la retient par le bras, ses lèvres effleurent les siennes.

GILLES *(lentement, à mi-voix)*. Est-ce que c'est... physique... entre nous ?

LISA *(de même)*. Très.

GILLES. M'étonne pas.

Ils demeurent nez contre nez, irrésistiblement attirés.

GILLES. Très... au sens de très fort... ou de très souvent... ?

LISA. Très fort. Très souvent.

GILLES. M'étonne pas.

Il va l'embrasser à pleine bouche mais elle se dégage.

GILLES. Pourquoi ?

LISA. C'est trop tôt.

GILLES. Ce pourrait être le choc.

LISA. Et un pour moi aussi.

GILLES. Je ne comprends pas.

Il tente de nouveau sa chance en cherchant le baiser. Elle l'arrête.

LISA. Non. *(Il insiste.)* J'ai dit non.

Elle se libère fermement, quoique sans violence.

Déconcerté, il parcourt des yeux la pièce puis, comme humilié, bondit sur sa valise.

GILLES. Je suis désolé, je pars. Ça ne marchera pas.

LISA. Gilles !

GILLES. Je pars !

LISA. Gilles.

GILLES. Si, si. Je préfère rentrer.

LISA. Où ?

La question arrête Gilles.

LISA *(avec douceur)*. Tu ne peux plus aller nulle part. *(Un temps.)* C'est chez toi, ici. *(Un temps.)* Chez toi.

Il grimace avec inquiétude.

GILLES. On se connaît ?

Elle opine en souriant.

GILLES. Je ne vous reconnais pas.

LISA. Tu ne te reconnais pas non plus.

GILLES. Qui me prouve que vous n'êtes pas allée à l'hôpital comme on se rend dans un refuge pour animaux abandonnés ? Vous êtes passée à l'étage des amnésiques en vous demandant lequel vous pourriez adopter. Vous vous êtes dit en me voyant : « Celui-là est plutôt mignon, il n'est pas très jeune mais il a de bons yeux, il semble propre, je vais le ramener à la maison en lui faisant croire que je suis sa femme. » Vous ne seriez pas veuve ?

LISA. Veuve ?

GILLES. On m'a parlé d'un réseau de veuves qui dirigent un trafic d'amnésiques.

LISA. Gilles, je suis ta femme.

Il pose sa valise.

GILLES. Raconte-moi. Aide-moi à me retrouver.

Lisa désigne les peintures accrochées au mur.

LISA. Qu'est-ce que tu penses de ces tableaux ?

GILLES. Du bien. Ils sont la seule chose que j'apprécie dans cet appartement.

LISA. Vraiment ?

GILLES. Ils ont l'air du même peintre.

LISA. Ils sont de toi.

GILLES *(par réflexe)*. Bravo moi. *(Surpris.)* De moi ?

LISA. Oui.

GILLES. En plus d'écrire, je sais... peindre ?

LISA. Il faut croire.

Gilles examine les tableaux, d'abord méfiant, puis ravi.

GILLES. Décidément, je découvre que je suis un type formidable, en dehors d'une petite déficience sur le ménage : bien marié, bon amant, peintre, écrivain, inventeur de théories. *(Avec désarroi.)* J'aurais aimé me connaître.

LISA *(espiègle).* Tu te serais beaucoup plu.

Gilles ne relève pas l'ironie.

GILLES. Est-ce que je gagne ma vie aussi avec la peinture ?

LISA. Non. Seulement avec tes romans policiers. La peinture demeure juste un passe-temps.

GILLES. Ah... *(Il la contemple, mal à l'aise.)* Quel genre de mari est-ce que j'étais ?

LISA. Sois plus précis.

GILLES. Est-ce que j'étais un mari jaloux ?

LISA. Pas du tout.

GILLES *(étonné).* Ah bon ?

LISA. Tu me disais que tu me faisais confiance. Et j'aimais bien ça.

GILLES. Est-ce que tu... profitais de mon absence de jalousie ?

LISA. Pour ?

GILLES. Pour me donner des raisons d'être jaloux.

LISA *(souriant)*. Non.

Il respire avec soulagement.

GILLES. Et moi, est-ce que j'étais... fidèle ?

Amusée, elle prend le temps de le dévisager, jouissant de l'angoisse qui paraît sur son visage, avant de finir par lâcher :

LISA. Oui.

GILLES. Ouf !

LISA. Pour autant que je sache, en tout cas.

GILLES. Non, il n'y a pas de raison.

LISA *(malicieuse)*. Si tu m'as trompée, cela signifie surtout que tu avais un don de dissimulation extraordinaire.

GILLES. Sûrement pas.

LISA. Ou plutôt le don d'ubiquité. Car, en réalité, comment m'aurais-tu trompée ? Tu ne sortais presque jamais d'ici. Toujours à écrire, à lire ou à peindre. Comment aurais-tu fait ?

GILLES. Oui, comment ?

Elle s'approche et l'enlace.

LISA. Ta fidélité, c'était important pour moi. Je n'ai pas assez confiance en moi pour lutter jour après jour contre des rivales... ou des soupçons.

GILLES. Pourtant, tu m'as l'air tout à fait armée pour la lutte. Peu de femmes de ton âge...

LISA. Justement, le monde n'est pas peuplé que de femmes de mon âge. À vingt ans, on peut négliger les années ; à partir de quarante ans, l'illusion tombe ; l'âge d'une femme lui apparaît à l'instant où elle découvre qu'il y a plus jeune qu'elle.

GILLES. Je... je regarde les femmes plus jeunes ?

LISA. Oui.

Il soupire de soulagement, quoiqu'au fond de lui il ne se sente pas encore rassuré.

GILLES. C'est effrayant. Je marche au-dessus d'un précipice. À chaque instant, je peux apprendre un détail immonde qui me transforme en salaud. J'avance sur un fil, je me maintiens au présent, je n'ai pas peur de l'avenir mais je redoute ce passé. Je crains qu'il ne soit trop lourd, qu'il ne me déséquilibre, qu'il ne m'entraîne... J'avance à la rencontre de moi sans savoir si la destination est bonne. Quels sont mes défauts ?

LISA *(réfléchissant)*. Tu... tu en as très peu.

GILLES. Mais encore ?

LISA. Je ne trouve pas... L'impatience ! Oui, l'impatience.

GILLES. C'est mauvais, ça !

LISA. C'est charmant. Tu as tendance à te déshabiller dans l'ascenseur lorsque tu rentres ici. Une fois, tu m'as déshabillée aussi. Tu...

Elle rougit, ravie de penser à ce moment de leur vie amoureuse.

GILLES. Ah oui... ?

LISA. Oui. Nous avons fermé la porte juste à temps.

GILLES. À temps ?

LISA. Non, je crois qu'il était déjà trop tard.

Ils rient.

GILLES. Je peux donc attendre que la mémoire me revienne sans crainte ?

Lisa se tait, mal à l'aise. Gilles s'en rend compte et insiste.

GILLES. Parce que, parfois, je me demande si mon esprit ne se bloque pas exprès. S'il ne tire pas un avantage à ne plus se souvenir.

LISA. Quel avantage ?

GILLES. L'avantage de ne pas savoir. Mon esprit se protège dans l'ignorance. Il fuirait une vérité.

LISA *(gênée)*. Ah oui ?

GILLES. Peut-être que le choc que j'ai reçu n'était pas seulement physique... il y a toutes sortes de traumatismes...

Ils s'observent longuement. L'angoisse semble un instant partagée.

LISA *(d'un ton mal assuré)*. Je crois que tu t'inquiètes pour rien.

GILLES. Vraiment ?

LISA. Vraiment. Tu ne feras aucune découverte... sur toi qui te mettra mal à l'aise.

GILLES. Tu me le jures ?

LISA. Je te le jure.

Il se détend.

GILLES. Parle-moi de moi. C'est devenu mon sujet préféré.

LISA *(taquine)*. Ça l'a toujours été.

GILLES. Oh ?

LISA. On doit te rendre ce mérite : tu n'as jamais manqué d'affection envers toi-même. Une fidélité à toute épreuve. Consulte ta bibliothèque : tu t'es dédicacé tous tes romans. *(Elle brandit un volume au hasard.)* « À moi-même, ce livre de moi, avec tout mon amour, sincèrement, Gilles. »

GILLES *(gêné)*. Il était odieux.

LISA. C'est de l'humour.

GILLES. C'est de l'amour.

LISA. L'humour permet de dire la vérité.

GILLES. J'espère que je te les ai dédicacés aussi.

LISA *(riant)*. Oui. *(Elle se dirige vers une autre étagère d'où elle extrait un ouvrage.)* « À Lisa, ma femme, ma conscience, ma mauvaise conscience, mon amour, celui qui l'adore mais ne la mérite pas, Gilles. »

En redécouvrant ces lignes, l'émotion envahit Lisa, la ramenant à un passé qui l'attendrit, mouillant ses yeux de larmes.

Il l'observe sans intervenir, essayant de comprendre.
Elle se laisse tomber sur une chaise, comme accablée par les souvenirs.

GILLES. Lisa...

LISA. Excuse-moi. Une bouffée du passé.

GILLES. Je suis là. Je ne suis pas mort.

LISA. Non. Mais le passé l'est, lui. *(Elle se force à sourire à travers ses larmes.)* Je t'ai beaucoup aimé, Gilles, beaucoup.

GILLES. Tu me dis ça comme on dit : « J'ai beaucoup souffert, Gilles, j'ai beaucoup souffert. »

LISA. Peut-être. Je ne sais pas aimer sans souffrir.

GILLES *(doucement).* Je t'ai fait souffrir ?

LISA *(mentant mal).* Non.

Il n'insiste pas.
Lisa, volontaire, tente de retrouver sa bonne humeur.

LISA. Que te dire d'autre sur toi ? Tu adores courir les magasins, ce qui est rare chez un homme ; tu supportes même de passer une heure chez un chausseur pour femmes – ce qui mérite un diplôme. Tu as toujours un avis très précis sur les vêtements que j'essaie, un avis d'esthète, pas un avis de macho qui habille son épouse avec ses billets de banque. Nous nous donnons parfois rendez-vous dans des salons de thé.

GILLES. Je bois du thé ?

LISA. Passionnément. Tu as l'air déçu...

GILLES. Je me serais cru plus viril... les fringues, les magasins, le thé... on dirait une bonne copine.

Lisa éclate de rire.

LISA. Ton charme vient de là. Tu offres un délicieux mélange de masculin et de féminin.

GILLES *(mécontent).* Ah...

LISA. La preuve : tu écris des romans policiers.

GILLES. Il est vrai que c'est viril, ça, au moins.

LISA. Pas du tout. Tu as une théorie là-dessus. Comme ce sont majoritairement des femmes qui lisent et qui écrivent des romans policiers, tu prétends que c'est un genre féminin où les femmes, lassées de donner la vie depuis des siècles, s'amusent virtuellement à donner la mort. Le roman policier ou la vengeance des mères...

GILLES *(contrarié).* Moi et mes théories...

Il se lève pour s'emparer du livre dédicacé à Lisa.

GILLES. Quelque chose m'échappe dans ce que tu me racontes. D'un certain côté, j'ai l'air d'un coq assez chaud, très porté sur le sexe, impatient et impulsif, le pantalon sur les chaussettes dès le troisième étage ; de l'autre, je suis fidèle, confiant, jamais jaloux, prêt à traîner des heures dans les magasins et les salons de thé, bref le bon copain homosexuel de toute femme qui se respecte. Ça ne va pas ensemble.

LISA. C'est un fait, pourtant.

Gilles brandit le livre.

GILLES. « À Lisa, ma femme, ma conscience et ma mauvaise conscience, mon amour, celui qui l'adore mais ne la mérite pas », l'homme qui écrit cette phrase a quelque chose à se faire pardonner, non ?

LISA. Non.

GILLES. Non ? « Ma conscience et ma mauvaise conscience » ?

LISA. Je t'ai forcé à travailler, à être plus exigeant avec toi-même.

GILLES. Non ? « Celui qui ne la mérite pas » ?

LISA. Tu t'es toujours senti inférieur à moi.

GILLES. Moi ?

LISA. Sans doute plus un complexe social qu'un complexe intellectuel. Tes parents étaient fromagers, les miens ambassadeurs.

Gilles est provisoirement mouché. Il n'a rien à répondre mais continue à douter.

LISA *(souriante).* Tu resservais d'ailleurs la même plaisanterie à ce sujet : tu disais que lorsqu'on est né dans le camembert, ça se sent toujours.

Il a une grimace maussade.

GILLES. Arrête de me citer sans cesse, on dirait une veuve.

LISA. C'est un peu ce que je suis.

Il sursaute, choqué par tant de précision froide. Elle ressent le besoin de tempérer son effet et ajoute, d'une voix plus chaude :

LISA. Provisoirement. *(Elle redevient légère et tourne sur elle-même.)* Je suis une veuve qui a de l'ambition, une veuve qui aspire à un grand avenir : celui de ne plus l'être. *(Elle l'embrasse.)* Tu te souviendras !

GILLES *(touché)*. Pardonne-moi.

Elle leur sert à boire.

GILLES. C'est très douloureux d'être obligé de croire les autres pour savoir qui l'on est.

LISA. Chacun en est là.

Elle revient avec deux verres de whisky.

GILLES. J'arrête le thé ?

LISA. Oui.

GILLES. Tant mieux !

LISA. Buvons à ton retour.

Ils trinquent.

GILLES. J'imagine que ce doit être étrange de se retrouver en face d'un inconnu qui est son mari ?

LISA. Étrange, oui. Rafraîchissant, aussi. Et pour toi ?

GILLES. Moi, j'ai surtout le trac.

Elle rit.

GILLES. J'obéis à une belle femme que je ne connais pas, qui me sourit, qui m'emmène chez elle, qui me fait comprendre que tout est possible entre nous puisque, au fond, je suis son mari... C'est comme une attente avant un dépucelage.

Elle rit et se reverse une dose d'alcool. Il remarque qu'elle boit vite.

GILLES. Au fond, ce qui serait joli, c'est que je ne retrouve pas la mémoire avant que... comme cela, ça nous fera une deuxième nuit de noces.

Elle rit encore.

GILLES. Où s'est passée la première ?

LISA. En Italie.

GILLES. Quelle banalité !

LISA. Oui, mais quel souvenir !

GILLES. Pas pour tout le monde.

Devant l'incongruité de leur situation, ils s'esclaffent.

GILLES. Où me fais-tu dormir, cette nuit ?

LISA *(charmante)*. Dans la chambre d'amis.

GILLES *(désappointé)*. Il y a une chambre d'amis, dans un si petit appartement ?

LISA *(baissant les yeux)*. Non.

GILLES *(émoustillé)*. Ah...

LISA *(le repoussant gentiment)*. Mais il y a un canapé. En cas de dépannage.

GILLES. Dépannage ? C'est tout à fait mon cas, malheureusement.

LISA. Ne prends pas tes yeux de chien malheureux qui a besoin d'être consolé, tu sais très bien que ça marche toujours avec moi.

GILLES *(ravi de l'information)*. C'est vrai, ça marche ?

Il assure son emprise sensuelle sur elle. Elle le laisse faire. Ils se touchent, émus. Mais elle se dégage subitement.

LISA. Non, ce serait trop simple !

Cette phrase, comme son retrait, lui a échappé. Debout, nerveuse, elle tourne en rond.

Gilles, resté seul sur le canapé, ne comprend pas ce revirement brusque.

LISA. Pardonne-moi. Je... je t'expliquerai... Je... Je vais nous resservir un verre.

Elle s'empare du verre de Gilles qui est encore presque plein.

LISA. Oh, tu n'as presque pas bu.

Elle se ressert un peu de whisky.

GILLES. Vous savez que c'est déjà le troisième.

Comme fouettée par cette remarque, Lisa réagit de façon abrupte.

LISA. Et alors ?

Visage interloqué de Gilles.

GILLES. Lisa, est-ce que... vous buvez ?

LISA. Non. Non. C'est toi.

GILLES. Moi ? Je bois ?

LISA. Oui. Parfois le soir. Tu as tendance.

GILLES. Trop ?

LISA. Oui. Trop.

Gilles réfléchit.

GILLES. Alors, c'est ça, la chose horrible que je devais découvrir. L'alcool.

LISA *(excédée)*. Quoi, l'alcool ?

GILLES. Je carbure au whisky, je m'enfuis dans le bourbon, je divague, je délire, je t'ai frappée, peut-être ?

LISA. Allons, tu donnes trop d'importance à ce que je viens de dire. Simplement, tu aimes prendre un verre ou deux le soir.

GILLES. Mais non !

LISA. Mais si !

Tendue, elle refuse que la conversation s'engage sur l'alcool.

GILLES. Lisa, je crois que nous avions des problèmes et que tu essaies de les minimiser.

LISA. Nous n'avions pas de problèmes !

GILLES. Ne sois pas enfantine.

LISA. Nous n'avions pas de problèmes. Pas plus que les autres ! *(Se contrôlant.)* Bien sûr que nous avions des problèmes, les problèmes normaux d'un couple après des années.

GILLES. Par exemple ?

LISA. L'usure. Mais l'usure, c'est un fait plus qu'un problème. C'est normal. Comme les rides.

GILLES. L'usure de quoi ?

LISA. L'usure du désir.

GILLES. C'est pour cela que tu me repousses ?

Lisa se rend compte que ses réponses se contredisent. Elle respire à fond pour se donner du temps, cherche ses mots, mais y renonce, irritée.

GILLES. Je ne te trouve pas très cohérente.

LISA *(vivement)*. Tu m'as toujours reproché de manquer de cohérence.

GILLES. Ah bon ?

LISA. Oui.

GILLES. Ah bon ?

LISA. Oui. Toujours.

GILLES. Je suppose que je dois te croire.

LISA. Oui.

Ils se toisent. Comme elle semble prête à se mettre en colère, il cède.

GILLES. Je suppose que je te crois.

LISA. Bien.

Il est clair qu'ils sont tous les deux de très mauvaise foi.

Un silence.

GILLES *(timidement)*. Un ange passe.

LISA *(du tac au tac)*. Il serre les fesses.

GILLES. Pardon ?

LISA *(se déridant).* Je te cite. Comme tu as horreur des expressions toutes faites, tu les complètes d'une manière qui les rend encore plus absurdes. Si quelqu'un s'exclame : « Un ange passe », tu ajoutes toujours : « Il porte un seau », ou bien : « Il serre les fesses. »

Elle rit. Pas lui. Ses anciennes plaisanteries le déçoivent.

GILLES. C'est consternant.

LISA. Oui.

Le désappointement de Gilles fait pouffer Lisa.

GILLES. Vous vous amusiez bien tous les deux. Ça devait être moins amusant pour la tierce personne. *(Un temps.)* Aujourd'hui, c'est moi.

Comprenant qu'elle le vexe, elle reprend son sérieux.

GILLES. Où ai-je eu mon accident ?

Lisa répond avec empressement.

LISA. Là.

Elle le prend par le bras pour l'emmener au bas de l'escalier en bois qui monte à un demi-étage.

LISA. En descendant l'escalier, tu t'es retourné brusquement, tu as fait un faux mouvement, tu as perdu l'équilibre et tu t'es cogné la nuque sur cette poutre.

Gilles inspecte le lieu de l'accident. Cela ne réveille rien en lui. Il pousse un soupir.

GILLES. Tu as dû avoir peur ?

LISA. Tu étais inanimé. *(Ses mains tremblent.)* Je te parlais quand tu t'es retourné. Je t'avais dit quelque chose qui t'a surpris, et qui t'a fait rire, ou qui... je ne sais plus. Si je m'étais tue, tu ne serais pas tombé. Je me sens coupable. C'est de ma faute.

Gilles la dévisage.

GILLES. C'est effrayant...

LISA. Quoi ?

GILLES. De ne pas se souvenir.

Secouée par cette évocation, elle se met à sangloter. Il la prend contre lui pour l'apaiser. Mais, au lieu de partager son émotion, il continue à réfléchir.

GILLES. Suis-je maladroit ?

LISA. Non.

GILLES. Étais-je déjà tombé ?

LISA. Jamais.

GILLES. Et toi ?

LISA. Moi oui. Quelques fois. Tu vois ! ça aurait dû être moi. Oh, si je pouvais être à ta place...

GILLES. Tu te sentirais mieux ?

LISA. Oui.

Il la console mécaniquement en la berçant contre lui et en caressant ses cheveux.

GILLES. Allons... ce n'est qu'un accident... tu ne peux pas t'estimer coupable d'un accident...

Comme elle commence à s'apaiser, il l'abandonne pour s'asseoir sur le tabouret de son bureau où il exécute un tour sur lui-même.

GILLES. En fait, je suis devenu le héros de mes romans, l'inspecteur James Dirdy...

LISA (*corrigeant par réflexe*). James Dirty.

GILLES. Dirty : pour découvrir la vérité, j'enquête sur le lieu du crime.

LISA. Un crime, quel crime ?

GILLES. C'est une façon de parler. Mais qui sait, vraiment, s'il ne s'est pas produit un crime ici ?

LISA. Cesse ce jeu, s'il te plaît.

GILLES. En entrant, je ne me suis souvenu de rien, mais j'ai eu le sentiment qu'il s'était passé des choses graves. Était-ce une folie ? Une intuition ? Un début de souvenir ?

LISA. Une déformation professionnelle. Tu écris des romans noirs. Tu aimes avoir peur, soupçonner, suspecter et supposer que le pire est à venir.

GILLES. À venir ? J'avais l'impression qu'il était derrière.

LISA. Alors tu as changé : tu disais toujours que le pire nous attend.

GILLES. Pessimiste ?

LISA. Pessimiste en pensée. Optimiste en action. Tu vis comme quelqu'un qui croit à la vie. Tu écris comme quelqu'un qui n'y croit pas.

GILLES. Le pessimisme demeure le privilège de l'homme qui réfléchit.

LISA. On n'est pas obligé de réfléchir.

GILLES. On n'est pas obligé d'agir non plus.

Ils se toisent à nouveau, comme des ennemis. Chacun voudrait dire beaucoup plus à l'autre mais aucun n'ose.

GILLES. C'est étrange une amnésie. Comme une réponse à une question qu'on ignore.

LISA. Quelle question ?

GILLES. Justement, je la cherche.

Ils ne bougent plus. Le temps s'est arrêté.

LISA. Comment vas-tu ?

GILLES. Pardon ?

LISA. Comment te sens-tu ?

GILLES. Assez mal. Pourquoi ?

LISA *(tendue)*. Parce que je te trouve intellectuellement très en forme. Et que j'ai du mal à concevoir que, discutant ainsi, tu n'aies plus accès à ta mémoire.

GILLES. Intelligence et mémoire ne sont pas localisées dans les mêmes zones du cerveau.

LISA. Si tu le dis.

GILLES *(sèchement)*. Ce n'est pas moi qui le dis, mais la science.

LISA. Si la science le dit.

GILLES. Tu ne la crois pas ?

LISA *(aussi sèchement).* On n'a pas à croire ou ne pas croire la science, elle délivre des informations qui se passent de notre approbation, non ?

GILLES. Exactement.

Ils se jaugent du regard.

GILLES. En tout cas, je suis sur mes traces. C'est curieux que je me sois laissé aussi peu de traces.

LISA *(narquoise).* Oui, ce n'était pas ton genre.

GILLES. Je ne trouve pas ça drôle.

LISA. Détends-toi. Tu mets beaucoup trop d'agressivité à fouiller ton esprit, je ne pense pas que cela t'aide.

GILLES *(fébrile).* J'ai peur de ce que je vais apprendre. J'ai peur de ce que j'ai pu être.

LISA. C'est absurde. Tu étais... tu es... un type bien.

GILLES. Mais non, je sens bien que non.

LISA. Puisque je te le dis.

GILLES. Mais non. Qui me le prouve ?

LISA. Moi.

GILLES. Mais non. Je suis peut-être un gangster, un sale gangster, même pas honnête dans son métier de malhonnête, exécuté dans la rue, à qui sa femme essaie de faire croire qu'il n'a eu qu'un accident pour lui voir prendre une autre route. Tu profites de l'amnésie pour opérer ma rédemption.

LISA. Gilles !

GILLES. Je suis peut-être un assassin qu'on ne suspecte pas encore et que tu vas protéger en ne lui parlant de rien. Je suis peut-être un violeur de jeunes filles qui commet des attentats à répétition et que tu...

LISA. Arrête ! Pourquoi t'imagines-tu toujours si horrible ?

GILLES. Parce que j'ai le sentiment très fort qu'il y a du mal derrière moi, un mal épais, un mal tenace.

LISA. C'est faux. Je te supplie de me croire.

GILLES. Allons ! Si c'était vrai, tu ne te comporterais pas autrement : tu me demanderais de te croire. Et tu aurais raison. Tu n'es pas à blâmer. Si je suis un salaud, tu dois profiter de ma confusion mentale pour me changer, pour me convaincre que j'étais différent, pour me doter d'un meilleur passé, m'inventer une personnalité moins déviante.

LISA *(ironique)*. Tu as raison : je t'invente, je te recycle ! Je fais du neuf avec de l'ancien. Je sculpte un homme meilleur que celui que j'ai connu, j'efface tes défauts en te les cachant, je te prête ces qualités qui te manquaient, je te refaçonne pour un couple parfait, celui qui me convient. En ce moment, j'aménage ma vie conjugale, je garde la même façade et je rénove l'intérieur. Je m'amuse férocement ! Je réalise le rêve de toute femme : dresser son mari après quinze ans de vie commune. Regarde bien : ce n'est pas une garde-malade que tu as devant toi, c'est une dompteuse.

Gilles est arrêté par ce discours. Il se calme.

GILLES. Pardonne-moi.

LISA. Non ! Je ne pardonne plus : je fouette !

GILLES. Lisa...

LISA. Assis ! Debout ! Quand tu auras mangé, tu coucheras sur le canapé.

GILLES. Non, Lisa, pas ça.

LISA. Pas quoi ?

GILLES *(avec ses fameux yeux de chien battu).* Pas le canapé. Maîtresse, pas le canapé.

Elle le considère et, soudain, éclate de rire. Lui aussi. Ils redeviennent complices.

Elle avance pour lui passer la main dans les cheveux, presque tendre.

LISA. Je ne te mens pas, Gilles. Tu es bien tel que je te décris. Un homme. Un homme qui me convient. Un homme comme une femme parfois en rencontre.

Leurs lèvres se frôlent.

GILLES. Nous parlons trop.

LISA. C'est toujours ce que tu dis lorsque...

GILLES. Oui ?

LISA. Lorsque...

GILLES. Oui ?

LISA. Nous parlons trop.

Ils s'embrassent, à pleine bouche cette fois-ci, puis, comme ivres, se laissent tomber sur le canapé.

GILLES. J'ai envie d'une nouvelle nuit de noces.

LISA. La barre est mise très haut.

GILLES. Nous ferons aussi bien.

LISA. Où irons-nous ?

GILLES. Pourquoi partir ?

LISA *(fondant sous lui).* Où ?

GILLES. Ici.

LISA *(ravie).* Quelle impatience !

GILLES. Es-tu d'accord ?

LISA *(avec enthousiasme).* Oui.

GILLES. Pas besoin d'aller jusqu'à Portofino.

Il l'embrasse. Après quelques secondes, elle interrompt le baiser et le repousse un peu.

LISA. Qu'est-ce que tu as dit ?

GILLES. Pas besoin d'aller jusqu'à Portofino.

LISA. Pourquoi Portofino ?

GILLES. C'est là que nous avons passé notre nuit de noces, non ?

LISA. Tu t'en souviens ?

GILLES. Non. C'est toi qui me l'as dit tout à l'heure.

LISA. Sûrement pas. J'ai dit Italie.

GILLES *(calmement).* Tu as dit Portofino.

LISA. J'ai dit Italie.

GILLES. C'est impossible. Comment le saurais-je autrement ?

LISA. Gilles, tu recouvres la mémoire !

GILLES. Mais non ! Je ne recouvre rien.

LISA. Enfin, tu viens de te rappeler...

GILLES. Je suis formel. C'est toi qui as évoqué Portofino tout à l'heure.

LISA. J'ai dit Italie.

GILLES. Tu ne t'en es pas rendu compte mais tu as prononcé Portofino.

LISA. Je n'ai pas dit Portofino parce que, tout à l'heure, justement, j'étais furieuse contre moi-même de ne pas retrouver le nom de cette station.

Elle se lève, lui fait face et l'observe.
Il cesse de protester.
Elle comprend lentement ce qui vient de se passer.

LISA. Gilles, tu n'as pas perdu la mémoire.

GILLES. Si.

LISA. Gilles, tu me mens !

GILLES. Toi aussi, Lisa !

Ils s'évaluent. Ils tournent l'un autour de l'autre comme des fauves qui vont attaquer.

LISA. Je mens ?

GILLES. Oui ! Ces tableaux, ce sont les tiens, c'est toi qui peins ! Ce Gilles qui t'accompagne dans les magasins, c'est toi qui l'as inventé ! Ce Gilles qui ne quitte pas la maison et qui ne te trompe jamais, c'est celui dont tu préférerais partager la vie, Lisa !

LISA *(douloureusement)*. Tu te souviens...

GILLES. Non. Je me souviens seulement que je ne suis pas comme ça !

LISA *(plaintive).* Oh, mon Dieu, non, ça ne va pas recommencer.

GILLES. Qu'est-ce qui va recommencer ?

Sans répondre, Lisa se ressaisit. Elle avance vers lui, attrape un coussin et le frappe au visage.

LISA *(durement).* Tu n'as jamais perdu la mémoire. Tu te souviens.

GILLES. Non. Pas du tout.

LISA. Je ne te crois pas. Tu te souviens.

GILLES. Partiellement.

LISA. Je ne te crois plus.

GILLES. Ça revient, mais il me manque encore des morceaux.

LISA *(continuant à le battre).* Tu te souviens !

GILLES. Pas le dernier jour...

LISA *(restant le bras en l'air).* Le dernier jour ?

GILLES. Le jour de l'accident. Rien ne me revient.

LISA *(lui redistribuant une volée de coups).* Tu fabules ! Tu sais tout et tu te paies ma tête !

GILLES. Pas le dernier jour !

LISA. Ta fausse amnésie, c'est le supplice que tu as trouvé pour me punir. Tu me fais bouillir à petit feu. Tu veux me faire honte. Tu jouis de mes réponses idiotes. Tu...

GILLES *(sincèrement).* Te punir de quoi, Lisa ?

Cessant de l'étriller, elle a un petit rire forcé. Il lui agrippe le bras.

GILLES. Te punir de quoi ?

Elle veut se dégager mais lorsqu'elle se rend compte qu'il ne met aucun sous-entendu, ni aucune ironie dans sa question, rassurée, elle hausse les épaules.

LISA. Excuse-moi. Toi, tu as eu deux semaines d'hôpital avec des médecins, des infirmières et des médicaments pour te reconstituer, moi, j'ai été seule, ici, à me ronger les ongles. Personne n'a pris soin de moi. J'ai besoin qu'on s'occupe de moi.

Il lui embrasse la main avec délicatesse.

GILLES. Mon crâne est un livre dont il manque des pages. Les dernières particulièrement. Je ne me souviens pas du jour de l'accident.

LISA. Du tout ?

GILLES. Du tout. *(Il la regarde dans les yeux.)* Je te le jure.

Elle constate qu'il est sincère.

GILLES. Je suppose que je te dois des excuses.

LISA. Oui.

GILLES. Beaucoup d'excuses ?

LISA. Je doute que tu arrives à rembourser tes dettes.

GILLES. La mémoire m'est revenue le lundi. Progressivement. Comme une éponge reprend du volume sous un goutte-à-goutte. Ce lundi, tu n'étais pas là pour je ne sais quelle raison. Alors je me suis regonflé tout seul, sans rien dire aux médecins, je retrouvais des pans de notre histoire, de notre couple, de notre passion. J'étais fier. J'étais heureux. Le mardi, lorsque tu es entrée, j'allais te l'annoncer lorsque tu m'as arrêté par un mensonge. Le premier.

LISA. Moi ?

GILLES. Tu m'apportais mes livres, la collection de mes romans policiers, histoire de piquer ma mémoire. Or tu en avais oublié un. Lequel ? *Petits crimes conjugaux*. En consultant la liste, je te l'ai fait remarquer. Tu m'as répondu que c'était sans importance car je détestais ce livre et je regrettais de l'avoir écrit. Et voilà, un joli petit mensonge, affirmé d'une façon péremptoire. Ça m'a cloué la bouche.

Lisa bougonne sans chercher à nier.

GILLES. J'ai commencé à réfléchir. J'avais toujours été très fier de *Petits crimes conjugaux*, je répétais à qui voulait l'entendre que si l'on devait garder un livre de moi, ce devait être celui-là, et toi, là, devant moi, tu prétendais tranquillement le contraire.

LISA. D'accord, j'ai fait passer mon avis pour le tien. Est-ce grave ?

GILLES. Non. Mais qu'est-ce qui est grave ?

LISA *(se défendant). Petits crimes conjugaux* n'a eu aucun succès.

GILLES. D'autres de mes livres n'ont pas rencontré le succès.

LISA. *Petits crimes conjugaux* encore moins. Il faut faire la différence entre rien et moins que rien.

GILLES. Peu importe, Lisa, lorsque tu apprécies un de mes livres, tu n'as besoin du soutien de personne et tu le défends bec et ongles contre n'importe qui.

LISA. C'est vrai, je déteste *Petits crimes conjugaux* que toi, tu adores. Encore une fois, est-ce grave ?

Il retire le livre en question de la bibliothèque.

GILLES. *Petits crimes conjugaux*, un recueil de nouvelles, je devrais plutôt dire un recueil de très mauvaises nouvelles tant la théorie qui y est développée se vautre dans le pessimisme. J'y décris le couple comme une association d'assassins. D'emblée, ils sont unis par la violence, ce désir qui les jette l'un sur l'autre, qui pousse le corps de l'un dans l'autre, ces coups accompagnés de râles, de sueur et de plaintes, une lutte qui ne cesse que par l'exténuation des forces, cet armistice qu'on appelle le plaisir. Ensuite les deux assassins, s'ils perdurent dans leur association en choisissant la trêve du mariage, vont s'unir pour lutter contre la société. Ils vont réclamer des droits, des avantages, des privilèges, ils vont brandir les fruits de leurs rixes, leurs enfants, pour obtenir le silence et le respect des autres. Là, l'escroquerie vire au chef-d'œuvre ! Les deux ennemis vont à présent tout justifier au nom de la famille. La famille, voilà le sommet de leur esbroufe ! Parce qu'ils ont fait passer leurs étreintes brutales et jouissives pour un service rendu à l'espèce humaine, ils vont pouvoir distribuer taloches, punitions et coups de pied au nom de l'éducation, imposer leur nuisance, leur bêtise et leur bruit. La famille, ou l'égoïsme dans les habits de l'altruisme... Puis les assassins vieillissent, leurs enfants partent pour fonder de nouveaux couples d'assassins. Alors les vieux prédateurs, n'ayant plus de dérivatifs à leur violence, finissent par s'en prendre l'un à l'autre, comme au temps de leur rencontre, mais en se servant d'autres coups que les coups de reins. Ce seront désormais des coups plus subtils, des coups de rosse. Tout est permis dans ce combat, les tics, les maladies, la surdité, l'indifférence, le gâtisme. Le gagnant, c'est celui qui pleurera l'autre. Voilà la vie conjugale, une association de tueurs qui s'en prennent aux autres avant de s'en prendre à eux, un long chemin vers la mort qui laisse des cadavres sur la route. Un couple jeune, c'est un couple qui cherche à se débarrasser des autres. Un vieux couple est un couple où chacun tente de supprimer son partenaire. Lorsque vous voyez une femme et un homme devant le maire, demandez-vous lequel des deux sera l'assassin ?

Lisa, ironiquement, frappe dans ses mains.

LISA. Bravo ! J'applaudis pour ne pas vomir.

GILLES. Pourquoi ai-je écrit cela ?

LISA. Lorsque je te l'ai demandé, tu m'as répondu : parce que c'est la réalité.

GILLES. C'est peut-être la réalité mais pourquoi penser la réalité telle qu'elle est ? Pourquoi ne pas la penser telle qu'on la veut ? Un couple, ce n'est pas de la réalité, c'est d'abord un rêve que l'on fait, non ?

Comme Lisa ne répond pas, Gilles continue avec ardeur.

GILLES. Je me suis rendu compte, ce même après-midi où tu m'avais menti, qu'au fond, j'étais d'accord avec toi. *(Il se tourne vers elle.)* Je haïssais ce livre sans le savoir. Ton mensonge était ma vérité. Ma nouvelle vérité.

Elle le dévisage, intriguée, pas certaine de bien le comprendre.

GILLES. Ce mardi-là, j'ai décidé de me taire pour te laisser me raconter tel que tu me voulais. Peut-être que le Gilles Sobiri que tu allais me décrire, qui regrettait d'avoir commis *Petits crimes conjugaux*, pourrait être meilleur que le précédent. Une version corrigée. Nous devions en profiter. Que mon accident serve à cela. Je me suis enfermé dans mon mensonge pour t'écouter, Lisa, rien que pour t'écouter, et comprendre avec quel homme tu te sentirais bien.

LISA. Ce n'est pas très honnête.

GILLES. Quoi ?

LISA. Ton comportement.

GILLES. Le mien pas plus que le tien. Mais aussi instructif. J'ai vraiment cédé à la volupté d'être recréé par la femme que j'aime. J'étais parti pour essayer de ressembler à celui que tu voulais. Un petit bout de moi vrai, un petit bout de moi amélioré, un mari à options, un mari sur commande. Mais...

LISA. Mais...

GILLES. D'abord la mémoire me revenait et je saisissais bien que je ne tarderais guère à faire sauter les coutures de la nouvelle personnalité que tu me fabriquais.

Ensuite... je ne voyais pas où tu voulais en venir. Ça ne devenait pas cohérent.

LISA. Cohérent ?

GILLES. Nous avons des problèmes, certes. Cependant, je me suis rendu compte qu'au fond, tu m'aimes bien tel que je suis. Pas un autre.

Lisa sourit.

LISA. Alors ?

GILLES. Alors, c'est une bonne nouvelle.

Il sourit à son tour.

LISA. Eh bien ?

GILLES. Eh bien, j'en ai conclu que le problème, ce n'était pas moi, c'était toi.

LISA. Oh !

Le coup – direct, inattendu – la laisse sans voix tandis qu'il bondit vers la bibliothèque où sont les livres qu'il lui a dédicacés. Il jette toute la rangée à terre.

LISA *(folle de rage)*. Qu'est-ce que tu fais ?

GILLES. Je te montre ce que je sais.

Grâce à la chute des volumes, il a fait apparaître des bouteilles d'alcool dissimulées au fond de la bibliothèque. Il les brandit.

GILLES. Une ! Deux ! Trois ! Une quatrième, mais vide ! Cinq !

Crânement, Lisa relève le front.

LISA. Tu le savais ?

GILLES. Cinq bouteilles pour tes coups de blues ! Et du whisky de basse qualité. Du matos d'alcoolique ! Une vraie droguée.

LISA. Tu le savais ?

GILLES. Depuis quelques mois.

LISA. Combien ?

GILLES. Je dois avouer que tu te caches bien. On ne te voit pas boire et je ne t'ai jamais surprise saoule.

LISA (*fièrement*). Jamais !

GILLES. Comment fais-tu ?

LISA. Il y a des êtres supérieurs.

GILLES. C'est une malédiction de tenir aussi bien l'alcool. J'ai découvert les bouteilles par hasard, en rangeant.

LISA *(hautaine)*. Tu ranges parfois ?

GILLES *(se corrigeant)*. En cherchant un dictionnaire. Ensuite, je t'ai observée. Sans rien dire.

Lisa se cache la figure derrière les mains.

LISA. Arrête !

GILLES. Non, je n'arrête pas.

LISA. Laisse-moi, j'ai honte.

GILLES. Tu te trompes, Lisa. C'est moi qui ai honte. Moi ! Lorsque j'ai découvert ces bouteilles camouflées derrière mes livres, c'est devenu ma honte tout autant que la tienne. Quel est ton problème avec l'alcool ?

LISA. Je n'ai pas un problème avec l'alcool.

GILLES. Tu bois.

LISA. Oui, je bois, mais je n'ai pas un problème avec l'alcool. J'ai un problème avec toi.

GILLES. Lequel ?

Elle a un geste vague. Répondre lui coûterait tellement qu'elle renonce d'emblée.

LISA. Il y a des gens qui boivent pour oublier. Pas moi. Moi, ça ne marche pas. Moi, à ta place, je ne serais jamais devenue amnésique. Même avec le pire coup sur la tête. Rien ne peut me faire perdre la mémoire. Notre mémoire. Ni deux, ni trois, ni cinq bouteilles. Alors ta petite bosse...

Se rendant compte qu'elle devient méchante, elle se tait, confuse.

Il est sincèrement aussi ému qu'elle.

Parce qu'ils n'arrivent pas à communiquer, ils partagent la même détresse.

GILLES. Qu'est-ce qui s'est passé le dernier soir ? Le soir dont je ne me souviens plus ?

LISA. Rien.

GILLES. Tu me caches quelque chose.

LISA. Et alors ?

GILLES. Tu es odieuse de me cacher quelque chose.

LISA *(acrimonieuse)*. Tu trouveras par toi-même. Tu as bien trouvé mes bouteilles.

GILLES. Je ne suis pas ton ennemi, Lisa.

LISA *(fermée).* Ah oui ?

GILLES *(doux).* Je t'aime.

LISA *(toujours verrouillée).* Les mots n'ont pas le même sens pour toi et moi.

GILLES *(insistant avec tendresse).* Je t'aime.

LISA. Et moi, j'aime le roquefort et les vacances au ski ! *(À bout de nerfs.)* J'aime qu'on me foute la paix, aussi !

Elle se lève, empoigne une bouteille de whisky, s'en sert un verre en narguant Gilles.

LISA. Je vais le boire.

GILLES. Bois-le.

LISA. Puis j'en boirai d'autres.

GILLES. Bois autant que tu veux. Noie-toi puisque tu sais nager !

LISA *(avec défi).* Je vais siffler la bouteille.

Il l'observe sans intervenir.

LISA. Tu... tu ne m'empêches pas ?

GILLES. Pourquoi ? Il faut que je te défende contre toi-même ? Je veux bien te défendre contre n'importe qui mais contre toi-même...

Lisa baisse la tête comme une enfant abandonnée, les larmes aux yeux.

Gilles la rejoint et lui retire lentement son verre. Elle le laisse faire puis s'abandonne avec gratitude dans ses bras, soulagée.

GILLES. Tu vis à côté de moi. Mais pas avec moi.

Elle s'accroche amoureusement à lui.

GILLES. Qu'est-ce qui ne va pas entre nous ? Qu'est-ce qui ne va plus ?

Elle hausse les épaules. Éclaircir ce malaise lui semble une tâche trop ardue.

Ils s'assoient l'un à côté de l'autre, lui la caressant légèrement, animalement, l'encourageant à se livrer avec confiance.

LISA. Peut-être que tout a une fin. Une durée de vie. C'est... organique, un couple, ça serait programmé comme un être vivant. Mort génétique.

GILLES. Tu crois à ce que tu dis ?

En guise de réponse, elle se mouche bruyamment. Il lui caresse les cheveux, avec tendresse à présent.

GILLES. Ces derniers temps, j'ai beaucoup pensé à notre rencontre. En fait, c'est le premier souvenir qui m'est revenu à l'hôpital.

À cette évocation, Lisa se déride.

LISA. Tu te la rappelles bien ?

GILLES. Je crois.

LISA. Vraiment bien ?

GILLES. J'espère.

LISA. J'y retourne souvent, dans ce souvenir.

GILLES. Moi aussi. À ton avis, se rencontrer lors d'un mariage, c'était de bon ou de mauvais augure ?

LISA. Ce pauvre Jacques et cette pauvre Hélène..., ils se sont séparés depuis.

Ils rient, redevenant plus jeunes, plus insouciants.

LISA. Tu as mis du temps à venir jusqu'à moi !

GILLES. Nous n'étions pas dans les mêmes groupes, ni à la même table.

LISA. Il est vrai que j'étais très entourée.

GILLES. Entourée de silence, surtout. Jamais vu une femme avec autant de silence autour d'elle. Un mystère vivant protégé de murailles invisibles mais palpables. Lointaine. Inaccessible. Tu m'impressionnais beaucoup.

LISA. Allons !

GILLES. Et ton regard... Un regard de sage, un regard antique, un regard d'au moins deux mille ans dans un corps de jeune femme. *(Frissonnant.)* Alors que je ne te quittais pas des yeux depuis le matin, le soir je n'étais toujours pas parvenu à t'aborder.

LISA. J'avais noté ton manège.

GILLES. En plus ! Je me sentais doublement ridicule.

LISA. C'est peut-être ça qui m'a touchée. On m'avait dit que tu étais un dragueur tout-terrain.

GILLES. Tout-terrain ? Je n'avais jamais tenté les hauts sommets. *(Très enveloppant.)* Les grands voyageurs disent que lorsqu'on a trop soif et que l'on manque d'eau, on doit se remémorer la première fois que l'on a bu. C'est l'unique méthode pour traverser les déserts.

Rejouons ce moment-là, s'il te plaît. *(Avec nostalgie.)* Voyons, j'ai attendu jusqu'à...

LISA. Minuit !

GILLES. Minuit ?

LISA *(s'amusant à cette évocation)*. Subitement, vers minuit, je te vois quitter la salle du château en courant. Le coup de Cendrillon ! Intriguée, je me dirige vers la terrasse, je ne t'y retrouve pas, j'avance, et je t'aperçois au fond, juste au-dessus du parking, en train de...

GILLES. De vomir !

Ils s'esclaffent. Elle se met à rejouer la scène. Il va la suivre.

LISA. Je crois que c'est sur ma voiture que vous êtes en train de vomir.

GILLES. Désolé.

LISA. Non, non, faites. De toute façon, je ne supporte pas sa couleur. Je l'aurais souhaitée plus originale.

GILLES. Maintenant, elle est unique !

Ils se tiennent les côtes, comme dans le passé, et continuent à revivre leur rencontre.

GILLES. Je rêve de vous parler depuis le début de la cérémonie et ça ne s'est pas du tout passé comme je le souhaitais. Pour me donner du courage, j'ai enfilé les verres, je voulais être brillant et... voilà le résultat. La vie est vraiment rosse.

LISA. La vie n'en fait qu'à sa tête. Je vous propose d'aller vous rafraîchir aux lavabos. Vous serez sans doute plus à l'aise pour être brillant, après.

GILLES. Vous m'attendriez ?

LISA. Un homme qui s'occupe aussi bien des voitures, on l'attend.

GILLES *(commentant).* Et cinq minutes plus tard, un nouveau Gilles rafraîchi à l'eau de Cologne retentait sa chance. *(Reprenant son rôle.)* Quel genre de femme êtes-vous ?

LISA. Le vôtre ?

GILLES. Je vous le confirme. Chaque phrase me coûte une suée dans les reins, j'ai l'impression d'avoir le cerveau engourdi, tous les symptômes d'un malaise qu'on appelle l'attirance irrésistible.

LISA. Désolée, je n'ai pas de remède.

GILLES. Vous êtes le remède. *(Un temps.)* Répondez-moi : quel genre de femme êtes-vous ? Froide, timide, modérée, libertine, dévergondée ? Je veux juste savoir s'il est bon que j'insiste ou pas, si je vous saute dessus – ce dont j'ai très envie – ou si je me tiens à distance. Bref, quel genre de femme êtes-vous signifie : Êtes-vous du genre à coucher le premier soir ?

LISA. À votre avis ?

GILLES. Moi, je suis du genre à coucher le premier soir.

LISA. Quel homme ne l'est pas ?

GILLES. Et vous ?

LISA. Je ne suis pas ce genre d'homme-là.

GILLES. Vous n'en avez pas envie ?

LISA. Si.

GILLES. Je vois. Vous refusez uniquement pour que, plus tard, lors d'une scène, je ne puisse pas vous reprocher d'être une femme facile qui se donne au premier venu.

LISA. Vous nous imaginez un avenir ravissant.

GILLES. Est-ce que je me trompe ? Vous refusez par prudence ?

LISA. Peut-être.

GILLES. En somme, vous prenez le risque de gâcher le présent au nom d'un avenir hypothétique.

LISA. Exactement. Je suis comme ça : tout ou rien. *(Un temps.)* Et puis, j'estime que je mérite d'être attendue, non ? Je vous ai bien attendu, moi.

GILLES. Oh, cinq minutes.

LISA. Est-ce qu'il y a quelqu'un dans votre vie ?

GILLES. En ce moment, il y a vous.

Leurs lèvres se frôlent.

LISA *(murmurant)*. Pas encore.

Gilles insiste en se faisant plus câlin.

LISA. Pas encore.

Elle le repousse avec gentillesse.

GILLES. Tu joues la scène de notre rencontre ou celle de ce soir ?

LISA. Ma réplique est la même : « Pas encore. »

GILLES *(étonné)*. Ça ne te gêne pas de refuser tout le temps ?

LISA. Je ne refuse pas, je diffère.

GILLES. Les femmes ont vraiment tendance à transformer les hommes en mendiants. Lorsque j'essaie de te faire comprendre que je voudrais coucher avec toi, j'ai l'impression de te demander l'aumône. *(Un temps.)* Et du coup, lorsque tu me l'accordes, la charité, j'ai le sentiment fugace de me retrouver devant une bonne sœur, ce qui n'est pas du tout l'image souhaitée à cet instant-là.

LISA *(raillant).* Comment ? Vous n'aimez pas mes seins, mon fils ?

GILLES *(échauffé).* Pourquoi une femme ne prend-elle jamais l'initiative ?

LISA. Parce qu'elle est suffisamment maligne pour donner l'impression à l'homme que c'est lui qui a envie.

GILLES. Alors, en ce moment, qui manipule qui ?

LISA. Bonne question. *Petits crimes conjugaux.*

Ils rient, presque complices.

GILLES. Et qui va gagner ?

LISA. Celle qui peut céder. Elle seule contrôle le jeu.

GILLES *(avec admiration).* Garce !

LISA. Merci. *Petits crimes conjugaux.*

Pas encore prête à se réconcilier avec lui, elle se dégage.

GILLES. Tu me dois la vérité, Lisa. Que s'est-il passé ?

LISA. Quand ?

GILLES. Le soir où je suis tombé. Pourquoi est-ce que je n'arrive pas à me rappeler ce moment-là ?

Lisa réfléchit avant de répondre. Une fois décidée, elle adopte un ton froid.

LISA. Parce que ça t'arrange, sans doute.

GILLES. Pardon ?

LISA. Tu dois tirer un bénéfice de l'oubli.

GILLES. Est-il arrivé quelque chose d'horrible ?

LISA. Horrible ?... Oui.

GILLES. Quoi ?

LISA. Si ton cerveau a choisi de l'oublier, c'est pour t'épargner la vérité. Pourquoi te l'apprendrais-je ? C'est sans doute mieux ainsi.

Il se rend au bas de l'escalier.

GILLES. Je ne suis pas tombé, n'est-ce pas ?

Lisa ne répond rien.

GILLES. Depuis tout à l'heure, j'examine cet escalier sans parvenir à comprendre comment j'ai pu manquer une marche ici et me cogner le crâne là. C'est une cascade extrêmement difficile.

Lisa le rejoint et opine du chef.

LISA. J'ai sans doute improvisé mon explication un peu vite.

GILLES. Lisa, tu m'as menti !

LISA. Je te protège, Gilles, comme ton cerveau te protège en t'interdisant l'accès à tes souvenirs.

GILLES. Tu me protèges de quoi ?

LISA *(avec naturel).* Mais de toi. *(Un temps.)* De toi.

Gilles s'effondre sous cette révélation. Ses pires craintes semblent justifiées.

GILLES. Je le savais ! Je savais en entrant ici qu'il y avait quelque chose de lourd, de douloureux, d'insupportable qui m'attendait. Que s'est-il passé ?

LISA. Cesse de chercher, Gilles. Si tu trouves, tu auras encore plus mal.

Il l'attrape par le bras et se fait implorant.

GILLES. Que s'est-il passé ?

LISA. Je ne veux pas te le dire. Moi aussi, j'essaie de l'oublier.

GILLES. Lisa, est-ce que tu m'aimes un peu ?

LISA. Pourquoi crois-tu que j'essaie d'oublier ?

GILLES. Lisa, si tu m'aimes un peu, je t'en supplie, dis-moi ce qui s'est passé ce soir-là.

LISA. Mais rien, Gilles, rien.

GILLES. Lisa, je t'en prie.

LISA. Ce n'est pas grave, après tout, nous sommes là, c'est derrière nous.

GILLES. Quoi ? Qu'est-ce qui est derrière nous ?

LISA. Tu as essayé de me tuer.

Gilles demeure stupéfait. Lisa soutient son regard. Peu à peu, il recule, effrayé par ce qu'il vient d'apprendre.

Elle répète calmement :

LISA. Tu as essayé de me tuer.

Soulagée par son aveu, elle se sert un whisky-soda puis s'assoit. Lui, derrière elle, reste muet d'effroi.

LISA. Lorsque tu es rentré, cet après-midi-là, tu m'as trouvée en train d'empaqueter mes affaires. Ma valise est restée prête, d'ailleurs. Je t'ai annoncé que je partais, enfin plus exactement que je te quittais.

GILLES. Toi ?

LISA. Tiens, tu réagis exactement pareil. « Toi ? » m'as-tu dit comme si, de toute éternité, il était écrit que si l'un de nous deux devait prendre le large, ce devait être toi, non pas moi.

GILLES. Mais pourquoi ?

LISA. Justement, ce fut ta deuxième question. *(Elle allume une cigarette.)* J'espère que la ressemblance entre la discussion d'aujourd'hui et celle de l'autre soir s'arrêtera là.

Elle attend une réponse. Très pâle, Gilles bredouille.

GILLES. Je te promets de rester calme.

LISA. Bien. Je t'ai donc annoncé que je me séparais de toi parce que j'étais... fatiguée... oui, fatiguée de notre couple qui te donnait plus de satisfaction qu'à moi. Je t'ai demandé de respecter ma décision et de ne pas exiger davantage d'explications. Au début, j'ai cru que tu allais me laisser passer puis, soudain, tu t'es mis à hurler : « Qui est-ce ? Qui est-ce ? Avec qui pars-tu ? » Je t'ai répondu : « Avec personne », et tu as refusé de me croire. Tu m'as resservi ta vieille théorie selon laquelle un homme prend une maîtresse pour rester avec son épouse tandis qu'une femme prend un amant pour quitter son mari.

GILLES. C'est vrai !

LISA. C'est ta théorie. Elle ne s'applique pas à moi.

GILLES. Comment te croire ?

LISA *(lasse)*. Ne recommence pas, veux-tu ?

GILLES *(dompté)*. D'accord.

LISA. À partir de là, notre discussion a dégénéré. Tu es devenu violent. Tu...

Elle peut difficilement continuer. Il ne bouge pas, confus.

Tentant de retenir les larmes qui lui viennent aux yeux, elle attrape une sculpture de trente centimètres qui décore un meuble.

LISA. Lorsque je suis redescendue avec ma valise, tu t'es jeté sur moi et tu as commencé à m'étrangler. J'ai voulu me défendre, j'ai saisi cette statuette et...

Elle se tait et pleure doucement.

Gilles semble plus choqué que repentant. Il secoue la tête, comme si ce geste allait remettre ses idées en place et raviver ses souvenirs.

Après quelques hésitations, il s'approche d'elle pour lui toucher la main avec délicatesse.

GILLES. Je t'ai fait mal.

Spontanément, Lisa fait un signe de dénégation. Puis elle se ravise et porte la main à son cou.

LISA. Juste quelques bleus. C'est pour cela que tu ne m'as pas vue, les premiers jours, à l'hôpital.

Gilles approuve avec lenteur.

GILLES. Je comprends mieux pourquoi tu ne veux plus que je te touche...

Lisa acquiesce en soupirant.

Gilles regarde autour de lui, comme si c'était la dernière fois.

GILLES. C'est à mon tour, maintenant.

Il se dirige vers sa valise, restée près de la porte.

Lisa relève le visage, surprise.

LISA. Où vas-tu ?

GILLES. Je ne peux pas rester ici, Lisa. Pas après ce que je t'ai fait.

LISA. Mais...

GILLES. J'ai commis le seul acte qu'on ne peut pas pardonner. J'ai commis le seul acte qui t'ôte définitivement toute confiance en moi.

Accablé, il soulève son bagage et ouvre la porte. Lisa baisse la tête, ne trouvant rien à répondre.

GILLES. Lisa, j'ai une question, une seule avant de partir.

LISA. Oui.

GILLES. Est-ce qu'il y a un autre homme ?

Lisa prend le temps de répondre.

LISA. Non.

GILLES. Personne ?

LISA. Personne.

GILLES. C'est pire. Adieu.

Il passe le seuil.

Restée seule, Lisa se sent très mal. Loin de la soulager, ce départ l'angoisse. Après quelques gestes désordonnés, elle court vers Gilles et le rattrape dans le couloir.

LISA. Non, Gilles, reviens.

Elle le tire par le bras pour le faire rentrer dans l'appartement.

GILLES. C'est impossible, Lisa. Que puis-je ajouter après ce que j'ai fait ? Te demander de me pardonner ? Tu ne pourras jamais.

LISA. Assieds-toi. Si. Reste un instant. J'ai quelque chose à te dire.

Il cède. Elle referme la porte, satisfaite d'avoir déjà obtenu cela.

Gilles s'assied pendant que Lisa cherche ses mots.

LISA. Tu découvres la situation maintenant, mais moi, je la connais depuis quinze jours, la situation. Depuis quinze jours, j'y réfléchis, je la tourne et la retourne dans mon crâne. Si j'ai pris le parti de retourner te voir à l'hôpital, puis de te ramener ici, c'est... en connaissance de cause. Je savais que la mémoire te reviendrait ou que moi, du moins, je pourrais te la redonner.

GILLES. Je ne comprends pas.

Lisa se met à genoux devant Gilles.

LISA. Je te pardonne, Gilles.

GILLES. On ne pardonne pas ça.

LISA. Si. Depuis ce soir-là, je veux te pardonner. Et j'y suis arrivée. *(Un temps.)* Je t'ai pardonné.

Gilles reste muet, choqué. Il lui faut plusieurs secondes avant de murmurer d'une voix blanche :

GILLES. Merci.

Lisa sourit. Gilles aussi, plus faiblement, plus difficilement.
Il se lève. Surprise, elle vacille.

LISA. Que fais-tu ?

GILLES. Je pars. Merci d'avoir adouci mon départ.

Elle le retient.

LISA. Gilles, tu n'as pas compris ce que je viens de te dire.

GILLES. Si. Je crois.

LISA. Je veux que tu restes.

Elle le force à se rasseoir. Abasourdi, sans lui opposer aucune résistance, il se laisse faire.

LISA. Je souhaite que nous continuions à vivre ensemble.

GILLES. Mais... mais... Il y a quinze jours, tu me quittais.

LISA. C'était il y a quinze jours.

GILLES. Que s'est-il passé depuis ? Je t'ai frappée et j'ai perdu la mémoire.

LISA *(avec force).* Je ne te quitte plus.

Gilles se frotte douloureusement la nuque, complètement désorienté par les revirements multiples de Lisa.

LISA. Je tiens à notre couple.

GILLES. Pourquoi ?

LISA. Hors de question qu'il se brise. J'y travaille depuis quinze ans. C'est mon œuvre. *(Se corrigeant.)* Notre œuvre. N'en es-tu pas fier, toi aussi ?

GILLES. Maintenir un couple par orgueil, c'est obéir à l'amour-propre, pas à l'amour.

LISA. Reste.

GILLES. Je suis désolé, Lisa, je ne te comprends pas. Je n'ai déjà pas saisi pourquoi nous nous quittions il y a deux semaines, je perçois encore moins pourquoi nous resterions ensemble aujourd'hui.

LISA. On ne peut pas fausser compagnie à son destin. *(Un temps.)* Tu es mon destin. *(Avec douceur.)* Nous ne nous appartiendrons jamais physiquement, mais nous nous appartenons mentalement. Tu es tombé au fond de moi, je suis tombée au fond de toi, nous sommes captifs. Même lorsque tu n'es pas mon homme dans ma chair, tu es mon homme dans mes souvenirs, dans mes rêves, dans mes espoirs. C'est là que tu me tiens. Nous pouvons peut-être nous séparer, nous ne pouvons plus nous quitter. Tous ces jours où tu étais absent, absent d'ici, absent de toi-même, je continuais à t'adresser toutes mes pensées, je te faisais partager mes humeurs. Qu'est-ce que c'est, aimer un homme d'amour ? C'est l'aimer malgré soi, malgré lui, envers et contre tout. C'est l'aimer d'une façon qui ne dépend plus de personne. J'aime tes désirs et même tes aversions, j'aime le mal que tu m'infliges, un mal qui ne me fait pas mal, un mal que j'oublie tout de suite, un mal sans traces. Aimer, c'est cette endurance-là, celle qui permet de passer à travers tous les états, de la souffrance à la joie, avec la même intensité. Je t'aimais avant que tu veuilles me tuer. Je t'aime toujours après. Mon amour pour toi, c'est un noyau, une nébuleuse au fond de mon esprit, quelque chose que je ne peux plus atteindre ni changer. Une part de toi est en moi. Même si tu partais, cette part resterait. J'ai une forme de toi en moi. Je suis ton empreinte, tu es la mienne, aucun de nous deux ne peut plus exister séparément.

Il la contemple, bouleversé par cet aveu.

LISA. Alors ?

GILLES. Alors...

Comme il hésite encore, tendre, vulnérable, elle le supplie des yeux.

GILLES. Alors... je reste puisque je suis déjà là.

Cette fois-ci, c'est Lisa qui prend l'initiative du baiser, se donnant à lui comme jamais.

GILLES. Ça valait le coup : celui-ci ne ressemble pas aux autres.

LISA *(joyeuse).* Nous allons sortir ensemble, prendre un verre quelque part, veux-tu ?

GILLES. À vos ordres.

LISA. Je vais me changer.

Elle disparaît promptement, impatiente de se faire plus belle.

Gilles reste seul. Il pousse un long soupir. Très ému, il est cependant loin d'éprouver l'allégresse de Lisa. Il pense et bouge avec douleur. Tout lui coûte.

Préoccupé, il se rend auprès de l'appareil à musique, choisit un disque et appuie sur le bouton. Un air de jazz langoureux emplit la pièce.

Comme si les notes lui dictaient quelque chose, un message secret, il les écoute avec attention. Ses yeux se mettent à briller. Il retrouve de la force, de la vigueur. Il sait ce qu'il va faire.

Lisa réapparaît, dans une nouvelle robe qui la met en valeur, et se montre à Gilles.

LISA. Est-ce que je te fais honte comme ça ?

GILLES. Tu me gênes beaucoup.

LISA. Alors c'est parfait.

Lorsqu'elle passe devant lui, il l'embrasse dans le cou, ce qu'elle le laisse faire avec volupté. Puis elle sort de son sac une trousse pour retoucher son maquillage.

Il l'observe.

GILLES. Cet air ne te rappelle rien ?

LISA. Je ne sais pas. Je ne pense pas.

GILLES. C'est la musique qui passait ce soir-là.

Lisa marque un temps d'arrêt. Pour elle, il y a une menace derrière ce que vient d'affirmer Gilles, une menace qu'elle décide de négliger en s'efforçant de continuer son maquillage.

GILLES. Je suis rentré tard vers huit heures. Rien n'était allumé. J'ai pensé que tu n'étais pas encore là. J'ai mis ce disque. J'ai allumé ce lampadaire, au-dessus de mon fauteuil à ressorts, j'ai ouvert le journal. Une fois assis, j'ai entendu un bruit de tissu derrière moi. J'ai pensé que l'air soulevait les rideaux. J'ai continué à lire. Puis il y a eu de nouveau un froissement de voiles. Je me suis retourné. J'ai juste eu le temps de te voir, dans la pénombre, brandir quelque chose puis j'ai reçu le coup.

LISA. Tu m'as vue.

Lisa penche la tête, coupable. Elle voudrait être ailleurs. Elle ne sait plus comment se conduire. Ses paumes se frottent nerveusement contre le tissu du canapé, l'une de ses mains attrape au passage le livre. Machinalement, Lisa le consulte, fait une grimace puis le tend à Gilles pour le lui rendre.

LISA. *Petits crimes conjugaux*. Finalement ton meilleur livre.

GILLES. Oui. Qui va tuer l'autre ? *(Un temps.)* J'avais cependant péché par naïveté, je n'avais pas osé imaginer qu'un conjoint puisse accuser l'autre du crime qu'il a lui-même commis. *(S'inclinant devant elle.)* Bravo, là, tu me dépasses.

LISA. Quand la violence s'installe dans un couple, peu importe qui la manifeste.

GILLES. Bravo, maître, très belle idée de plaidoirie.

Lisa hausse les épaules, maussade, fermée. Gilles s'approche et prend un ton plus doux.

GILLES. Quelle violence, Lisa ?

LISA *(explosant).* La violence que ça fait, quinze ans ! La violence que tu me plais autant ! La violence que je te vois vieillir, que je me vois vieillir, sans renoncer à nous. La violence qu'il faudrait que je me lasse et que je ne me lasse pas ! La violence que tu es beau ! La violence que j'ai peur que tu partes ! La violence que tu es un homme et que je suis une femme ! Les hommes vieillissent mieux, ou du moins ils en sont persuadés, et les femmes aussi : alors tu brilles, tu plais, tu continues à plaire, les jeunes filles te sourient dans la rue plus que les jeunes hommes ne me sourient. Tu pourrais parfaitement te passer de moi tandis que je me sens incapable de vivre sans toi.

GILLES. C'est faux !

LISA. C'est vrai !

GILLES. Tu te trompes. Tu te trompes avec sincérité, mais tu te trompes.

LISA. Et alors ?

GILLES. Lisa, on ne tue pas pour ça.

Le ton de Lisa est déchirant de sincérité.

LISA. Qu'est-ce que tu en sais ? Je n'ai pas voulu te tuer, j'ai simplement voulu arrêter de souffrir.

Elle se met à sangloter.

GILLES. Pourquoi bois-tu ? *(Elle ne répond pas.)* Tu voudrais arrêter de souffrir ? *(Elle approuve.)* Tu voudrais devenir moche, grosse, bouffie et hors d'usage avant l'heure ? *(Elle approuve. Il sourit.)* Tu voudrais me provoquer ? Pour que je circule avec une femme soufflée comme un pop-corn qui toisera les autres en pensant : « Regardez, c'est quand même avec moi qu'il est resté » ? *(Elle approuve encore, de façon enfantine.)* Tu me dis oui ? Tu me diras toujours oui... Oui pour me satisfaire. Oui pour avoir la paix. Oui plutôt que de dévoiler la vérité. *(Un temps.)* Où as-tu mal ? Je me doute bien que tu es incapable de me l'avouer, sinon tu ne boirais pas dans mon dos, sinon tu ne me frapperais pas dans le dos. On fait ce qu'on ne sait pas dire. Tu devrais pourtant essayer de me l'expliquer...

Lisa a un signe de dénégation. Il insiste avec douceur, comme si Lisa était une enfant.

GILLES. Tu as l'impression que c'est très compliqué alors que ça doit être très simple. Compliqué à confier. Mais très simple à penser puisque tu y penses tout le temps.

LISA *(entre deux sanglots).* Notre couple...

GILLES *(l'encourageant).* Oui.

LISA. Il compte pour moi, il ne compte pas pour toi.

GILLES *(de même.)* C'est faux, mais continue... Continue...

LISA. Pour toi, c'est juste un arrangement pratique.

GILLES. C'est faux, mais continue.

LISA. Le destin de l'amour, c'est la décadence. C'est toi qui l'as écrit dans ton livre, *Petits crimes conjugaux*. Horrible ! Lorsque je l'ai lu, j'avais l'impression de surprendre une conversation que je ne devais pas entendre, une conversation où tu disais du mal de moi et plein de saloperies sur nous, une conversation qui me faisait perdre mes illusions. La décadence de l'amour ! Les termites ! Ces insectes qui bouffent les poutres et les charpentes. On ne les voit pas, on ne les entend pas, ils grignotent jusqu'à ce qu'un jour la maison s'écroule. Tout était devenu creux sans qu'on le sache. L'architecture, la structure, tout ce qui était censé soutenir les murs : du vide ! Voilà notre couple ! La paresse remplace l'amour, les habitudes dégagent les sentiments, ça a l'apparence d'une maison, or les colonnes ne sont plus en bois, c'est du carton, c'est du papier mâché. Tendresse ? Au début, tu m'as préférée mais est-ce que tu me préfères toujours ? Tu prétends que tu m'aimes mais est-ce que je te plais toujours ? Comme je suis là, la question a disparu, et le désir aussi. Tu ne souhaites plus vivre avec moi puisque tu vis avec moi. Je ne suis plus ton évasion, je suis ta prison, tu te cognes à moi, tu me subis.

GILLES. Mais je veux continuer. Enfin, je voulais...

LISA. Continuer pourquoi ? Là aussi, je t'ai lu. Hommes et femmes ne restent ensemble que par ce qu'ils ont de plus bas, de plus vil et de plus laid en eux : l'intérêt, l'angoisse du changement, la crainte de vieillir, la peur de la solitude. Ils s'engourdissent, ils s'amenuisent, ils abandonnent l'idée qu'ils peuvent faire quelque chose de leur vie, ils ne se tiennent la main que pour ne pas marcher seuls vers le cimetière. Tu n'es resté avec moi que pour de mauvaises raisons.

GILLES. Tandis que toi, naturellement, tu n'en avais que des bonnes ?

LISA. Oui.

GILLES. Lesquelles ?

LISA. Toi.

Quoique ému par la violence avec laquelle elle avoue son attachement, Gilles ne peut s'empêcher d'ironiser.

GILLES. Tu m'aimes, donc tu me tues ?

Lisa, la nuque cassée, les yeux au sol, murmure plus pour elle-même que pour lui :

LISA. Je t'aime et ça me tue.

Gilles comprend qu'elle est sincère.

LISA. Ce jour-là, je souffrais beaucoup, j'étais seule. J'ai bu. Un peu d'abord. Juste pour t'attendre. Mais tu ne rentrais pas. J'ai continué. Plus je t'attendais, plus tu me manquais. Plus je t'attendais, plus tu faisais exprès de t'attarder. Plus je t'attendais, plus tu me narguais, me méprisais, me piétinais ! Je raisonnais avec clarté : s'il ne me dit jamais qu'il me trompe, c'est qu'il me trompe tout le temps ; s'il ne me parle jamais d'autres femmes, c'est qu'il en voit constamment ; s'il ne laisse jamais traîner d'indices compromettants, c'est qu'il est parfaitement organisé. Boire, c'est croire qu'on vient de fermer sa porte à l'ennemi alors qu'on vient de l'installer chez soi, de façon définitive, derrière les verrous du silence. On boit pour noyer une idée, mais on ne parvient qu'à en faire une obsession. Le soupçon qu'on veut détruire, l'alcool le rend plus fort, plus vivace, il lui donne toute la place. Je me suis persuadée que tu étais en train de m'abandonner. Ça me semblait probable au début de la bouteille, certain en l'achevant. Lorsque tu es arrivé, j'étais ivre de rage. Je me suis cachée et je t'ai frappé.

GILLES. Tu as pensé que j'étais avec une autre femme ?

LISA *(prenant un air fermé)*. Ça ne me regarde pas.

GILLES. Tu as pensé que j'étais avec une autre femme ?

LISA. Tu fais ce que tu veux, je ne tiens pas à le savoir.

GILLES. Tu as pensé que j'étais avec une autre femme ?

LISA. Nous sommes un couple libéral, tu vas où tu veux, moi aussi, nous ne reviendrons pas là-dessus.

GILLES. C'est donc bien ce que tu as pensé !

LISA. Ah ! je t'en prie, n'essaie pas de me faire croire que j'étais jalouse.

GILLES. Mais si, soyons simples : tu étais jalouse.

LISA *(hors d'elle)*. Non !

GILLES. Allons donc, c'est primaire mais c'est ton cas.

LISA. Je ne suis pas primaire !

GILLES. Si ! En société, tu prétends avoir l'esprit ouvert, mais en réalité tu ne supportes pas l'idée que je puisse toucher une autre femme.

LISA. Évidemment ! Toutes ces conneries qu'on dit lors des dîners en ville pour avoir l'air malin en se passant les plats !

GILLES. Donc, tu n'es pas libérale ?

LISA. Surtout pas !

GILLES. Donc, tu es jalouse ?

LISA. Très !

GILLES. Donc, nous ne sommes pas un couple libre ?

LISA. En théorie seulement. De façon très abstraite. Entre le fromage et le café. Pas le reste du temps.

GILLES. Je ne suis pas d'accord.

LISA *(violente).* Moi non plus, je ne suis pas d'accord avec moi-même. C'est parce que je n'ai pas qu'un cerveau, j'en ai deux. Si, Gilles ! Deux cerveaux. Le moderne et l'archaïque. Le moderne respecte ta liberté, se grise de tolérance, fait preuve de compréhension avec tellement de sophistication, mais l'archaïque te veut pour moi toute seule, refuse de te partager, sursaute au premier coup de téléphone non identifié, gamberge devant une note de restaurant inexpliquée, s'assombrit au moindre changement de parfum, s'inquiète lorsque tu reprends le sport ou achètes de nouveaux vêtements, suspecte ton sourire, la nuit, lorsque tu rêves, projette un meurtre à l'idée qu'une autre femme t'embrasse, que deux bras t'attrapent le cou, que deux jambes s'ouvrent sous toi... C'est un reptile tapi au fond de moi, aux yeux jaunes et perçants, en éveil, qui ne se repose jamais, c'est moi, Gilles, c'est aussi moi. Même avec des cours intensifs et deux mille cinq cents ans d'éducation, tu ne pourras m'arracher ce qu'il y a d'animal, d'instinctif dans l'amour.

GILLES. Lisa, le couple est une maison dont les habitants possèdent la clé. Si on les enferme de l'extérieur, elle devient une prison et eux des prisonniers.

LISA. Connais-tu des gens qui ne vont quelque part que pour s'en évader ? Tu es comme ça.

GILLES. Non.

LISA. Tu vois des femmes, tu as des rendez-vous, tu grouilles de désirs.

GILLES. Tu es ma santé. Mes rencontres sont ma fièvre.

LISA. Tu t'enrhumes beaucoup.

GILLES. C'est ce que tu crois. Tu n'en sais rien.

LISA. Non. Mais j'imagine...

GILLES. Tu sais ou tu imagines ?

LISA *(hurlant)*. J'imagine ! Mais c'est pareil. Ça fait aussi mal !

GILLES. Peut-être plus. *(Un temps.)* Les termites ! Je sais où ils sont, les termites : dans ton crâne.

LISA. Comment faire autrement : tu ne me dis rien.

GILLES. Tout dire ne me semble pas respectueux. Remarque, ce soir-là, tu avais raison : j'étais avec une femme.

LISA *(triomphante)*. Ah, tu vois !

GILLES. Avec Roseline, mon éditeur.

LISA *(déstabilisée)*. Roseline ?

GILLES. Oui. L'énorme, l'incontournable Roseline. Celle que tu appelles gentiment la vache sans cornes.

LISA. C'est vrai qu'elle n'a pas de cornes, non ?

Gilles et Lisa se regardent puis éclatent de rire. L'éclat est bref mais les décrispe un peu.

GILLES. Si je résume, je suis coupable de ton imagination. Mon procès s'est passé ici, sans moi, sans contradiction, sans défense, entre deux bouteilles de whisky planquées derrière mes livres. Tu m'as assommé parce que, dans tes rêveries, un Gilles virtuel se passait de toi, se fichait de toi en se roulant dans les bras des autres ! Le problème, c'est que tu n'as pas tapé sur une tête imaginaire, mais bien sur la mienne.

LISA. Pardon.

GILLES. Remarque, c'était mon tour. D'ordinaire, tu t'en prenais à toi-même en sirotant du poison.

LISA. Pardon.

GILLES. Peut-être n'es-tu faite que pour les histoires courtes, les histoires qui commencent.

LISA *(protestant)*. Non.

GILLES. Il y a quelqu'un en toi qui ne veut pas vieillir avec moi. Il y a quelqu'un en toi qui souhaite mettre fin à notre relation.

LISA. Non.

GILLES. Si, si. Tu préfères les histoires que l'on maîtrise : tu ne supportes sans doute pas l'abandon.

LISA. L'abandon ?

GILLES. Que les choses t'échappent. Que les situations soient trop fortes. Que les sentiments soient trop grands pour toi. Si l'on veut être certain de tout, alors il faut se contenter d'histoires courtes. Des liaisons balisées, reconnaissables, avec un commencement, un milieu, une fin, un chemin marqué par des étapes bien claires : le premier sourire échangé, le premier fou rire, la première nuit, la première dispute, la première réconciliation, le premier ennui, le premier malentendu, les premières vacances ratées, la première séparation, la deuxième, la troisième, puis la vraie. Après, on recommence. Pareil, mais avec un autre. On appelle ça une vie d'aventures, c'est plutôt une vie sans aventures, une vie en séries. Ce n'est pas raisonnable d'aimer toujours, d'aimer longtemps, c'est de la folie pure. La raison, c'est d'aimer juste le temps où c'est agréable. Voilà, le rationalisme amoureux : aimons-nous le temps que nos illusions tiennent, dès qu'elles tombent quittons-nous. Sitôt que nous sommes en face de quelqu'un de réel, non plus quelqu'un de rêvé, séparons-nous.

LISA. Non, non, je ne veux pas ça.

GILLES. C'est contre nature d'aimer toujours, d'aimer longtemps.

LISA. Non.

GILLES. Alors pour que ça dure, il faut accepter l'incertitude, avancer dans des eaux dangereuses, là on l'on ne progresse que si l'on a confiance, se reposer en flottant sur des vagues contradictoires, parfois le doute, parfois la fatigue, parfois la sérénité, mais en gardant le cap, toujours.

LISA. Tu ne te décourages jamais ?

GILLES. Si.

LISA. Et alors ?

GILLES. Je te regarde et je pense : est-ce que, malgré mes doutes, mes soupçons, mes inquiétudes, ma lassitude, j'ai envie de la perdre ? Et la réponse me vient. Toujours la même. Et le courage avec. C'est irrationnel d'aimer, c'est une fantaisie qui n'appartient pas à notre époque, ça ne se justifie pas, ce n'est pas pratique, c'est à soi-même sa seule justification.

LISA. Si jamais j'arrivais à avoir confiance en toi, alors ce serait en moi que je n'aurais plus confiance. J'ai du mal à avoir confiance.

GILLES. « Avoir » confiance. On n'« a » jamais confiance. La confiance ne se possède pas. Ça se donne. On « fait » confiance.

LISA. Justement, j'ai du mal.

GILLES. Parce que tu te poses en spectatrice, en juge. Tu attends quelque chose de l'amour.

LISA. Oui.

GILLES. Or c'est lui qui attend quelque chose de toi. Tu souhaites que l'amour te prouve qu'il existe. Fausse route. C'est à toi de prouver qu'il existe.

LISA. Comment ?

GILLES. Faire confiance.

Lisa comprend, mais ne peut admettre ni ressentir ce que Gilles dit. Un sentiment d'insécurité l'encombre. Elle cherche quoi faire d'elle-même, de son corps.

LISA. Je... je... je vais chercher ma valise.

Elle guette une approbation dans l'attitude de Gilles. Comme il ne réagit pas, elle insiste.

LISA. Elle est prête depuis quinze jours.

Gilles ne bronche pas. Elle monte les marches et redescend avec son bagage, s'arrêtant néanmoins devant lui.

GILLES. Il ne te viendrait pas à l'idée que je te pardonne ?

Lisa rejette sa générosité.

LISA. Ça fait beaucoup à pardonner. Mes doutes... mon coup... mon mensonge...

GILLES. Je peux te faire un lot.

LISA. Je t'ai fait trop souffrir.

GILLES. Je ne regrette pas ma souffrance si elle est le prix à payer pour nous.

De façon puérile, Lisa refuse de nouveau en dodelinant du front.

GILLES. Tout à l'heure, tu m'as bien pardonné, toi.

LISA. C'était plus facile, tu n'as pas essayé de me tuer.

GILLES. Ce que j'entendais, c'était une autre chanson, j'entendais : « Je veux vivre avec toi. »

LISA. Oui.

GILLES. Tu ne veux plus ?

LISA. Non. Tout à l'heure, tu ne savais pas. Tu croyais que c'était toi qui...

GILLES. Non. Je le savais déjà.

Lisa n'ose le croire. Il insiste lentement.

GILLES. Je me souviens de tout. Dès que j'ai repris conscience sur la civière, je suis revenu à moi-même. Je n'ai jamais perdu la mémoire.

LISA. Quoi ?

GILLES. Mon amnésie, c'était une façon d'enquêter, de comprendre, je voulais saisir pourquoi tu me haïssais au point de me frapper dans le noir. Mon amnésie, c'était un mensonge pour revenir, te retrouver. Je ne t'ai menti que par amour.

Elle le regarde avec dureté. Il continue cependant avec douceur.

GILLES. Toi et moi, après quinze ans, nous n'avions plus que le mensonge pour parvenir à la vérité.

LISA *(farouche)*. La vérité ? Eh bien voilà, tu la sais, je la sais, la vérité ! Et alors ? Hein ? Qu'est-ce qu'on fait avec la vérité ? Qu'est-ce qu'on fait ? Rien !

GILLES. Ce qu'on doit partager dans un couple, ce n'est peut-être pas la vérité mais le mystère. Mystère que tu me plais. Mystère que je te plais. Mystère que ça ne passe pas.

LISA. Ça passera !

Elle se remplit un verre de whisky et l'avale cul-sec. Puis, s'emparant de sa valise, elle se dirige vers la sortie.

GILLES. Je te pardonne, Lisa.

LISA. Tant mieux pour toi !

GILLES. Accepte que je te pardonne, s'il te plaît.

LISA *(avec mauvaise humeur)*. Bravo, tu es magnifique.

GILLES. Mais ça ne sert à rien que je te pardonne si toi, tu ne te pardonnes pas.

Frappée par cette idée, elle s'arrête sur le seuil. Elle se retourne avec colère.

LISA. Est-ce que tu n'en as pas assez d'avoir le beau rôle ?

GILLES *(frottant sa blessure)*. Le beau rôle ? Ça m'avait échappé.

LISA. J'en ai assez. Assez que tu devines la boue que j'ai dans le cerveau, assez que tu me comprennes, que tu m'excuses, que tu me pardonnes. Je voudrais que tu me haïsses, que tu me cognes, que tu m'insultes. Je voudrais que tu aies aussi mal que moi.

Gilles lui désigne le litre de whisky.

GILLES. Encore un verre pour la route ?

Furieuse d'être provoquée, Lisa arrache la bouteille, porte le goulot à ses lèvres et, crânement, boit jusqu'à la dernière goutte.

LISA. Voilà.

GILLES. Parfait.

LISA. J'en ai assez que tu sois mieux que moi.

GILLES. Tout à l'heure, j'étais pire.

LISA. Finalement, tu es mieux. Mais c'est insupportable aussi.

GILLES. Désolé d'être moi.

Elle va vers la porte. Il tente de la retenir.

GILLES. On s'aime, Lisa : on ne va pas se quitter !

LISA. Oui. On s'aime, mais on s'aime mal. Adieu.

Elle ouvre la porte.

GILLES. Lisa, je veux te remercier.

LISA. Pardon ?

GILLES. Je ne faisais plus attention à toi. Je t'avais recouverte de tendresse, comme on voile un visage de femme ; derrière, je ne voyais plus tes traits. Je n'osais même pas te demander pourquoi tu buvais. Je me reposais sur la durée de notre couple – quinze ans – sans percevoir que le temps n'est pas un allié en amour. Merci d'avoir assassiné le couple qui s'endormait. Merci d'avoir tué les étrangers que nous étions devenus. Il n'y a qu'une femme pour avoir ce courage.

Elle hausse les épaules. Pour la retenir, il continue.

GILLES. Les hommes sont lâches, ils refusent de voir les problèmes chez eux, ils veulent continuer à croire que tout va bien. Les femmes, elles, ne détournent pas la tête.

LISA. Écris ça dans ton prochain livre, tu gagneras des lectrices.

GILLES. Les femmes affrontent les problèmes, Lisa, mais elles ont tendance à croire qu'elles sont elles-mêmes le problème, que l'usure du couple tient à l'usure de leur séduction, elles s'estiment responsables, coupables, elles ramènent tout à elles.

LISA. Les hommes pèchent par égoïsme, les femmes par égocentrisme.

GILLES. Un partout. Match nul.

LISA. Zéro partout. Match totalement nul. Adieu.

GILLES. Je suis revenu, Lisa, revenu ici, dans notre vie, dans notre couple. Après l'accident, je ne suis pas devenu amnésique, non, mais avant l'accident, je l'étais.

Amnésique parce que je partageais mes jours et mes nuits avec toi mais que je me contais une histoire différente. Amnésique parce que je bandais pour toi et que je me retournais ostensiblement sur les autres femmes. Amnésique parce que j'éprouvais un sentiment insurmontable envers toi et que je préférais parler de mes petites pulsions. Amnésique parce que je t'étais au fond fidèle mais que j'aurais crevé la gueule ouverte plutôt que l'avouer. Je t'adorais et j'oubliais de te le dire. Je ne suis qu'un homme, Lisa, et la caractéristique des hommes, c'est qu'ils refusent leur destin. Ils préfèrent leur liberté. Mais qu'est-ce que c'est, une liberté qui ne s'engage pas ? Une liberté creuse, vide, inconsistante, une liberté qui ne choisit rien, une liberté velléitaire, une liberté préventive. Les hommes fantasment la liberté plus qu'ils ne l'utilisent, ils la gardent précieusement sur une étagère au lieu de l'employer. Là, elle sèche, se racornit et meurt bien avant eux. Car la liberté n'existe que si l'on s'en sert. Les hommes sont silencieusement romanesques : ils vivent quelque chose et se racontent autre chose. Ils doublent leur vie d'une autre vie, secrète, désirée, imaginée, dont ils sont les poètes muets. Dans tes bras, heureux pour la millième fois, je me voyais néanmoins comme un fauve à même de séduire toutes les femmes. Dans cet appartement, le jour même où nous l'achetions, je m'espérais toujours prêt à prendre le large. À terre, je me crois un marin ; sur mer, un constructeur. Amoureux, je me voulais sans entrave. Marié, je me désirais infidèle. J'étais double, Lisa, double et fier de l'être, je marchais à côté de moi-même, inapte à me contenter de la réalité, impuissant à m'émerveiller, n'habitant quelque part que pour m'en évader. Te dire à quel point je t'aimais, je ne le pouvais : cela revenait à passer des menottes à mon double. Admettre que notre couple était ma plus grande aventure aurait poussé mon double à se moquer de moi. Voilà, je suis revenu. J'ai laissé mon double à l'hôpital. Il est mort sous ton coup. Paix à son âme troublée. Personne ne le regrette. *(Il la contemple avec douleur.)* Je t'aime, Lisa, je suis jaloux de ce que tu as fait pour nous. Je t'aime parce que tu n'es pas tendre. Je t'aime parce que tu me tiens tête. Je t'aime parce que tu es capable de me frapper. Je t'aime parce que tu restes une belle étrangère. Je t'aime parce que tu ne feras l'amour avec moi que si tu le veux bien.

LISA. Et si je te tue ?

GILLES. Si je dois mourir, je veux que ce soit par toi. Ton absence, elle va m'empoisonner, elle ne me tuera pas. Reste s'il te plaît, reste avec moi. Je ne veux pas d'autre femme. Je ne veux pas d'autre assassin.

LISA. Adieu.

Elle quitte la pièce. On entend ses pas s'éloigner.

Resté seul, Gilles hésite. Il tourne un peu en rond. Puis il se décide à éteindre toutes les lampes, comme s'il allait se coucher. Il ne laisse que le lampadaire qui éclaire son fauteuil de lecture.

Passant près de l'appareil à musique, il remet le morceau de jazz puis va s'asseoir, pensif, dans le rond de lumière.

Lisa rentre lentement, affaiblie, titubante, sans sa valise.

Il l'entend mais il fait exprès de ne pas se retourner. Il attend.

Elle arrive derrière lui.

LISA. Je crois que j'ai vomi sur ta voiture.

Gilles est heureux, mais il contrôle son émotion. Sans la regarder, il prend le parti de répondre avec naturel, mimant la scène de leur rencontre.

GILLES. De toute façon, je ne supporte pas sa couleur. Je l'aurais souhaitée plus originale.

LISA. Maintenant, elle est unique !

Ils rient. Lisa comprend qu'elle peut continuer ainsi, sur ce mode léger. Elle prend les répliques qui étaient celles de Gilles la première fois.

LISA. La vie est vraiment rosse.

GILLES. La vie n'en fait qu'à sa tête.

Elle passe devant lui et le regarde.

LISA. Quel genre d'homme êtes-vous ?

GILLES. Le vôtre ?

LISA. Je vous le confirme. Chaque phrase me coûte une suée dans les reins, j'ai l'impression d'avoir le cerveau engourdi, tous les symptômes d'un malaise qu'on appelle l'attirance irrésistible.

GILLES. Désolé, je n'ai pas de remède.

LISA. Vous êtes le remède.

Ils se sourient.

GILLES. Est-ce qu'il y a quelqu'un dans votre vie ?

LISA. En ce moment, il y a toi.

Petits crimes conjugaux
d'Éric-Emmanuel Schmitt
Création à Paris au Théâtre Édouard VII

Mise en scène : Bernard Murat
Distribution
Charlotte Rampling, Bernard Giraudeau

Création à Bruxelles au Théâtre Le Public

Mise en scène : Patricia Houyoux
Distribution
Isabelle Roelandt, Michel Kacenelenbogen

Eric-Emmanuel Schmitt dans Le Livre de Poche

L'Évangile selon Pilate n° 15273

Première partie : Dans le Jardin des oliviers, un homme attend que les soldats viennent l'arrêter pour le conduire au supplice. Quelle puissance surnaturelle a fait de lui, fils de menuisier, un agitateur, un faiseur de miracles prêchant l'amour et le pardon ? *Deuxième partie* : Trois jours plus tard, au matin de la Pâque, Pilate dirige la plus extravagante des enquêtes policières. Un cadavre a disparu et est réapparu vivant ! Y a-t-il un mystère Jésus ? À mesure que Sherlock Pilate avance dans son enquête, le doute s'insinue dans son esprit. Et avec le doute, l'idée de foi.
L'Évangile selon Pilate a reçu le Grand Prix des lectrices de *Elle* 2001.

Lorsque j'étais une œuvre d'art n° 30152

« *Lorsque j'étais une œuvre d'art* est un livre sans équivalent dans l'histoire de la littérature, même si c'est un roman contemporain sur le contemporain. Il raconte le calvaire d'un homme qui devient son propre corps, un corps refaçonné en œuvre d'art au mépris de tout respect pour son humanité. Malléable, transformable, il n'est plus qu'un corps sans âme entre les mains d'un esprit diabolique dont le génie tient avant tout à son manque de scrupule. »

La Part de l'autre n° 15537

« 8 octobre 1908 : Adolf Hitler recalé. Que se serait-il passé si l'École des Beaux-Arts de Vienne en avait décidé autrement ? Que serait-il arrivé si, cette minute-là, le jury avait accepté et non refusé Adolf Hitler, flatté puis épanoui ses ambitions d'artiste ? Cette minute-là aurait changé le cours d'une vie, celle du jeune, timide et passionné Adolf Hitler, mais elle aurait aussi changé le cours du monde… » Ce volume contient en postface inédite le « Journal de *La Part de l'autre* ».

La Secte des égoïstes n° 14050

À la Bibliothèque nationale, un chercheur découvre la trace d'un inconnu, Gaspard Languenhaert, homme du XVIIIe siècle, qui soutint la philosophie « égoïste ». Selon lui, le monde extérieur n'a aucune réalité et la vie n'est qu'un songe. Intrigué, le chercheur part à la découverte d'éventuels documents. Mystérieusement, toutes les pistes tournent court. Conspiration ? malédiction ? La logique devient folle, cette enquête l'emmène au fond de lui-même, emportant le lecteur avec lui dans des vertiges hallucinants.

Théâtre 1 n° 15396

« La philosophie prétend expliquer le monde, le théâtre le représenter. Mêlant les deux, j'essaie de réfléchir dramatiquement la condition humaine, d'y déposer l'intimité de mes interrogations, d'y exprimer mon désarroi comme mon espérance, avec l'humour et la légèreté qui tiennent aux paradoxes de notre destinée. Le succès rend humble : ce que je croyais être mon théâtre intime s'est révélé correspondre aux questions de beaucoup de mes contemporains et à leur profond désir de réenchanter la vie » (E.-E. Schmitt). Ce volume contient les pièces suivantes : *La Nuit de Valognes, Le Visiteur, Le Bâillon, L'École du diable.*

Théâtre 2 n° 15599

« On doit beaucoup à Schmitt : il a réussi à faire revivre une forme de théâtre que beaucoup pensaient mort et enterré, la pièce intellectuelle brillante… Toutes ses pièces racontent une histoire intrigante, où évoluent des personnages avec lesquels le public peut s'identifier. Ces personnages sont parfois tirés de l'histoire ou de la littérature mais ils émergent toujours dans une lumière neuve et surprenante… » Ce deuxième volume comprend les titres suivants : *Golden Joe, Variations énigmatiques* et *Le Libertin.*

Du même auteur
aux Éditions Albin Michel :

Romans

La Secte des Égoïstes, 1994.

L'Évangile selon Pilate, 2000, 2005.

La Part de l'autre, 2001.

Lorsque j'étais une œuvre d'art, 2002.

Le cycle de l'invisible

Milarepa, 1997.

Monsieur Ibrahim et les fleurs du Coran, 2001.

Oscar et la dame rose, 2002.

L'Enfant de Noé, 2004.

Essai

Diderot ou la Philosophie de la séduction, 1997.

Théâtre

La Nuit de Valognes, 1991.

Le Visiteur (Molière du meilleur auteur), 1993.

Golden Joe, 1995.

Variations énigmatiques, 1996.

Le Libertin, 1997.

Frédérick ou le boulevard du Crime, 1998.

Hôtel des Deux Mondes, 1999.

Petits crimes conjugaux, 2003.

Mes Évangiles (*La Nuit des Oliviers*, *L'Évangile selon Pilate*), 2004.

La Tectonique des sentiments, 2006.

Le Grand Prix du Théâtre de l'Académie française 2001
a été décerné à Éric-Emmanuel Schmitt
pour l'ensemble de son œuvre.

Composition réalisée par IGS-CP

Achevé d'imprimer en août 2006 en Espagne par
LIBERDÚPLEX
Sant Llorenç d'Hortons (08791)
N° d'éditeur : 74558
Dépôt légal 1re publication : setembre 2006
LIBRAIRIE GENÉRALE FRANÇAISE – 31 rue de Fleurus – 75278 Paris cedex 06

31/1753/8